Yanmai Zai Shang

燕麦在上

时代出版传媒股份有限公司
安徽文艺出版社

加拉巫沙 ◎著

加拉巫沙，彝族，四川大凉山人，四川省作协会员。2018年开始发表作品，散文见于《天涯》《滇池》《朔方》《海燕》《民族文学》《广州文艺》《边疆文学》《天津文学》《湖南文学》《散文选刊》《散文海外版》等，获得第十七届滇池文学奖、第七届"禾泽都林"杯散文一等奖、第四届四川散文奖等。

Yanmai Zai
Shang

加拉巫沙 ◎ 著

燕麦在上

图书在版编目（CIP）数据

燕麦在上/加拉巫沙著. —合肥：安徽文艺出版社，2023.12
（2024.8 重印）
ISBN 978-7-5396-7874-0

Ⅰ.①燕… Ⅱ.①加… Ⅲ.①散文集－中国－当代 Ⅳ.①I267

中国国家版本馆 CIP 数据核字(2023)第 216946 号

出 版 人：姚　巍
责任编辑：张妍妍　宋晓津　　　　　　装帧设计：张诚鑫

出版发行：安徽文艺出版社　www.awpub.com
地　　址：合肥市翡翠路 1118 号　邮政编码：230071
营 销 部：(0551)63533889
印　　制：安徽新华印刷股份有限公司　(0551)65859551

开本：880×1230　1/32　印张：8.5　字数：190 千字
版次：2023 年 12 月第 1 版
印次：2024 年 8 月第 2 次印刷
定价：36.00 元

（如发现印装质量问题，影响阅读，请与出版社联系调换）
版权所有，侵权必究

序

此刻，二〇二四年六月十八日，开始作文章，是为序，为彝人加拉巫沙序，甘洛山中的夜话在天山脚下回响发酵。天空晴朗，我在天山南麓中部，塔里木盆地北缘。此事相约很久了，今时方才找到庖丁解牛之刀，此刻方才找到轮扁斫轮之斧。我作文章向来如此，苦心经营，得来无意。

刀、斧，让我想起木刻版画。用刀在木板上刻成图形，再拓印在纸上。

以上是闲话，看似闲话，也能转入正文。

加拉巫沙的模样总让我想起民国人刀下的木刻，其人貌古，仿佛取材于古代人像，在中国传统的人物造型上掺入西方素描式的视觉处理，还有一些阴影排线。而他的散文也像木刻，力下得深，线条又恭敬又真诚。书中人事，于我虽不是天书，到底离得太远太隔。也无妨,其中心思了然,心事了然。

《燕麦在上》的字里行间有种夏日况味,读来如一头走进暑气蒸腾的坡地,有燕麦、玉米、蚂蚱、蚂蚁、蚯蚓、飞鸟……暑气者,盛夏时的热气。我欣赏加拉巫沙为人有热气,为文更有热气。大先生的《热风》集子里早就说过,愿人要摆脱冷气,向上走,不听自暴自弃者流的话。读完这本《燕麦在上》,感慨作书人真好热气,真好元气,真好大气,真好豪气,真好神气。神、鬼、人、兽、谷、菜、鸟、花、草、木……加拉巫沙纵横捭阖、活灵活现,有格物之心,有抒情之心,更好在那颗心乘风浮翮,又纯朴又灿烂,如朝阳初起,如云雾四起,如山脉逶迤,他写得津津有味,我读得津津有味。

如果文章有颜色,此集近乎酱色、酱红、深褐,还有秋深的颜色。

秋深了,坐在大峡谷里屋舍的木窗下,一杯苞谷酒,一碗坨坨肉,羊肉汤锅冒着热气,吃一块苦荞粑粑,那些故事就开始了。

言外之意也是说,这本书其实还有秋气。天高云淡,望断南飞雁。终古高云簇此城,秋风吹散马蹄声。莫名的,我觉得这本书是在马背上作出来的。

是为序。

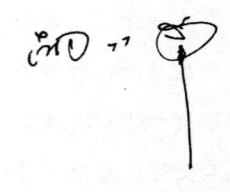

2024 年 6 月 18 日

目 录

序 / 胡竹峰 001

辑一：彝心

心之崖 / 003

磨坊心事 / 018

泪奔 / 035

生命之野 / 046

刚刚好 / 056

雪葬 / 068

辑二：身外

燕麦在上 / 085

寂寞的路向两头 / 106

古道遗风 / 116

空村，或嫁接的绿叶 / 129

故园在对岸 / 142

彝地之首 / 155

一支火把的姿势 / 165

雷，滚远点 / 177

辑三：万物

叫薇薇的马 / 191

骟羊记 / 204

鸟声漫卷 / 220

河畔有灵 / 238

逆烟行 / 245

后记 / 260

辑一：彝心

心之崖

一

阳光明媚的下午,她坐在绿荫如盖的树下,编织心事。

百米多长的巷子两侧栽着羊蹄甲树,这种树从不受季节影响,一枝花落,另一枝花开,粉红的花朵开得热烈、奔放和自由,很随性。树开花,开的是梦;她织布,织的亦是梦,两者相得益彰。巷子里,车水马龙,熙来攘往,但喧闹和繁华与树无关,与她无关,树独自向阳开,她独自梦中梦。

梦,几步之遥,是两棵树的间距。线头绾成坨,固定在前一棵羊蹄甲树根的爪钉处,看似庞杂的经线由粗变细,由窄变宽,再排成上下两列的千丝丝和万缕缕,箍纬线的木梭子太辛苦,在交错的缯线中穿梭，一毫毫递进。阳光跟着树叶摇晃，掉下来时碎成光斑，落在她身上，落在古老的织布架上，让梦发光。我粗略估算过她梭织的进度，每日不足半尺，如此一来，织就一丈布，得耗去个把月的时间。

遮阴的羊蹄甲树，她不识。我用母语解释，她望向树，会心地笑了，树叶的样儿真像羊蹄子。我问，您老何苦天天织呢？街上有卖的，不贵。老者答，习惯了，手脚不动的话，天黑得慢，好像老天的日和夜是她操控的。说完，她往前挪，沉浸到木梭子的翻飞里去。想想也是，日子不是公鸡叫出来的，而是人一天天熬过去的。对乡野的彝人来说，"熬"里蕴藏着琐碎的操持，尤其对女人而言，得躬身，驮着日子忙，每件事要精打再精打，细算又细算。譬如她，靠织布，供养出了两名大学生，晚年跟随儿子来享福了。

她专注的时候，世界只有巴掌大。兴许，在她的世界里，有这条叫文汇北路的街道。可她不会以城市的名义唤它，而是以农村之法，称它为村东或村西某某路，牛羊踢踏，人马尾随。一辆辆呼啸而过的汽车，多像奔驰的骏马；一个个匆匆而过的行人，恰似荷锄的农民。一切都是她自己想象中的乡下。

一个人的世界大小，绝不取决于其眼光，心灵的大门有多大或有多小，世界就跟着同大同小。眼睛是心灵的窗户，窗户再大，能大得过一扇门吗？

在她的操持下，布料向前进了三四寸。颜色是高贵的藏蓝色，这种色调最易搭配，穿针引线，黑、红、黄、绿的纹路想咋绣，便咋绣。不是整片的那种，写意的羊角、鸡冠、火镰、葵籽、蕨草……皆灵动起来，犹如给生命的底板调色，黑的庄重，红的热烈，黄的尊贵，绿的生机，随心而绣，随遇而安。女子巧艺夺天工，动植物的纹样穿上身，人便拥有了动植物的加持，五谷丰登，畜禽漫卷，财富滚滚了。

这线团是涤纶制的，轻盈、柔软、光滑，摸起来像婴儿的肌肤。可老媪不见得欢喜，她想要手感饱满、弹性十足、吸湿性强的羊毛。从绵羊身上剪来的羊毛，天性如绵羊，永远弱不禁风的样子，但若捻成丝线，便一改恓恓惶惶的毛病，有了力拔山兮之气象。城里人是嗅不得羊粪味儿的，掩鼻而逃，能逃多远就逃多远。乡下人却天生恩宠，那是庄稼和菜蔬之肥，是乡野的味道。由羊粪推衍至绵羊，再由绵羊至羊毛，最后至瓦拿（vap la，带穗的披风）、披毡、衣裳、裙子……人和羊相识、相交和相融。羊毛到了人身上，羊成了不死羊，恩情被人深刻地铭记了。

"要是羊毛线，多好。"

她偶尔看天，透过羊蹄甲树枝叶的缝隙望支离破碎的云。她是否把朵朵洁白的云想象成羊毛了呢？如是，任她自个儿去憧憬吧。

梭子哐哐响。她一俯一仰的姿势，让我想起我梭织时的母亲。

我排行老大。读初三那年的寒假里，我已懂得死亡是怎么一回事。阿达（ax da，父亲）带我去砍霍麻秆，我虽戴着母亲缝制的羊毛手套，但由于粗制得太不像话，霍麻的芒刺照样蜇人，奇痒扎心，疼痛难耐，我恨不得将自己的手臂一刀砍掉。阿达和我红着眼，泪痕深深，悄悄地背对着哭，哭苦难，哭厄运，哭家境。我家穷，根源有两个：我读书一直花钱，再是老二乌佳媳久患疾病，医治费钱。两个孩子无底洞似的耗费，掏空了家底，连绵羊也贱卖了，用来清还债务。后来，母亲艰难地做出决定，我和妹妹之间，保全一个，放弃一个。出于自责和愧疚，母亲整日在家里照顾妹妹，看她如何一日日形容枯槁，一日日濒临死亡。

母亲问女儿：乌佳媳，阿媳（ax mo，母亲）要给你做一件新衣，你想要褂子还是裤子？躺在身旁的女儿弱弱地答：阿媳，我要红裙。

实在买不起布料，好强的阿媳逼着父亲去借羊毛，计划织一件羊毛裙子给病女穿。父亲主张先挪用我下学期的学费，直接去买布料，开学时，如凑不够我的学费，干脆把我拉回来劳动。双亲为此大吵一架。最终还是母亲开窍，安排父亲和我四处去砍没人要的野生麻秆，她则负责织成麻布，卖出后，再去买做裙子所需的布料。

剥了皮的麻秆像白森森的骨头，堆放在院落的一角。白天，阿媳坐在那里，没完没了地织。到了晚上，她将织布的整套工具搬至堂屋内，鏖战漫漫长夜。前半夜，往往我陪着，需要时，给她装一锅蓝花烟；跨过子夜，整村拉闸断电，睡过一觉的父亲起来点竹竿，换我去睡。竹子不花钱，是近些年砍来架设四季豆藤蔓架的。它的光亮和煤油灯的差不到哪去，麻烦在于燃完一根、续燃另一根时容易灭火。那段时间，母亲学会了抽烟和熬夜。贫穷煎熬人，她一日日地熬，熬的不是长夜，而是她的身心。

四个月后，老二终于穿上了红裙。不几日，她穿着心爱的红裙去了天堂。全家八口人，突然少了一个。我们都悲痛，但因悲痛殃及身体，从此落下心脏病的只有母亲。

如今，乌佳嬷在我记忆里是模糊的，少女的红裙飘呀飘，满眼红。唯阿嬷能说出她的样貌和她俩让人心碎的对话。父亲坐在一旁，不说是，也不说不是。

二

在普遍穷困的年代，针线活是每位母亲的标配，缝缝补补，日复一日，年复一年。梭织是比针线活更高一级的手艺，并非每个女子都会。物料是纯粹的羊毛，白色、黑色、灰色、棕红色、浅黄色，看似蓬蓬松松，杂乱无章，却被她们心思缜密地派上了用场，捻、纺、织、染、裁、缝，所有的动词要串并完，意味着一件崭新的瓦拿即将大功告成，家庭里的某个成员便经受得住数年的风侵和雨蚀了。事实上，从捻羊毛到缝瓦拿，或者从缝瓦拿到捻羊毛，不是简单的人生碎片，而是她们完整的一生。

炊烟起，牛羊归，夜晚偏寂寞。

吃过晚饭，唯主妇不停歇，或缝补衣裳，或纺织羊毛。她装着不会疲惫，不懂苦累，像纺锤般旋转着。夜深人静时，男人和子女的鼾声匀匀地响起了，瞌睡虫也跑来蚕食她的意志，令她昏昏欲睡。再坚持一会儿，得把手上的羊毛捻完。她强迫自己驱散睡意，星星还未睡，月亮还未睡，夜色还未睡，再忙一会儿。这一忙，忙的是全家人口的生计，忙的是儿女读书的大计。经她的巧手，这羊毛将变成瓦拿里纵纵横横的几缕线。把披风一样的瓦拿换成钱后，至少可攒些孩子上学的杂费。

几缕线不等于几分钱。倘若对等的话，她更愿意通宵达旦，一头挑起昨天，另一头挑起今天，把自己挑瘦、挑弱，乃至挑死。即使不对等，她也必须最大限度地熬，黎明前却又比鸟起得早，续燃昨夜的炭火，开始崭新的一天。这位主妇是羊蹄甲树下织梦的年轻时候的她，是胞衣之地供养我上学的母亲，是千里彝乡操持家务的女子。她们不图虚荣，不谋腾达，不当经典，所做的都是贤妻或慈母的分内之事。儿女成才，是她们最简单的诉求，也是她们最卑微的渴望。

"慈母手中线，游子身上衣。临行密密缝，意恐迟迟归……"唐代孟郊的《游子吟》塑造了人所共感的一位母亲的形象，母子之情，人性之美，皆在她缝制的衣裳里，皆在她叮咛的言语中。一千多年后，在我读大学的四年时光里，每遇开学季，母亲照例将一个小小的布袋缝在我裤子的内侧，里面装着我一个学期要用的生活费。"临行密密缝"，诗句里的母亲意恐的是儿子"迟迟归"，而我的母亲却意恐我的钱被扒手"偷"走。从我老家甘洛到成都，要坐火车，车上的小偷太猖狂，与其说暗偷，不如说明抢，每一节车厢里总有人哭喊，但呼天抢地的声音终归在列车的哐当声中随风飘散。不要把鸡蛋全部放在一个篮子里。谁叫她或他把钱放在一个兜里呢？那个年代，这句话很流行，仿佛一些钱是专门拿给别人偷的。我母亲虽没出过远门，可她想到了这秘籍，把风险挡在了外头，把安全缝在了里面。那布袋耷拉着，好像我是一个怪兽，两腿之间突然多了一根阳物。我将《游子吟》译给她听，阿嫫说，彝族也有一句著名的谚语，说明母亲都心心相印啊。

彝谚"惹博阿嫫瓦裹尼（sse bbop ap mop vat go nyi）"的直译是"母亲危坐悬崖边"，隐晦深深，难以理解。好端端的，母亲怎么跑去悬崖边坐着？让人揪心呢！摔下去，岂不是死无葬身之地？对这句话的解读，见仁见智，莫衷一是。我个人理解，它是一种内嵌式的比拟，母亲对儿女的焦虑和担忧实在太深，几乎达到了寝食难安的地步，从而忘记了危险，犹如即将踩入悬空里的人，好危险啊。再就是，她像山崖边的指路灯，用生命之光来照亮子女的前程。她所指的那条路虽有宽有窄，有曲有直，但都遥遥地指向了希望的远方。两个相互交错的意义，最终凝成一句话：向来多少事，皆为儿女苦。

是的，这悬崖不在别处，就在她们的心里，且日日高耸入云。一个女人是一座悬崖的主人，任雪虐风饕，任忍饥挨饿，任欲坠未坠，她们都坐在那里忧心忡忡。母亲的付出是倾尽所有，付的是情，付的是泪，付的是血。

藏蓝色帽子、老式对襟衣、长而大摆的裙子。一看，她来自彝地的阿都方言区。清瘦的脸庞上挂着笑意，慈眉善目，恍如在城市里打拼的所有彝人的母亲。她说，羊蹄甲的花儿像豌豆花，起初还以为结果子，可以吃哩。这并非幽默，像我母亲和更多跟着儿女进城的老人都闹过很多笑话。见金贵的土地上长着树木花草，她们心痛，栽种菜蔬才好呢！闹市里行人熙攘，她们一味责怪，不搞买卖，瞎逛啥呢？年轻男女在大街上拥吻，让她们想起家乡的鸡狗牛羊马，跟畜禽没啥区别，不知害臊。女子涂抹口红，红嘴山楂鸟似的，裙子太短太薄，晃眼一看，还以为没穿……对城市生活的认知，她们大同小异地大惊小怪。很多母亲因吃不惯、住不惯，更看不惯而返回乡下。一扑进村庄，她们便是那里的王。过段时间，她们又"危坐悬崖边"，絮絮叨叨，心中满是牵挂。我朋友的讲述令我难忘。他刚买车时，常常回老家，每次返程，母亲都备一些鸡蛋，叫他捎回去吃。估摸着到点了，母亲的电话追过来问，颠坏了几个？说没坏，则高兴；说坏了三五个，则嗔怪不已。朋友说，这些蛋本来是他送给老人的，但母亲用心良苦，谎称是家里的土鸡蛋，又装着送回来。装鸡蛋的时候，还故意将麦麸放得少，用意是叫我开慢点。有一回，朋友生病，其母亲惶恐不安，按照自己的方式，祈求上苍和列祖列宗，以生命抵还生命，由她去代替儿子疼痛，即使赴死，也决不吝惜。

朋友说，母爱伟大！

母爱不同于周济或施舍，迥异于常理和常人。把不需要的或者多余的给予别人，谁都办得到、做得好，但若将性命端出来的，便恐怕母亲是第一个，再有的话，那人就是父亲。

母爱是小爱，是建立在血亲纽带上的母子和母女之爱。每位母亲都是一个爱的原点，将无数个原点横横斜斜地串起来，这爱犹如一滴水的无限可能，先入溪流，再汇江河，终成汪洋。浩瀚的爱，得益于每位母亲的亲力亲为。如此推理，来自每个家庭的爱，终将成为全社会的大爱和博爱。无论民族，无论人种，无论地域，无论国界。爱的疆域辽阔无垠。爱的送达永无止境。

每个儿女都欠母亲一笔债，一笔终生无法厘清，也无法偿还的情债。

三

在半农半牧的广袤彝地，她们如花繁盛，孩子是花开的果实。把希冀托付给孩子，既望子成龙，又望女成凤，自己却迎向苦难，咬紧牙关过日子。青丝变白发，红颜已憔悴。手拿梭子的老媪，像万千妇女一般，是这样走过来的。抑或说，万千妇女像她那般，也是这样一步步走过来的。

贤妻贵在贤，慈母重在慈。这两者，她们参照着，用毕生践行。

某年春运，在南昌火车站拍摄的一张照片风行媒体：沉重的行囊比人高，压下来，使她的腰弓成了弧形，两只手合抱着酣睡的婴孩，右臂揽，左手垫，汗水涔涔无法擦。要是再有一只手来帮忙，她上不了头条的。恰是垫着婴孩屁股的那手腕上，还挂着一个鼓鼓囊囊的背包，眼看就要拖到地上了。她叫巴莫约布木，大凉山深处普普通通的一名少妇。这张照片由新华社编发，题名为《孩子，妈妈带你回家》，上亿受众为此怦然心动，感慨万分，成为那年春节儿女暖心陪伴父母的由头之一。我想，天下的母亲都曾有过这姿势吧！冥冥中，我感觉到那婴孩是另一个我，是另外万千的我们；那母亲是另一个我的母亲，是另外万千的我们的母亲。她的步履多么稳健，望着前方，不曾停歇，大山样的行囊和铁砣似的背包前移，前移，再前移。母亲正托着我们，一步步走向坚定，一步步走向梦想。

　　她和更多的彝女一样，都叫打工妹，秉性里从不嫌脏活、累活和苦活，要嫌的话，恨不能一分钱掰成两半用。活计多为淘洗鸭肠或拼装电器，每逢加班，工头呼，彝女应，乐乐呵呵的，这意味着可多拿一点补贴。对于她们而言，坐在他乡的厂房里，和坐在故乡的老树下没啥区别。同样的一双手，一手叫勤劳，一手叫本分，不论时空怎么切换，都一样繁忙，唯恐替儿女编织的愿望不济、梦想不圆、抱负不成，未语泪满襟。

　　每当闲暇，与故乡离别的画面浮现在她们的眼前：老人的叮嘱、孩子的痛哭、丈夫的不舍……但有什么办法呢？一迈步，远去千万里。那浓酽的愁苦乌云般卷涌时，她们已经坐在了心灵的危崖上，任凭思绪游离，种种担忧似一根根无形的线，系了所挂念的儿女身上。母爱的隐忧啊，是女子分娩的那天，跟随疼痛的喜悦来到人间的。作为生命，谁的成长都逃避不了母亲的忧思。每个人都是一只风筝，线的那头被她攥在手里，飞高或飞低，她都焦虑。子女成年了，母亲说服自我，拿出珍藏于心的剪刀，欲剪未剪，未剪又欲剪，成为放风筝者——母亲——一生犹犹豫豫，又无与伦比的动作。

另一位彝女告诉我，她在东莞务工期间，曾因夜半歌声被投诉。报警者表达两层意思，一是歌声扰民，听不懂唱的啥，让人瘆得慌；二是音韵伤感，高亢中暗藏幽怨，疑似自杀者的悲歌，得赶快去救人。警察循着地址找到她，原来她唱的是思念亲人的彝家歌谣，并非寻死觅活。在牵挂的很多名字里，她最担忧留在老家的患小儿麻痹症的女儿。全部的担忧高高在上，危如累卵，也危如山崖，垮下来，心会死的。所以，她匍匐在尘埃里，甘当一块担忧的垫脚石，就是不让思想崩盘、情绪垮塌。我猜想，当夜的她应该尝试过种种努力，一次次地强迫自己入睡，可情感的山洪还是暴发了，任凭天籁般的歌声奔涌在异乡茫然的夜色里。她是一只夜莺，口随心唱，唱给暗夜听，唱给自己听，也唱给故乡听。

警察走后，她内心里的吟唱还在继续。她拿出手机，刷一幅幅存在里面的图片。看到孩子后，久久停留，用手去抚摸，却摸到一地虚、满屋空。在凌晨的梦里，她终于与孩子相见。孩子声声哭喊阿嫫，让她落泪。醒来，果真泪湿枕。

母亲爱做梦，白天有梦想，晚上有梦境，梦里梦外，当牛做马，操碎心，憔悴人。她们的名字与"慧"关联，唤贤慧、德慧、智慧、聪慧……多么契合，咋叫都不过分。兴许，这是天下所有母亲的特质。

某个周末的下午，我看到文汇北路上多了两位织布女，她俩依次排坐在老媪后面的羊蹄甲树下。虽才三人，但织布的架势一摆，是纵纵的一列了。无须问，新加入的她俩一定受到了启发，把这条并不宽阔的街巷当成了村庄,甚至还当成了自家门口那条人畜必经的路。今天,她们仨邀约前来,是想把晚年的梦统统织进经纬里吧,像夏末的蝉,越到命运的迟暮,越激昂而歌。

我问老媪:"怎么织杂色的呢?"

她递给我一个线球,声音比平常兴奋:"你摸摸,羊毛!"整张脸喜庆,挂着夸张的笑,"从今天起,我帮她俩织,免得没事做。"这球是羊毛纺的,黑、白、黄和棕红等颜色绕成团,不知该归哪类色。手工纺的线粗细不匀,手感毛糙,偶尔鼓点点的小疙瘩,梭织前用指甲掐,或拿牙齿咬,感觉上,愈是折腾,她们仨愈是快乐。线球穿过去,乘势一紧,纬的线段被绷直,作为经的长长的密线上下交错,哐哐哐,木梭子多箍两下,便融入了平展展的布里。她们仨旁边的塑料篮子里,存放着大大小小的线球,每个球都是羊毛的聚合,过去毛依附羊,现在羊的魂魄黏缠着毛,依然存留着羊丝丝缕缕的气息。故土之味,乡村之情,因羊毛而唤醒,召唤着她们内心里的乡愁。织完一个,去抓另一个时,篮子里的球涌动起来,像羊群遭受了惊吓。身未动,心已远。哦,这举止应该叫拿捏,分寸掌握得极好,把住了乡野跳动的脉搏:风光无限美,风情映人心。

她们仨聚在羊蹄甲树下,源于灵魂深处的缘。来不及熟悉,或者压根不需要熟悉,她们的心通着呢。几句简单的母语交流,灵魂便能抵达彼此。帮帮忙,去促成他人的心事,多么有趣!像秋天的乡下,妇女们扎堆儿相互帮衬,尽是缝补或编织锦绣之梦的手艺。手和腰酸痛了,慢悠悠地吸一锅烟。不知哪位母亲开始叙说，把自己养儿育女的往事像水一样哗哗地往外倾倒，以为满地湿润了，结果湿漉漉的是人心。虽子女不成器，但一讲，她自己却因酣畅而舒坦，因宣泄而通透。

我将纸烟依次递给她们仨，新来的两位老妇摇头，说不过瘾，原来烟斗和装草烟的荷包正躺在塑料篮子的角落里。这细节，让我想起我母亲那根长长的烟斗。

翻过四十有五的年纪，我两鬓出现了白发。有一天，母亲太执拗，叫我伏在她双膝上，她要戴上老花眼镜替我一根根地拔去，但尚未拔出几根，她就开始责骂我酗酒成性。此刻，有两种情绪在我内心交织：一种是巨大的幸福，另一种是巨大的自责。中途，已戒烟两年的她，装一锅来复吸。她很失望，对我这根朽木不再抱有成材的奢望，唯愿我戒酒，安顿身体，少说胡话。我注意到，那石制的烟斗裂痕累累，犹如母亲担忧的心。我暗自决定，一定要给双亲各配制一杆银质烟斗，权当尽孝。我想一出，说一出，母亲却以为我答应了戒酒，再现笑容，忘了扯白发的事，像健忘的小孩儿。相较而言，母亲的烟杆比父亲的长，足有半米，子女坐得远，拿打火机去帮着点就是了。后来，她彻底戒烟，将烟杆搁置在柜子顶上，像祭祀一个金属的梦。她盼望来客，如来了，用衣袖擦呀擦，硬要叫人吃上一锅烟的。我知道，这是她虚荣的显摆。

不过，年迈的她还有多少时日可显摆呢？由她罢了。

她和父亲住另一片区，不知道我家附近的羊蹄甲树下机杼声声，其乐融融。我曾想，若被她发现，保不准每天颤巍巍地来，瞎搅和。织布倒没有力气了，可依她性格，绝对要向陌生的她们抖搂自己的过往，并且有可能从老二乌佳媒的红裙子处娓娓道来。她倾情讲述的时候，不排除流下或悔恨或希冀的泪水，更不排除三位老人也跟着泪眼潸然，看哪里，哪里朦朦胧胧。都是母亲，倾诉和倾听是对等的，不像当儿女的在倾听时，显得那么不耐烦。

乡下的母亲最爱抽烟，忧郁的时候，一口一口地拔，那袅袅的青烟一定是她们情绪的升腾。命运的交响，谁也说不清明天究竟要奏响什么，喜庆的、悲伤的、不喜不悲的，谁知道呢？在漫漫岁月里，多少母亲尚未编织完梦想，抑或被儿女砸碎，抑或被自己终结，统统埋葬在了生命的隧道里。

于母亲而言，那口烟是陪伴，是信手拈来的实实在在的陪伴。

每位母亲的负重，既是身体上的，更是心灵上的。母亲的忧患像一列火车，绕着心灵的悬崖艰难地爬呀爬，车厢里载着苦恼、焦虑、挂念、怀想等缤纷的情思。这趟列车自开动以来，不变道，不进站，不停歇，直抵死亡的站台。弥留之际，列车慢下来，母亲的遗嘱充满哀戚：阿媒要走了，莫悲伤，记住我教导的善良、团结、和睦和谦让，葬礼要节俭，不被笑话就是了，你们用钱的地方还多……

万千母亲，万千活法。但到生命的最后一刻，惦记的依然是儿女。

母亲的爱太浓，浓得化不开；母亲的忧太深，深得不见底。

母亲最大的本事是掏空自己，把全部都托付给子女。

昨晚，黑夜全部逃遁，让位给耀眼且温暖的光明，母亲们万头攒动，昂首而过，这女子的军团，见首不见尾，看得我眼花缭乱、心神恍惚。其中，梭织的三位老人、两个打工妹和我母亲的面部被放大，像影像的特写，笑盈盈的，看不出有任何的辛酸和疲困……到底，怠倦的是我。就在这脚步踏出的弥天灰尘里，花朵正若隐若现地繁盛，像缥缈的云朵之上的星星。原来是南柯一梦。醒来，我抓紧整理梦，局部特写的画面不就是个隐喻吗？年迈者代表着传统，中年者则是半传统。如果，我不怠倦的话，后面的队伍里应还有像我女儿一样受过高等教育的女子，她们同样具有指向性，代表着现代新女性。对于后两者，我不主张她们一辈子坐在心灵的悬崖上，倒希望她们开着自己的列车，迎着春天，怒放人生。

形容母亲的词极小，也极大：平凡而伟大。

磨坊心事

一

　　河憋屈，不能怪河，要怪就怪沟谷地势陡峭，罕见坦途，给人以穷山恶水之印象。且看最逼仄处，天仅有一线宽，更何况在沟谷里只顾往前奔的河呢。汹涌湍急，涛声震天，大有下一秒即将沟谷拦腰淘空的感觉，只待山崩地裂的刹那，好让河流和沟谷同归于尽。前方是渐次低矮的断崖，铆劲儿冲的河刹不住，飞瀑直下，喧天动地。某些河段是暗瀑，人无法接近，水汽扑打上来，夏天凉爽，冬季刺骨。再往下，河流又猛地重见天日，轰轰而鸣。这阵势，与其说河是蹦跳着来的，不如说是从天上倾倒下来的。

沟里尽是巨石，形状古怪，错乱密布。乱石制造了困难，沟谷有多狭长，河流就有多生不逢时。要想在河畔建座磨坊，难如登天。沟岸十多个寨子，磨坊仅有三座，既苦了磨，也苦了人。

我家住在诺苏泽波，往西行二里，便是怒吼的河，也是取水的源。上面的瀑布落地后积攒力量，从两座对峙着的山崖间喷薄而出，气势雄伟，蔚为壮观。惊涛骇浪中，磨坊可怜兮兮地建在右边山岩横过来靠岸的根部，底座由石头垒砌，三面临河，有上下两层，下面的木轮一旦飞旋，动力将通过轮轴传导至上面的磨盘上，让磨盘转动，让日月如梭，让人生喟叹。磨坊出水口侧边，有个水天一色的深潭，水逗留于旋涡，旋呀旋，好似在密谋心事。水冲进水里，水挤着水，漫溢出去的是先前抵达的，随即汇入洪流，撞向下面的乱石，只一会儿工夫，于黝黑的断崖里形成多阶瀑布，传来雷鸣般的轰响。

长长的木桥架在磨坊下边的巨石上，长桥接短桥，短桥再连长桥，共三节，成全了向两头爬升的路。这路将诺苏泽波和沟对面的特吉、欧库摩、巴切巴柱、车莫阔希联结于磨坊。五个寨子被河谷隔开，或远或近，被高高托举在两匹山的山腰上，但鸡犬相闻的气象，河谷没法隔断和蒙蔽。

磨坊并非只充当碾磨的角色。来的人勤且杂，年轻人彼此入了眼、上了心，往欢喜处挑情和调情，磨坊也就成了心的房和情的房。很多人因磨结缘，终成眷属，得子时，指派邻居家的儿童来此地取一次水。水生在磨坊附近百米左右凸起的山包侧，泉眼汩汩，清冽甘甜。有棵构树站于山包的最高点，华盖如云，是诺苏泽波的地标树，也是结缘而生的婴儿的幸福树。泉水相当于构树的乳汁啊。来取水的儿童要敬酒，先敬磨坊，次敬构树，末敬泉水，次序乱不得。跟来的大人恐怕错乱，指导着孩子这样那样地做。在诺苏泽波寨子里，我挺幸运，比我出生晚个七八年的婴儿，洗浴的第一桶圣水都由我去取，说我的星象特配，动则行气，气则行运，会给他或她带来好运势。报酬是一枚煮熟的鸡蛋，吃起来喷喷香。有人说，暴食煮鸡蛋，食着食着，满口有鸡粪味。我不信这鬼话，若真是那味道，何必吃蛋呢？直接吃粪更方便、更快捷，俯拾皆是啊。

人、猪、鸡吃喝的水必须去背，不是挑，是背。马、牛、羊的不消管，每日黄昏，纷至沓来，豪饮一次，顶管全天。那年代，铁桶、塑料桶和胶壶还未被引进到沟里来，甚至还是些闻所未闻的东西。沟里人观念陈旧，以为背水是妇女和少女的专责，男人的脊梁永远不会向笨重的木桶弯曲的，极像怀孕是女人的天性。河自上游来，从上游至诺苏泽波的临河寨子皆有约定，要背大清早的水。这个时辰的水清澈透亮、干干净净，不像正午或黄昏，人畜在上面用水，人的浆洗污物、畜的恶臭粪便排进河里，下游的人背回家，等于喝了脏水。

大清早的舀水处，女的聚集，她们习惯性地去瞟磨坊一两眼。磨坊前面的石阶上排着胀鼓鼓的麻袋，纵排成一溜溜，十分规矩，此乃远村人挂的号，约莫能推测出哪天该轮到自己磨面。麻袋里装着玉米或苦荞，燕麦、黄豆和甜荞太金贵，不会背来磨，想吃了，自家的小磨子咕咕嘎嘎转半天，吃多少，磨多少。

对于诺苏泽波的人来说，磨坊算是建在家门口了，不必早早地把粮食背来。占位的方式很独特，拿个簸箕或笸篮放在末尾的麻袋后即可。后边有人来推磨，自然将簸箕或笸篮夹在麻袋的队伍里，整体往前挪。

河对岸吃草的马抬头望了望，看背水的人里有没有它的男主人。如果没有，就继续埋头食草。马主人究竟去了哪里呢？极有三种可能：一是在磨坊里忙着，头发、眉梢、手臂和前衣上白扑扑的，沾着粮食的粉末，看起来非常滑稽，像个雪人。二是与先到的磨面者叙旧，家长里短，天上地下，摆谈得累不累，得看对象是男是女。如若同性，烟斗几乎少停歇，隔空儿换着抽，可少说一些废话。若是异性，且遇可开玩笑的表姐表妹，难免插科打诨，起了打猫儿心肠。三是去了诺苏泽波的某家，等着讨饭吃，顺便也讨口早酒喝，将人际关系打理得更深、更细、更活泛。

河流太激进，喧响密密交织，人说话非大声不可，否则，只见嘴巴动如脱兔，却不解其意。她们往往要笑，狡黠的那种笑，清脆的笑声是听不到的，被河的轰轰隆隆声淹没或稀释了。

甭管马主人和其他人在何种状态里，她们绝不会冒冒失失地钻进磨坊内探个究竟。她们怕不合时宜，怕陷入尴尬，怕撞见男女间的高光时刻。

不是说，磨坊是心的房和情的房吗？

二

我不便透露婚内出轨者的姓名，也无意去渲染烈焰般的灼灼情事。

女方住诺苏泽波，她大儿子跟我同班。男的住在沟对面的特吉，爱以推磨为由荡到我们的寨子来，河对岸的枣红马是他的。在磨坊里，她和他被抓现行后，沟里的人阔论仁义道德，大有不把奸情铲除，世间就不会有清明之势。更有像狐狸一样的阴笑者明里暗里，火上浇油，鼓捣和怂恿她的丈夫去报仇雪恨；再者，也可起到杀鸡儆猴、杀一儆百之功，以免世俗里还有人弯弯绕绕，表面上按兵不动，私底下却暗流涌动。

我阿达和两个叔叔加入了征伐的队列。清一色的男人，都带着锄头、砍刀、棍棒和绳索之类的家伙，像往常的集体性出工。可长短各异的棍棒分明昭示着此去或凶多吉少，或凶少吉多。当天，我们懒得去上学，坐在村口的坝坝上看稀奇。眼力好的话，能看清谁谁谁走在队伍的前列、中间还是末尾。往日行两三个时辰的山路，被他们走得既紧张又刺激，进而感觉到了神速，眼看即将抵达目的地。特吉方面的防御是一堵流动的人墙，出动的男女呈弧形散开，恰似一只张着巨口的麻袋，迎着气势汹汹的方向。弧形的背后，生着多堆野火，青烟袅袅，飘向山梁，应是山脚下的河风吹的吧。围火而坐的多半是些老人，与旁边的人墙一样影影绰绰，正等着好戏开演。狗最自由，戏耍打闹，跑来跑去……

"别说狗,你还看见了什么?"坐在我身旁的奶奶问。

她老眼昏花,看不清沟对面的情形,借用我的眼睛说话。

"男打女,娘舅怒,雷公劈。打不得女人啊。"我奶奶说。

特吉方面果然将女的推在了人墙的前面。她们的叫声慌乱而尖锐,毫无头绪,不像平常我们听到的鸡鸣犬吠,声声有讲究。讨伐的队伍开始冲向人墙,极像坚硬的石头砸向泡沫,几个女的扯住男人的袖口和衣角,让他们的恼怒变成无可奈何的尴尬,进也不是,退也不是。是的,部署的人墙骚乱了,折断了,断成几截,陡然间再变形,变成一堆堆没有规则的图形。这时候,谁是谁的队友,谁是谁的对头,估计连双方都难以再辨清,混乱的场面极像老鹰捉小鸡的游戏。

"你推我揉不行啊,赶快献酒,赶快献酒。"

我奶奶像个巫婆,飞翘的头盖帽、传统的右开襟上衣和百褶裙黑得铮亮,似乌鸦的羽。我不明白,与她无关的一桩事,她为何细说得这般入微!又为何如此揪心!仿佛她置身于现场,抓扯的某只手是她的手,快撑不住了,才从喉咙里迸发出献酒的话。我奶奶极端矛盾,一会儿替矛着急,一会儿替盾担忧,她真想飞过去参与其中,调和矛盾,息事宁人。

我奶奶的话刚落,我就表达了内心的不快。

"娃儿啊,好戏还在后头,不过也毁了这两个家庭。"

她叫我仔细盯着特吉的后山,看看是否异常。我将目光往上移至那里,须臾,黑乎乎的树林边冒出十多个黑影,在松软的土地上，滚石般往下面的寨子飞奔，身后尘土飞扬。这群莽汉是硬石，是飞鹰，是狂乱的风暴，目的是捣毁奸夫家的房屋和粮食。他们或许爬上屋顶，撕扯了大片茅草；或许把木门扳倒，将苞谷撒满一地；或许钻进猪圈，滥砍乱杀。我奶奶尚在或许的想象中解说时，猪惊恐的哀号声横空传来。

的确，猪替主人蒙受大难了。

猪一生最大的理想是逃出村庄，用嘴拱地，寻些东西吃。它们的出逃特有意思，边哼唧边摇晃，两瓣屁股左右颠簸，用"屁颠屁颠"来形容最合适不过。奸夫家的两头猪算是猪界的翘楚，别说村庄，连村庄通向另外一个村庄的迢迢山路，都即将要哼哼着走完。只不过有悖于猪的愿望，走的是一条死亡路。

屠宰点离磨坊不远，清泉和那棵构树就在侧边的山包上。

诺苏泽波里的妇孺老幼无不欢天喜地。从来没人相信天上会掉馅饼，但独独信这回吧，这比馅饼纯粹和高档得多，肉解馋，油润肠，汤胀肚，当是一个村庄的欢宴。跟我一般大小的孩子能吃尽吃，心儿圆圆，肚儿滚滚。兴奋的还有狗，看上看下，胁肩取媚，尾巴摇得像纸做的风车呼呼地转，再不扔骨头的话，担心狗尾巴转速太快，带着身体飞到天上去。几条狗冲将过来，争抢那根骨头，老狗得手，急速逃窜，其他的咧嘴龇牙，还在草地上翻滚打架。待天晚，我们穿过黑暗回家时，狗还在东嗅西闻，以它们的思维期待着天上继续掉骨头。

沟对面的野地上篝火闪耀，征讨的和防御的靠智者斡旋，谈判陷入了僵局。我奶奶说，要谈几天几夜的，得用钱赔偿。

有人接话,没有磨坊,他两个再好,也不会被逮。

又有人附和,是啊,都是磨坊惹的祸。

我奶奶说,感情是个小妖,一旦放出来,就回不去笼里的,害自己,也害别人。

成年人的妖长啥样?妩媚,或者狰狞?孩子懂不起。我们以为男人和女人只图一个神秘的动作。我们用手势比画这个动作时,夸张的笑里夹杂着淫恶,显得下流、龌龊和无药可救。其实,乡下的孩子都是这样长大的。往常,我们同学间肆无忌惮,日天骂地,也未见有人恼怒。但自征讨事件后,只要她儿子在场,我们再怎么胡闹,谁都不会说出那个词,更不会没心没肺地去比画了。然而,我们的克制终究功亏一篑,她的儿子或是我们疏离,或是他自己疏离,总之,他成了一个冷漠的、孤独的、郁郁寡欢的同学。

某天凌晨,痛哭声绞缠着刚刚醒来的诺苏泽波。那声音层层叠叠,分别拖着长长的尾音,似断气了,又尖尖地续起来,"阿嫫,你别走"的哭声似吊丧,声声哀怜,句句悯恻。原来,偷情的妇人牵马走出寨子时,被三个孩子追上,以号啕大哭的方式挽留一场离别。她要走,其长子、次子和幺女边喊叫边牵缠,使她寸步难移,满目凄楚。这当口,清早去背水的妇女陆续前来,像我般起得早的孩子也跑来凑热闹。仨孩子有的抱她腿脚,有的拽她衣角,声音几乎嘶哑了,哽咽着抽泣。等她往前挪步,孩子恐慌万状,齐声呼喊"阿嫫啊,你别走"。这场景的感染力太大、太强,比死了人还悲惨,弄得在场的人愁云满面,泪眼婆娑。当母亲的她蹲下来安抚孩子,说阿嬷过几天就回来,届时背很多很多的水果糖来给你们吃。我同学抽泣着说:"我们不要糖,我们要阿嬷。"她呵斥长子:"听话,你要照顾好弟弟和妹妹。"旁边的妇女们早已崩溃,不知该规劝哪方。有个老妇问:"怕是猴年马月才回来了吧?"对方答:"去散散心。"老妇又问:"看在孩子的分上,别走了。"又答:"哪个不心疼自己的骨肉啊,可我实在……活不下去了。"说罢,号啕大哭。她人是一截一截矮下来的,最后趴在了地面上。仨孩子依然抱着和拽着,生怕一松手,如烟似梦,阿嬷钻地,不再相见。僵持已久的局面,最终还是找到了破解的办法,我同学也跟着阿嬷去外婆家,到时他和阿嬷一并回,背着很多大大的糖果回来。

三个孩子遂破涕为笑。

我同学飞奔而去,又飞奔而至,他是去拿书包的。

反正我没事,跟着背水的人去送一程。我同学悄声说,他外婆家离学校太远,书估计读不成了。"不是说很快回来吗?"他半晌不应,接着往书包里摸索,拿出半截铅笔送给我。我从他的表情和行为里隐隐察觉到,临时性的安排可能是一种诡秘的妥协。

告别处是在轰鸣的河流畔,上有磨坊,下有木桥,再下是陷阱和断崖。我看见背水的妇人中有的流着泪,有的红着眼,有的看不出啥表情。我纳闷的是,泪眼涟涟的她们,前几天还在背后戳人家脊梁骨,尖酸刻薄哩,今天怎么就伤感起来了呢?此刻,她弯腰挑选了两枚石子,分别装进了她和长子的衣兜里,这是按灵魂论来捡的,石子挨着身体,灵魂便有了依附的可能。

"姐妹们，莫悲切，我走了。"她大声说完，领着人马上了木桥，仿佛这一走，世上所有的情殇、哀痛和绝望都将得以治愈。

三

孩子往往是由好奇心催大的。

我们的学校设在巴切巴柱，上学和放学必经三截连着的木桥。我们不愿跟背水的人同流，只晓得狡黠地笑。相反，我们爱噌噌噌闯入磨坊内，瞧瞧有无男女在里面鬼混。我们明目张胆地窥探，会叫人措手不及的，好在，磨坊里没有发生我们想象和期待中的羞事。

窥探一回，失望一回，可我们仍然想象和期待着。

兴许源于捉奸事件的阴魂不散，又兴许源于我们这帮孩子的讨人嫌，磨坊由过去的心房和情房变成了是非之地、不吉之处和苟合之所。磨面者多半由男人和跟我一般大的男孩去担任，妇人和少女极少来推磨了。

我常常被阿嬷逼着去推磨，即便是漆黑之夜，只要轮到我家磨面时，说去必须得去，不能有半点含糊。我阿达和我各背一袋粮食前往。要磨完大小两麻袋苞谷，定要通宵达旦的。我负责把带来的煤油灯点亮，放在从土墙里支出来的木板上，黑暗顿时隐退，漫出月光般的亮。阿达绕到磨坊背后去开水闸。我想象得出，他两腿劈开，用双手抓住闸门的把柄，慢慢往上提，早前被阻挡的渠水由潺潺小股变成哗哗激流，在他的胯下汹涌澎湃……

若是大白天，他的动作应该像头撒尿的公牛。他回到磨坊，吃了一锅烟，最后命令我把面磨细，便遁入了黑暗里。

　　他去哪里了呢？每次遇到夜间磨面，该死的疑问便不请自来，让我不得不将听闻的和眼见的统统倒扣在他头上。他是我父亲，扣帽子的时候，我心里有些许不忍和酸楚。但我没有办法，流言像风一样吹，说他跟车莫阔希的某寡妇有染，与河流上游寨子里的一名姑娘也说不清道不明，只差将证据坐实而已。更有传闻，说他曾经夜游某个毗邻的寨子，惹得狗狂吠至天明，嗓子皆暗哑。按我奶奶的小妖论，阿达的妖如丸走坂，曾与那名寡妇或姑娘兴过风，作过浪，不可确定的是，兴风作浪处究竟是在这磨坊里，还是在其他什么地方？秘密守口如瓶，未能泄露。至于我在车莫阔希地盘上看到的那场景，好几年来我也替他秘而不宣。当时，我已经割满一背篼猪草，正准备走出这片玉米地时，我看见两个搂抱着的人慌慌张张地分开，消失在了绿油油的玉米林里。慌乱中，那女的扭头回望，龅牙齿闪了一下。那男的，我没看清。但在回诺苏泽波的山路拐角处，我远远地看见了阿达的背影，他埋头站在上坡的路边，好像用什么东西擦拭他的裤裆。等我赶到时，发现是一株修长的蒿草，上边的青叶被撸光了，新鲜的口子往外冒着绿汁，一副凄凄惨惨的模样。

　　阿达的夜晚是动荡的。像今夜，他带着小妖去了某个秘密之地。这地方究竟是在邻近的车莫阔希，还是在上游的某寨？我除了猜想外，一无所获。其实，猜想他的行踪倒不难，难就难在每次面对奶奶和阿嬷的问询时，我得睁眼说瞎话：整夜，阿达和我在一起。奇怪的是，从我紧张的神态和支吾的语气里，她俩早该看出端倪的，但她俩就是不追问，反而把话题转移到其他方面，让我一次次地躲过了说谎的劫。

善意的谎言说得越多，我心头的怨恨便积得越深。

我恨阿达把我一个人丢在磨坊里，丢在黑夜里，丢在大轰大嗡的河沟里。

夜深沉，河风从地板和门缝里灌进来，煤油灯的火苗摇摇曳曳，将部分物件的影子投射到墙壁上，忽而拉长，忽而缩短，像群魔乱舞。如果，虚掩着的木门被吱吱打开，又无人踏进屋内，而灯盏恰巧熄灭的话，我的头发会遽然竖立，胳膊上遍起鸡皮疙瘩，魂飞魄散。这时候，我特别恨他，把他恨到骨头里去；与此同时，我又从骨子里盼他，盼着他的到来。然而，不管我的思绪怎么起落，他都到不了场。再次点燃煤油灯后，我担心不争气的灵魂已经吓掉了，我得设法找到一根细棍去撬土墙，寻一枚心仪的小石子装在裤兜里，走到哪，带到哪，让它附着我的身体。我正在撬的这面土墙上有深浅不一的窝，蛛丝网住了部分，上面挂着粮食的雪粉。这说明不管出于什么样的原因，一些孩子跟我遭过同样的罪，他们都不愿意把灵魂落在这里。

看来，在这座磨坊的前世今生里，很多人有缘有故或无缘无故地被牵扯了进去。除捉奸事件外，绝对还发生过很多类似的以推磨来遮掩的事情，只不过这些事情像吹过黑夜的风，没有留下痕迹。

某天，磨坊斜对面高高的构树上，悬挂了一条死狗，头朝下，嘴龇裂，随时从空中扑下来咬人的样子。没几日，腐肉吸引来了大批的狗。它们来自诺苏泽波、车莫阔希和河流上游毗邻的寨子，整天拉帮结派地咆哮和撕咬，闹得不可开交。苍蝇嗡嗡嘤嘤的，胜利的狗围着树干往上刨时，它们成群起飞，须臾又不可离。狗不知道徒劳无益，利爪已将树皮刮得越发光滑，根本爬不上去了，像蜉蝣撼大树。黑压压的乌鸦是最大的受益者，饱食终日，尽享富贵，末了，一扑一腾地飞回深山里的老巢。

在所有的咒誓中，最高级、最阴毒的一招算是勒狗，将被施以秘咒的狗活活弄死，悬垂于一棵树上，预示着被诅咒的对方未来也像狗一般死去。据传，这种毒誓容易起反作用，稍加不慎的话，会殃及诅咒方，有点像杀敌一万自损三千的道理。所以说，不到万不得已，谁都不愿去做此类咒誓。

一个多月后，我们又惊闻特吉路口的核桃树上也绑了一条死狗，头和前肢用树条撑着，朝向磨坊这方，即诺苏泽波的方向。

仇恨积累到何种程度才算不共戴天？诅咒和反诅咒是怎么念的？后两者中，哪种法力更能取人性命？数日来，我向我奶奶讨教这种歪门邪道的冷知识，极像诺苏泽波的人遇到问题时向她征询一样。可她一直在回避我的提问，动辄用"会死人"的话来恐吓我。有几个黄昏，我看见她坐在院墙的角落里，分别接见一些人，他们中有我阿达和两个叔叔，有妻子出轨的那位汉子，也有寨子里的其他人。我本想用一只耳朵来偷听谈话内容的，但起始就暴露了，另外一只耳朵落进了阿嫫的手里，险些被拧下来。在那些天里，我奶奶干瘪的嘴唇不断地努着，好似自言自语，沧桑的脸上挂着笑,既像老谋深算的讥笑,又像春风得意的微笑。在我看来,她越来越似巫婆了,神神秘秘,语焉不详。

我始终觉得,墙角下的密谈跟奸情、征讨和诅咒有关。所以,每当上学、放学经过磨坊时,我都会细心地观察。这时节雨水多,河流一日日猛涨,淹没了河谷里的很多乱石,水浪卷起来一下下地拍打磨坊临渊的底座,石墙上的青苔比以往更多、更乱了,东绿绿,西绿绿,使整座磨坊看起来像乱世里的怪兽。兴许迫于水位的越来越高,雨燕集体搬离,不知飞去了何方。人燕不相见,于人于燕皆无损,可出走了很久的她和我的同学,我甚是想念。——我同学的胆子比谁的都大,若他在的话,肯定将我们组织起来,甩石头去打构树上的死狗,直到掉落下来为止。那么,死狗就不至于被捆绑这么长时间了。现在,它只剩下半副软塌塌的皮囊,欲坠却未坠,狗和乌鸦不再来,偶见成群的麻雀惊乍乍地起落,大概是在啄食令人恶心的肉渣和蛆虫。

云雾继续笼罩着河谷两岸。没日没夜的暴雨下过几场了,外加电闪雷鸣,煞是吓人。诺苏泽波和车莫阔希的地界内,大凡离河谷很近的地块都整体松软,和着上面的庄稼一起变成泥石流,滑溜进了河里,留着泥土黄黄的伤。

这天的暴雨是从我到家后开始下的,云层压顶,狂风乱作,电闪雷鸣,天地混沌,人们匆匆忙忙地赶回家,男人得先爬上屋顶,设法稳固住即将被卷走的茅草;女人和孩子们端着盆盆碗碗,看哪儿漏雨,就冲去接哪儿的雨水,满了,小跑着出去倒。我阿达绑扎好我家的茅草后,去帮他的两个弟弟了。那会儿,我站在屋檐下藐视如注的暴雨和狂乱的暴风。眼前的院落积水深深，天上的雨水泼下来，地下的雨水凹下去，立即又弹跳起来，一时间，天上的和地下的拥抱着跳呀跳，仿佛是一大锅咕嘟嘟煮沸的开水；院墙外面的核桃树朝西边倾斜，树和风的较量像拔河比赛，少顷树占上风，少顷风占上风，再少顷，顶上的半截树咔咔断裂了。这时，我奶奶从外面的风雨中冷不丁地冒出来，她一手提着裙角，一手压着头盖帽，站在院子里喊："尔蹬（lu dep）哦，尔蹬哦。"我阿嫫吱了声"噢"，立马抓住一只躲藏于柴火下的鸡，跟着奶奶消失在了疾风骤雨里。她俩不知道，我也旋风般尾随了去。我注意到，几乎家家户户都有人要么抱着鸡，要么唤着狗，闹嚷嚷地跟上了她俩。

"尔蹬"没有对应的汉语词语，类似飞龙出洞时的飞沙走石和天崩地裂。诺苏泽波人以为，此番"尔蹬"绝对跟之前的死狗有关系，惊动了龙脉，激怒了河神，要不然，风、雨和河水咋会如此肆虐呢？他们便断定，恐怕只有杀鸡和打狗这些咒术，才能降伏谁也描述不清的"尔"。

大家在高地停了下来。耳畔的风雨声很大，但河谷里传来的河流声和怒号的风声更大，轰轰轰、哗哗哗，使我们的衣服往身后噗噗飘荡，恍如有股力量在背后拽着你。我奶奶取下头盖帽，边拍打边诅咒，旁边的妇人也跟着"嗖……嗖……"地效仿；带着狗的人念念有词，将其推下去，过会儿，狗不明事理地跑回来，但躲得远远的，任凭怎么呼唤，都摆出一副委屈状，不敢靠近人了；鸡最惨，被抓住两只细爪，往空中上下左右地挥，执鸡者说"噻"的当儿,便朝着河谷远远地扔了出去……风声、雨声、河声、鸡声、狗声和人声混杂在一起,可谓喧闹至极,沸反盈天。

有人说可能保不住磨坊了,又有人说木桥也保不住了。

我往磨坊方向盯了半天,却雾气沉沉,啥也没瞧见。

综合翌日的各种信息,我们在高地呼天抢地的时候,车莫阔希的人也在一厢情愿地念咒降魔。磨坊坍塌的事是他们于夜间惊闻的。算是巧合吧,当天推磨的人恰恰是特吉偷情者的大儿子和邻居家的一名少女。起先,他和她看到下扇磨转速飞快,且越来越快,绷住上扇磨的绳索和木头架子抖啊抖,眼看就要散架了;接着,水从门缝底下流进来,片刻后,洪流破了门板,吞噬了全部……他和她逃至河对岸时,尚有一丝灰黑的天光,依稀可见磨坊的底座已淹没于水中。脚下的水位快挨近木桥了,滔天巨浪,滚滚向前。见到人来,下午牵来的他父亲的那匹枣红马嘶嘶呼应,似乎在说,快来救我。他朝着马走去,去解拴在树上的缰绳,突然,人和马站着的地方往下沉陷,马四蹄朝天,滚入巨流,呜呼哀哉。斜对岸的磨坊此刻也坍塌了,茅草和长短不一的木棍眨眼间四散开,顺着浪涛跌宕,席卷而去。他伤得很重,她搀扶着他向上拼命地攀,好不容易捡回了一条性命。她的身上也有擦伤和瘀青,无奈之下,两人摸黑朝着较近的车莫阔希爬去。

放眼四周,满目疮痍。相较于庭院狼藉、庄稼受损,人们对磨坊的消失更多些情感上的哀怜和惋惜,也更多些惆怅和迷茫。我听说,其他四个彝寨里的人都提到了两地绑着的死狗,断定磨坊的毁灭跟诅咒有关，只是苦于没有证据去拿下勒狗的人罢了。否则，他们会站在公理的立场，责成施以诅咒的一方赔偿或建造一座新的磨坊。

我奶奶的脸褶褶皱皱，仿佛拧得出悲喜交加的泪水，她大声对我说："看看，诅咒应验了嘛！马替人背过，不然，他家的大儿子会死。"

我不屑地说："碰巧人家来推磨，遇到了塌陷。"

"报应，是报应！"

"奶奶啊，洪涝灾害是自然现象。"

"你懂啥？没有诅咒和死狗，哪来这结果？唉，我们还错怪了'尔'呢，是它帮着报复的。"说完，她不再理我，嘴角微微上翘，挂着讥笑或是微笑，只有她自己知道。

若干年后，我奶奶已作古，我又想起了她高深莫测的笑。我推想，她极有可能是奸情事件发酵的幕后黑手，拿别人的情与仇、罪与罚来示众，以警醒跟着小妖到处乱跑的她的大儿子——我的阿达。倘若，我推想成立的话，围绕磨坊的捉奸、讨伐、诅咒和吊挂死狗，都有她的身影。包括后来的某年秋天，我同学的父亲带着一儿一女搬迁去了南方，没准也是她布置的阴谋。我奶奶帮凶的清单里应有一长串人名，至于哪些人最得力和最配合，我没有揣测出结果，但其中必有我阿嬷。

当然，我不会对我的胡乱猜想负任何责任。

泪奔

一

最后一个动作跟泪有关。我透过车窗看得清清楚楚。

她被人抬进改装好了的车厢里,这一抬,注定是奔向死亡的。我堂哥和几位哭兮兮的女亲戚顺势上了车,放脚的地方,被她的担架占据着。她直直地躺在担架上,双目轻阖,面带微笑,似乎很享受。汽车还未发动,更多的男女亲戚围着车子哀哭,空气里弥漫着生离死别的悲。再看时,一滴泪跌落,是我堂哥不小心落下去的,不偏不倚,正好泊在了她的左脸颊上。片刻,只是片刻,我猜她感觉到了泪水捎来的酥痒和凉意,便轻举左手擦了擦,那晶莹瞬间消隐。

我堂哥拿捏得多好啊。在先前的众目睽睽之下，他貌似薄情，无语，无泪，一脸茫然。此刻，他的泪水滚滚而落，但恰恰是与她交集的那滴，胜过万语千言。

她和我有两条亲戚线索，一是她嫁给了跟我有六代之远的堂哥；二是她的母亲与我父亲是堂兄妹，中间隔着四代。两利相权取其近，后面的亲戚线最近。按亲戚论称呼，我喊她表妹，彝语叫"阿惹（a ssat）"，后面加上她"阿嘎"的名字，念起来，有音乐的节奏感。

阿惹阿嘎姓莱伍，二十多年前，她全家从汉区搬到了我们的高山之地。我记得，她上过小学，好像读三年级。但迁入我们寨子后，不知啥原因，她家里没让她继续读书，而是安排了做不完的活，譬如采猪草，譬如放牧，譬如拾粪，譬如煮一日两餐……我们偶尔在一起疯玩，玩着玩着，哭鼻子的总是她。野孩子爱分帮派，她排行老大，无兄无弟，只有一个妹妹，并且叫莱伍的偏偏只有她这家，我们不欺负她，还能欺负谁？彝族有句谚语，与"虎落平阳被犬欺"同语境、同语义——也是比兴手法，展开来说：你是金子般的燕麦，现在却纡尊降贵，掺和进了小麦堆里，受尽欺凌是肯定的，但有什么办法呢？因为，小麦跟得志的狗一样趾高气扬，忘乎其形，自以为雄过老虎了。

孩子不长心。阿惹阿嘎绝对懂不了深奥的道理，我也懂不了。但她的双亲应该体会过乞求与施舍间隐隐的"欺"。你看，包括土地、农家肥和柴火都是几家亲戚匀出来的，相当于跑到人家的门边讨口，更像是在人家的锅里乞食，弄得极个别的妇人脸色不好看。主事者是我父亲,他恩威并重,以德服人,我家倒是统统多给了的,甚至有时候,她家需要啥,只要我家有,权当是她家的。陡峭的高山之地算是敞开胸怀接纳了她家,让她家人和所有的亲戚一道,经历着世俗的磕磕绊绊。

彝人兴姑表婚,姑家女,伸手娶,舅舅要,隔山喊。舅舅干吗要喊?当然是给儿子或侄子提亲,亲上加亲,戚上加戚,稳固亲戚关系。

阿惹阿嘎称我父亲为舅舅,无数年后,这个舅舅没有喊,而是提着一瓶白酒去要人。具体怎么个要法,我不知道。但等到晚上吃鲜肉的时候,我晓得成了。我堂哥有了媳妇。

我堂哥家与我们同住一个村。他两岁丧父,与母亲相依为命长大成人。身材高挑的他,肤色黝黑,瘦骨嶙峋,看似永远营养不良或生了病的样子。衣裳再好,穿上去就像搭在一副衣架上,单薄自不必说,晃荡起来,还以为是风在拨弄。乍看,心头发怵;再看,似曾面熟;又看,亲情腾涌,觉得形象生动、挺拔俊逸。

阿惹阿嘎的不从起初装在内心里,任凭眼泪哗啦啦地流,后来升级了,把情绪全部拿出来,一些挂在脸庞上,一些摔进语言里,一些搅入事情中,走到哪里,都像一只怒气冲冲的刺猬,让人没法靠近。

"等心死了,就好了。"村人的言论,抱有一定的同情心,但太廉价,还带有明显的妥协性。我母亲就多次规劝过,要她想透一件事,你全家搬迁到高山来的真正原因是什么,还不是因为你父母没生儿子——无后为大，靠亲如靠灯，得靠亲戚啊！再说，他本分做人，规矩做事，虽瘦了点，可力气大。最后你还得想，那么多亲戚帮助过你家，滴水之恩，当涌泉相报，你父母拿啥来报？把你嫁给我侄子，等于先报恩，后受福，女婿半个儿，是两全其美的一件大好事。我母亲的唠叨有点名堂，她怎么给阿惹阿嘎诱之以利，胁之以迫，回到家后，又从头至尾复述一遍。其实，她看重的并不是自作聪明的观点，而是父母之命不可违的问题，儿女的婚姻，少来花花绿绿的那套，个人意见不作数。

阿惹阿嘎的泪流干了，一日日地败下阵来，按程序结婚，按程序回门，按程序邀请。何为邀请？此乃彝人的礼俗，女子嫁人后，要在娘家待着，想待多久就多久，等待着男方一次次地邀请哩。应不应邀，是女子的事。这么晃上几年，双方有解除婚约的。我堂哥不敢长时间地放任他媳妇，节庆去请，有重大事情去请，没事时胡编一些理由去请，目的昭然：满心欢喜，沐浴爱河，共赴白头。

但结婚已两年多了，咋不见他媳妇隆起肚子呢？莫不是他的问题？村人的议论波澜乍起。

那年，我读初三。我和堂哥舒舒服服地躺在铺开的羊毛毡子上聊天，尽管我不懂男女之事，但还是硬着头皮问了。堂哥扯了旁边的几根茅草，塞进嘴里，慢慢地嚼，好似他是一只羊。原来，堂哥不容易，无数个夜晚的搏斗都输给了媳妇，肌肤之亲尚未奏效。她每晚穿着三四条裤子睡，外边还系了七八根布腰带，纵然堂哥像猛虎一般扑上去，也无济于事。最近，她只穿两条裤子了,布腰带减少了几根。这几天,他正寻思着,看如何突破她的防线。

他说,快了。

她是他的女人,不可能往死里捶,靠时间慢慢磨吧。

几个月后,阿惹阿嘎有了身孕,我堂哥窝不窝囊,无须再去明证。至于我堂哥使啥招征服了女人,我不便问,也不该问。

我猜想,堂哥的得逞跟阿惹阿嘎的妥协不无关系。从汉区来的姑娘自有她向往的爱情,但真到了她身上,爱情却变成了一份交易。

哀莫大于心死,她活成了我故乡所有妇人的模样。

二

都说强扭的瓜不甜,但我说未必。男女在一起,要活明白,一旦明白了,便觉悟:想多了都是问题,想通了才是答案。生活就是崩溃后愈合,愈合后崩溃,就看你如何去衔接和磨砺。

在若干年的时光里,我堂哥家鸡吵鹅斗的局面翻了个转,也不觉得晓风残月了,吹来的晨风是和煦的,满园的月光是惬意的。生活蹦蹦跳跳,像一辆拖拉机朝着美好的明天奔。我听说,他家是故乡那地儿最富裕的人家,标杆是五十对大大小小的绵羊,也就是一百只羊。很多人家发奋图强,但再怎么追赶,也不济我堂哥家阔绰。

是不是上天嫉妒呢?我堂哥和阿惹阿嘎养育一儿三女后,悲

039

剧叩响了木门。规行矩步的村人,一般先求神问卜,且自宽心,再送医问药。我堂哥逃不过宿命论,两边问询的结果皆让他顿生绝望。卦说,血光之灾。医院检查是白血病,是早晚即逝的难治之症。

邪正杂糅,心绪烦乱。

自那以后,就医的路越走越漫长,县城、州府和省城,有时候按层级走,有时候直奔高级的而去,但始终逃不脱看病的魔咒,像一个死循环。阿惹阿嘎的病好一阵坏一阵,靠药死死地压着。人成了药的堆体,散发出中西药古怪的味儿。每次住院的大头费用尽管在新型农村合作医疗里报销,但个人承担的部分,经年累月地积,也不是一笔小数目,叫人烦难。原本绵羊漫卷的殷实之户,向贫病交加的苦难深处滑去,坠入负债的无底洞,地荒了,心萎了,家败了。

某年夏末,阿惹阿嘎来州府复查病体,吃住都在我父母处。这日,我母亲打电话来催,要求我回去陪他们吃晚饭,重点是去看望阿惹阿嘎,和她说说话,宽宽心。去宽解一个心力交瘁者,我哪有这本事?倒是跟着她的讲述唏唏嘘嘘,哀肠百转,悲愤命运对她的不公。她浮肿的脸泛着猪肝色,偶尔有浅笑,是凄苦、恓惶的那种。她说她准备好了,哪天死无所谓,只是恳请我们多照顾她的四个子女,读书呀,就业呀,婚嫁呀,全靠我们这些还活着的亲戚了。我妈和我边听边落泪,阿惹阿嘎反过来宽我俩的心,"莫哭,别伤了身体"。

这么多年来,她的故事大概如下。

说久病成医，一点不为过。为了节省钱，她买来注射器、碘伏和药品，自己服药，自己打针，感觉到快要昏迷了，才叫人背往县医院换血。至于移植骨髓的疗法，她没跟我堂哥说，反正他不懂汉语。她讲我堂哥的笑话。有一次，医生递给他一张纸，他上上下下地看，看得大汗淋漓，看得浑身颤抖。那张纸似乎很沉，又似乎很烫，在他的两只手之间换来换去，嚓嚓嚓的响声停不下来，抖动但听不到声音的还有他的裤脚。我问："堂哥不识字，咋看？""就是啊，还拿倒了，反着看。你堂哥心软，第一次看到病危通知书时，差点吓死。'危'字怎么写的？你堂哥一辈子就怕'危'，所以认识了这个字：顺着识，倒着识，说不准，从背面也能识。"而她不怕"危"，撑着病弱的身体去申请，把全家纳入了贫困户和低保户，享受国家优待。正是依托异地移民的搬迁政策，她在县医院住院期间，在城郊购置了一套二手房，四个孩子跟着转到县城读书。小时候，从汉乡搬到彝地的她，在生命垂危的中年出奇地扳回了一局。毕竟，孩子的教育，是她梦想的延续。我堂哥则言听计从，挑着乡下和县城两个家，陀螺似的忙，忙碌生计。按政策规定，凡举家移民的家庭，乡下的老屋必须拆除，但我堂哥和他年迈的母亲依依不舍，家拆了，落叶到哪儿归根呢？最终选了个折中的办法，拆掉老屋的大部分，暂且留下两间偏房，一间煮饭，一间住人。家的凄清和悲凉尽收眼底。

在虚弱但尚能走动的日子里，阿惹阿嘎几乎访遍了远远近近的亲戚。到我们居住的州府来，是必要的一项，也是一举两得的策略，既检查了病体，又探望了亲戚。她不分亲疏，把我们视作至爱的那份真情令人动容。

眼泪像流感，在特定的场景里，极容易感染人，成为泪的专场。在别人的不幸里，人们表达同情、惆怅、迷茫、悲悯的感性方式，往往是哭，流淌自己的眼泪，模糊别人的世界。

悲苦的人儿啊，只可惜天不假年，死神发出的函只差签收了。

前段时间，她又来州府看病，并未告诉我们。检查的结果是除白血病外，还多了糖尿病、胆结石、肾衰竭……有关的病叫嚣着，大举侵害她体内的各个部位。这回导火索是胆结石，痛得她一刻不停地哀号。

我赶到医院时，我父母、堂哥和堂哥的大儿子约沙正茫然失措。我的到来，像给他们打了一针镇静剂，齐齐地看着我，等我发话。主治医生跑进跑出，说是并发症大作，手术的成功率几乎为零。医生为缓解阿惹阿嘎的疼痛，在她右乳侧边注射了针剂，见鲜血突突往外喷，差家属买来几袋盐，叫我母亲用盐袋压着。二十分钟后，我母亲还坐在那儿，换另一只手去操作，彝族老年装的手袖上遍染血的猩红。血，拖拖拉拉地止住了。阿惹阿嘎被推进了重症监护室……

阿惹阿嘎病危的消息是她儿子早些时候发布出去的。这会儿，在州府的沾亲带故者陆续赶至医院，黑压压三十多个人，像一窝蜂，七嘴八舌地议论着。放弃抢救，不然的话，人财两空，这是压倒性的舆论。我堂哥一时拿不定主意，窘在人群里。我带着侄子约沙和医生反复商量，究竟该怎么办？等医生下定决心，启动手术前的程序时,我堂哥已一锤定音:放弃抢救。像每位即将病逝的彝人一样,她被拉回老家;拢家了,气数未尽,按传统做场法,救赎她的魂灵。

我和侄子试图反对,就算咽气也在医院咽吧,至少给生命一个最起码的、最后的尊严。可我俩的声音湮没于众人的附和中,于事无补。

有妇人提议,赶快去买一套秋衣秋裤,让病人穿上,以免到家时尸体僵硬,不好套寿衣。我跑到医院斜对面的一家超市买来了,顺带还买了成人专用的纸尿裤。我想,阿惹阿嘎用得着,在长途车上的时候,不至于难堪。

三

我是翌日傍晚才抵达老家的。我堂哥已经拆掉大部分的土房敞开着,三面残墙还未完全垮塌,刚好派上了用场。塑料篷布从土墙高处斜斜地往另一面的低处铺展开,里面撑着七八根木柱,像个简易的工棚。秋风席卷,篷布鼓了瘪,瘪了鼓,哗哗响,恰似伴唱的哀歌。临时吊着的摇摇晃晃的灯泡下面,阿惹阿嘎的遗体靠着墙脚,亲戚们或坐或蹲地半围着,安放所有的悲痛。听说我来了,堂哥八十八岁的母亲佝偻着,拄根拐杖,颤巍巍地走近我,轻唤我的乳名:"支铁惹,叫我怎么活啊?"说完,瘫软在我身旁。

后半夜,暴雨噼里啪啦地砸下来,无休无止。我直系的所有堂弟挺身而出，好几位邻居也搭上手，从不同的角度牵拉着顶上的篷布，好让雨水流走。天地被密密的雨线连接的时候，守丧的那种悲痛铺天盖地，在雨水和泪水里，每个人都沉浮于滚滚的雨流和泪流中。

　　鸡鸣起尸，之前就占卜好的。重要的是，在火葬地的旁边，还要念四个多小时的救赎经。风雨中，抬尸人和我们都湿透了衣裳。

　　在一面倾斜的土坡上，很快燃起了一篷熊熊的火，所有来帮忙的人围着火烤，身体紧挨着身体；专程请来的丁丁毕摩（bimox，祭司）有自己的职责，在不远处戴着斗笠，蜷缩成一个黑乎乎的疙瘩，让人好担心他顺着斜坡滚滚而去；毕摩的侧面是刚刚捂死的一只大绵羊，再前是一头血已流尽的小黑猪，最前则是亡者的遗体，上面盖着几层塑料薄膜，以防雨水浸湿，火化时不易燃烧。

　　青烟袅袅，经声琅琅。开念不久，天公逐渐作美，雨停歇，风憩息。再过一个时辰，月牙儿从云层里探出来，像一弯钩，挂在天幕上。倾洒的月光照着满坡湿漉漉的衰草，照着死人和活人巫的现场。

　　……
　　活着叫阿嘎的人
　　死了同样直呼你
　　汝的肉身将焚烧

骨灰撒遍后山坡
汝的灵魂将涅槃
从今以后哪
村前河沟水磨响
屋后树梢乌鸦哭
猎狗狂放撵公獐
孩童失火烧野山
莫呀莫生气
……

天亮后，我从火葬地返回。我堂哥睡在一张破烂的竹席上，嘴里嚼着几根枯黄的茅草，一如他年轻时，边嚼草边说阿惹阿嘎的样子。我挨着他坐了下来，前面，他的四个孩子抱在一起痛哭，嗓子嘶嘶哑哑的。

泪，奔涌，哀伤之泪奔涌成了河流。

生命之野

一

多看一眼,我感觉似曾相识。

酒是天底下最能让人平起平坐的介质。你敬我还间,满屋子的人生疏不分,语笑喧阗,贫富、高低和贵贱像酒一样端平了。每个人的血管里都奔涌着滚烫的情愫,乐得神仙似的。我飘飘然的时候,发现他已挨着我了。"你是支铁,对不?"他的目光有些软,声音怯怯的,唯恐我不是他唤的那个人。要知道,在我不熟悉的乡下,能叫出我乳名的人一定知晓我的家世。

"是。"我轻声回应。刹那,他肥胖的圆脸挤满笑容,恰似盛放的葵花,光彩炫目。"我是你舅,你的俄勒舅舅。"他忙不迭地推销自己，希望得到我的首肯。怎能证明他是我舅呢？他是酝酿好了的，从我奶奶的家谱入手，像捋一丛枝枝蔓蔓的瓜藤，哪里开枝散叶，哪里认祖归宗，最后捋到了我奶奶的头上。毋庸他解释，在彝人的谱系里，父子向来连名，女的掺和不了，要"掺"的话，顶多算一种联系或关联。我奶奶无兄无弟，到她父亲这一代，祖先追求的永续根脉彻底绝了。

"支铁啊，我爸爸和你奶奶是堂兄妹，往上四代是同一个先祖，俄勒家的。"

在亲戚的坐标上，我俩的关系厘清了。按照彝人的称谓，我是该唤他舅舅。

"俄勒舅舅，你咋来这里？"

"这孩子疯了，你堂哥结婚，我能不来吗？再说，我家住在沟下面，你们开车上来要路过那里。"

眼前的他顶多大我二十岁，动辄用"孩子"一词的口吻，多半仗着彝人享有的尊者之特权。毕竟，天下娘舅大。他虽然不是我母亲血缘方的舅，但一旦与我奶奶沾边，其地位就远胜于我的娘舅了。更何况，我是一个严格意义上没有亲舅舅的人。

"什么时候搬的？过得怎样？"我问。

我关心的问题似乎切合俄勒舅舅的心思。他挪了位置，正对着我。我俩的双膝不时轻轻碰擦。他干咳一声后，进入了角色。

"可能是宿命吧！搬迁到越西坝子后，我把整个家庭毁灭了。"

此等言论，令我震惊。怎么就毁灭了一个好端端的家庭？

停顿之余,他改变先前的语速,真正像他这年纪的人般陷入回忆:"在老家,我算是闯荡过天地的人。每次到越西坝子,我都看得入迷,想入非非,比咱老家好几百倍啊!怎样才能搬迁到富饶之地,给我两儿子和一女儿一些前途?积攒起来的家产被我置换了土地,举家搬迁过来。家是搬了,心却变了。三个孩子不往好的方面变,反而学会了很多恶习。长子仗义,江湖习气重,先是别人用刀威胁他,结果他抢来捅死了那人,被判了无期徒刑;次子吸毒,自己还算明白人,家里拿不出钱来,上吊死了;幺妹儿贪心啊,她自己一岁的幼儿都顾不上,去犯罪,进监狱了;你舅母你还记得不?天天骂我,骂累了自己哭,淌出来的泪带着血,死了。

"支铁啊,这些事情你没听说吗?才五年时间啊,家道、家业、家人全完蛋了。"一声轻叹后,他继续补充,"活该!"

我无言以对,默默地端过放在地面的酒碗站起来,颤颤地递向他:"俄勒舅舅,我敬你。"他按规矩,欠了欠上身:"你辈数小,舅舅不起身了。"

"起身就冒犯您老了。"

"看样子,你不知道舅舅家的事。你爸妈可好?他们应该听说了我家的事情,我有二十多年没有见过他俩了。"

俄勒舅舅给了我一个台阶下,但此刻我心绪难平,没有回应他的提问。他简单的述说击中了我的悲悯,安慰的言语实在没有任何意义。即便回应他,我也不知从何谈起。我想,若我谈及我父母的晚年之福,那无疑是在俄勒舅舅悲痛的心上撕扯悲痛。我俩的对话暂时陷入沉默。屋内，从高处垂下的灯泡尽管不是很亮，但能清楚地映着俄勒舅舅的脸。他试着抬手擦泪，最终却没有抬起来。

俄勒舅舅把头埋进了自己的大腿，背弓着，再次抬起头时，他的那张脸依稀有点花。我知道那是悄然擦拭后的泪痕。"我堂堂一个俄勒汉子，任何悲痛都不会击垮我的。舅舅给你找个睡的地方，你早些睡吧。"他拍了拍我，圆脸堆着笑，"不要难过，不要替舅舅伤心。"

"这里我熟悉，舅舅，你先去休息。"我说。

他缓慢地步出了闹嚷嚷的屋子。

二

偏房里原本腾给我睡的木床，已被三个男人占了。堂哥回到正屋悄声告诉我："要不你也去挤挤？夜深了，可以躺的地儿都是人，凑合一夜吧。"

木门吱嘎响过，扑面迎来臭烘烘的脚臭气。我以为进了猪圈或牛棚，三个男人的鼾声混杂于一体，分不清是谁的鼾声。我是困了，挤进去和衣躺下。然而，我一直无法进入梦乡，迷迷糊糊的。偏房闷热，我摸黑起身开了一道门缝，也好让脚臭气散发出去。再次挤到床上，闭着眼遐想。木床上空的隔板有响动，可能是一只老鼠，但好半天才走一步，一直走不到我的上方来。屋外，人声闹嚷，从门缝溜进来的声音里，我判断出我的几个堂弟在那里说笑。我索性不睡了,也加入他们的队伍,围着临时烧得旺旺的火堆聊天。他们是从我老家诺苏泽波专程赶来帮堂哥打下手的。堂哥和他的媳妇在外县考上了工作,却按照老人的心愿在乡下举办婚礼。接待客人的一揽子事情就交给了我的堂弟们。

几位堂弟你一言我一语,围着我感兴趣的老家话题神聊。毕竟我已二十多年没有回过老家。每每说到我熟悉的人逝去时,我都会惊讶。故乡的家长里短,他们抖搂在我面前,让我仿佛置身于家乡的村寨里,随便去了哪家,说上些并无要紧的话,好安顿各自的心灵,打发些时光。我们堂兄弟共有七位,明天迎娶新娘的堂哥跟我不是同一个爷,往上追溯,我们拥有同一个先祖。

我亲堂弟中的阿令惹识些彝文,明事理,断是非,为人正,做事有乡贤的风格和气场。老家寨子以及稍远的人们遇事时总要听他的意见。阿令惹的讲述提纲絜领,有层次。他用责备的口吻讲,子不教,父之过。俄勒舅舅的仨孩子染上社会恶习,一定是俄勒舅舅的错。

阿令惹说:"怎么管不住三个小孩?往死里打啊!"

我说:"虎毒不食子,谁打死过亲骨肉?"

阿令惹说:"在越西坝子,一些父母轻者用铁链子拴住孩子,重者以命抵押,唤醒过多少迷途羔羊?轮到俄勒舅舅,他为什么不能呢?"

堂弟阿令惹的生命观,镌刻着彝人的传统。生命不是用来享受,而是用来兑换尊严的。活着,翘盼尊严,赢得声望。苟延残喘地活,为彝人的传统价值观所不齿。

柴火添加过几回了。在火光的映衬下，堂弟们表情凝重。他们从骨子里不认可这位舅舅，但又都提议帮助他一把。阿令惹说："大哥，我们都成家了，你做主，看我们怎么帮他？"

其他几位堂弟把目光投过来，等我吱声。

"舅舅吃低保了吗？"我问。

"每月有一百多元，不够他生活的。"一位堂弟回。

"我们七个堂兄弟，每人每年捐两百元，我捐五百元，大家看行不？"

"兄长所言极是，只是你出的多了。"

"我有工资，该多出。"

我们的协商没有争议，妥妥当当的。抬头望天，北斗星眨眼，一闪一闪。冬季的寒意像水一样泛滥。黎明前的黑暗，潮湿、阴冷。

三

俄勒舅舅从人群里向我走来，颠颠的。嘴里叼着烟杆，披着的黑色瓦拿有些不齐，流苏般密密匝匝的吊线大部分掉了，使得本色的瓦拿像一个倒起的秃子，有失瓦拿的风范。裹在胸前的双手，一只露在外面，手里拿着的鼓囊囊的塑料袋里不知装着什么，也随他的步伐，颠颠的。

"支铁惹，睡好没有？"仅隔一夜，他在我的小名后加了音。与名字组合，"惹"本义为儿子。往小处说，亲昵称谓；往大了说，类似汉子，意指有担当的人。

"睡了一阵。"

"不适应农村了吧？"

"城市只是寄身之所，农村才是我的家。回家哪有不习惯的？"

"那好，那好。"他的脸皮上堆着笑，"你奶奶的家谱你要会背诵，用手机录，我现在教你。"他不由分说，张口就来，弄得我只好拿出手机录了起来。

甘尔——菩提——沈俄——福目——兹西——阿古——阿拉——克谋——尔祖——毕伙——阿凸——补坡——解迩——俄足——杰紫——尕嘎——依乎——卓且——国国嫫

俄勒家支与甘尔谱系同宗同脉，摩格、尔泡、麻卡、金史均为其分支。

我奶奶在破折号的最末处，是俄勒舅舅攀附我的一份讨好。规矩上，谱系里绝不会把一个女性名字加在里面的。

台地上风大，呼呼地刮来衰草和灰尘。婚礼正按照古老的礼俗进行着。主客双方都站在冬天的野地上说话。我的堂弟们和其他帮忙的人来回匆忙，码得比人高的啤酒被他们一件件地抱进了人群。人们和着寒风，边吹牛边饮酒。旁边，临时搭起的"房"里拥挤着新娘和照顾她的至亲。"房"是个隐喻，或叫象征，几根手腕粗的木棍插在地上，围圈竹子编成的篱笆，留道所谓的门就是"房"了。

我将七位堂兄弟做出的决定告诉了俄勒舅舅,请他以后别再为生计奔波,我们会资助他,直到老去。话刚说完,他环顾下周围的人,原先笑着的脸突然垮塌,黑黑的脸涨成了猪肝色,好不自在。"你几个鬼娃儿,太小瞧人了,我堂堂俄勒后裔,怎靠外侄救济呢?你们的心意舅舅领了,但绝对不要你们的捐助。"他的声音提高了八度。人群中不时有人回望我俩。

我立马安抚他的情绪,担心我俩就此事陷入难堪。接着,他说了一堆不愿接受资助的理由。大意是君子不食嗟来之食。我们善良的资助有辱俄勒家族的名望。他个人贫穷事小,家族气节事大。我知道,俄勒舅舅的一根筋又绕到尊严上去了。我提议我俩去小道上散步。他同意后,我俩走进了阳光照耀的不远处的一条小路。就在这条小路上,我摸出五百元钱塞给了他。走走停停间,他嘤嘤地哭将起来,陆续表达着含义深刻的"我把自己的根拔了、正扛在肩上走"的彝谚。

"支铁惹,不要为我难过。我年纪大了,花不了几个钱,国家给我发了低保,我还有一亩多田地,够吃了。"

"你要保重身体。"

"是啊,我要守到大儿子出来。"

我顺着他说:"会出来的,会出来的。"我的鼻子一阵酸楚,些许泪水浸润眼眶。早晨斜斜的阳光被泪水打碎,一小块一小块地跳动。

我递给他一根纸烟,他摆摆手,先掏出烟杆,再小心翼翼地打开包着的塑料袋子,往烟杆里装了一锅,打火机啪嚓点燃,深深地吸起来。

"这袋烟是俄勒家的一个女人给的。她嫁到这个寨子四十多年了。论辈分,我们是兄妹亲,但这亲远,哪有我俩亲?"

"舅舅,这烟能吃多久?"

"省着吃,管一年。不够了,刚才你给的钱可以买嘛。烟是儿孙烟,不求多子孙,但求有孙啊!"

"会有的。"我如此安慰。

彝人的观念深处,传宗接代比天大。有了子嗣,活着的现实意义像是实现了,对生命无比傲慢起来。俄勒舅舅是否傲慢,答案不确定。单纯从繁衍上讲,两个儿子是标配。可惜大儿子被关在监狱里,小儿子早已呜呼哀哉。我猜想,许多时光里,他内心纠结,无处诉说。他个人的传统生命观可桀骜不驯;可从大儿子蹲监的现实来看,他只得唯唯诺诺,苟且地活着。他期待着美好的未来,但那个未来到底有多远,他无计可算,也无计可施。

"你有办法的,让我大儿子早点出来。"

"表现好的话,监狱给他减刑,会早日出来的。"

"支铁惹,昨天见到你,我就想你有办法。"

我摇摇头。

绝望。他又小孩似的轻哭了一阵。

"不管了,不管了,谁叫他犯法。我这条老命也活不了几年了。我死的时候,支铁你一定要来,老家的外侄们是会来的。今天我想通了,你给的钱,我要置办寿衣,拿来买一件上等的披毡。"

上了年纪的彝人不回避死亡。我万万没料到,他还没有准备自己的寿衣。我试探着问:"这点钱不够吧?"

他答:"够奢华、够体面了。从外面裹的披毡到里面穿的都可以气派。支铁惹,我堂堂俄勒后裔,送终的事情还要外甥来办理,我对不起我的祖宗啊!"

我翻了翻口袋,又塞给他五百元。我兜里剩下的已不足百元了。这时,送新娘来的车队正嘟嘟地按着喇叭,我知道堂哥的传统婚礼流程精简了大部分,宾主就此依依惜别。

站在鸟瞰越西坝子的这块高地,为不成器的一个远亲舅舅抒怀,意义何在?我没有找到答案。这些文字,能否理解为记录小人物的一种历史回响?我也没有找到明确的答案。

只是,我隐隐地感到生命之野的磅礴,力量那么强大,那么可怕。

崇山乡野,谁又一直顺顺当当过?善与恶、幸运与厄运,没有绝对。再怎么苦难,苦难深处,生命依然倔强。

刚刚好

一

竹鞭呼呼响,随时落下来。

执鞭者个头适中,穿中山装,剪板寸头,发质粗硬,发色花白,像点缀着浅浅的雪。出于害怕,站成一排的小人儿往后缩,笔直的队伍很快歪斜了。他不在乎直线或斜线,鹰似的逡巡着,凡脸和手脏兮兮的必挨一两鞭,"啪""啪啪"地打在摊开的手掌上。鞭打时,隐忍者一下就过;哭喊者会多挨几下,另加一句"小兔崽子"的骂。当时,我们不知道"法西斯"这名词,若知,绝对将他的姓狠狠地拿来搓揉,喊他"贺法西斯"的。不过,我们还是搜肠刮肚,将他纳入厉鬼的序列——"聂茨(nyit ci)",

故唤他"贺聂茨",即贺鬼。

完毕,他噌噌噌走到屋檐下,敲垂吊着的一截铁轨。那铁轨锈迹斑斑,似腊肉,让嘴馋的我们不尽遐想。

叮当当,叮当当……

他是偏远彝区教学点的校长兼老师,隶属甘洛县则拉公社。

课堂上,他讲的内容,我多半忘了。从语言的根性上讲,小孩们压根不懂汉语,而作为汉人的他又不懂彝话,所以,教与被教、授与被授仿佛都是对牛弹琴,合不到一个熔炉里来。学校配有彝姓阿色、丁惹和沙马三位民办老师。往往,语文课和数学课先由贺聂茨教几遍,等学生能从头至尾背诵后,再由彝族老师口译成母语,如此循环的结果是,有的真懂,有的似懂非懂。当然,不排除有学生腾云驾雾去了,哪管你这些方块字和阿拉伯数字。期中和期末的分数下来,人人都得分,由贺聂茨按单科成绩赏罚,零分的罚十鞭,一至三十分的罚五鞭,三十至五十分的罚两鞭,五十分以上的赏水果糖。糖的那个甜,天啊,能把童年甜死。它是被贺聂茨从裤兜里慢慢掏出来的,好像他穿着一条魔裤,取之不竭,甜之不尽。他兜里还鼓着,但从外面拍了拍裤兜,说:"下次,拿分数来换!"

回到家,斗字不识半个的父母脸上绽放着花,"啊吧吧,我娃厉害,可背一本书。"不管父母指认哪篇课文,娃都要从第一篇依次起背,直诵到所抽查的最后一个字才停止。脑瓜子活泛的家长察觉到了荒唐,一张纸上的字,咋念老半天?娃娃学着贺聂茨的样摇头晃脑,搬出他的话:温故而知新。家长不懂何意,又是一种对牛弹琴的场景，双方脸上却漾着满意或骄傲的笑。

　　数学的加减法十分麻烦，数字超过二十以上，意味着小人儿的手指和脚趾已算完数尽，再无实招和硬招了。起先，贺聂茨允许学生用小石子和小木棒来凑数，后来，他发明了小竹棍数数法，要求家长仿制，所谓靠山吃山、靠竹吃竹。这土办法好。家长的一臂之力，将权责、情感以及手艺都融入了娃们的学习里。

　　父母砍来竹子，截取等长和等细的竹棍，将钢丝头烧红，嘶嘶钻眼儿，用麻绳串成圈，往娃的肩膀上一挂，别说二十的数，就连一百以内的数都可随便加减。十多个娃从各自的寨子出发，不约而同地拥向学校时，奔跑的脚步声、小竹棍间的剐蹭声以及竹棍与身体的磕碰声，嘈嘈杂杂，急成一团，也挤成一团，像纷纭腾突、马鸣萧萧的远古战争。

　　下午放学，娃们像佩着子弹带的童兵，又是一阵声响的骚乱，嗒嗒嗒，嚯嚯嚯，渐行渐远。只要五六个娃纵队奔腾，山路边的牧者和土地上的劳动者是能听到动静的。这时候，娃们成了时间的代名词，牧者知道快要牧归了，劳动者知道快要收工了。当然，他们之前稍加留意的话，学校的铁轨早当当地敲过，铃声悠悠扬扬，传遍山野。

　　越往高年级走，数学课越让贺聂茨伤透脑筋。一位数的乘法，学生勉强能够应付，但二三位数的却漫无头绪，师生怎么共同努力也枉然——当地土语说"笨得屙牛屎"，是也。贺聂茨和三位民办老师商量，干脆开个家长会，集思广益，寻出一个良策来。开会那天，贺聂茨精神抖擞地讲啊讲，几乎把嗓子说哑了，只见土灰灰的家长呆头呆脑，不知所云，才晓得他们都不懂汉语啊。彝姓阿色的老师站上堡坎，吃力地翻译校长讲解的内容。家长们开始窃窃私语，这下真的听懂了。我们在旁边戏耍，不时嘻嘻地听着。贺聂茨将手背在身后，踱来踱去，以为民间马上贡献出大智慧，配合着学校把学生培养成才。

拿出来的方案让人既欣慰又伤感，跟智慧不沾边，甚至将愚拙放大了无数倍，是彻骨的一种痛。大意是：娃们的学习够好的了，当家长的相当满意，他们不愿再为难贺老师；再说娃学那么多干吗？将来做买卖时能认字、识秤和算钱，不被别人坑，已算贺老师桃李满天下。

贺聂茨愕然，定在那里不说话，像一根木桩。良久，他怒骂"朽木不可雕"。但见每张纯朴且真诚的笑脸，他的心软了下来，几许酸楚，几许同情。

自那以后，贺聂茨的课前训话不再关注学生的脏脸和脏手，而是盯着谁的乘法口诀应用得如何。他出的题目花样繁多，最爱用蛋、鸡和一些山货举例，要求学生对答如流，立即算出能卖多少钱。大失所望者才挨鞭子。进了教室，继续训话，又是罚站，又是讲题，叫我们非弄懂不可。那些账单被我们倒来倒去，一些人成了富翁，一些人当了乞丐。

学生可塑性强，几经周折，二三位数的乘法难题被攻克，几乎人人会、个个懂，只等着去攻克除法的堡垒了。期末考试，小人们的成绩一下子冲进了全公社的前三甲，引得其他五六个教学点的校长自愧不如，恨不得找个地洞钻进去。公社安排贺聂茨介绍经验，他始终绕山绕水，应付了事。

全公社的教学点生源类同，尽是彝家娃，除了公社和公社附近教学点的娃略懂些汉语外，其余的你说砍脑壳，他们也听不懂的。这就意味着，贺聂茨的教育教学确有制胜的秘籍：与其按教学进度哗啦啦教完，让学生一问三不知，倒不如闷鼓加重槌，让学生起码在教学的某环节上像响鼓和响锤，咚咚震天。再不济的话，他们长大了，进城做个小买卖，不至于成为语言上的哑巴和数学上的瞎子。

这高分的奥秘里藏着些许无奈。无奈之下，贺聂茨记住了家长们可怜和可叹的既最高又最低的期盼：认字、识秤和算钱，别连男女厕所都不识，跑错了道。

"蛰吉蛰（zhet jjy zhet）。"贺聂茨苦学彝语，很多方面虽词不达意，但他最爱将这句汉译"刚刚好"的话挂在嘴边。

三十多年后，我想起他的经典动作，右手掌摊开，从前额往后将黑白相间的硬发，似乎那是一把梳子，边梳边笑着说："蛰吉蛰。"接着用汉语补充，"刚刚好，刚刚好。"

二

知道绰号"贺聂茨"是他学彝语后的事。他不责怪谁，说：我不当"聂茨"，你们将来就得当"聂茨"。

我过去看到，他吃的是大米饭，后来注意到，在多半的时间里，他跟彝民一样吃苞谷饭和洋芋坨坨。再后来，他养了几笼子鸡，去公社办事时抱一两只去卖，零零碎碎，挣点外快。他十分在意的穿着也在逐步发生变化，除了的确良白衬衣和呢子中山装外，天蓝色的卡其布料衣裤已完全农村化，补丁缝补丁，看起来只是比农民的干净和板正而已。他熨烫衣裤的那套土法曾经风靡一时，将衣裤搭在长长的板凳上，毛巾覆之，再用装满开水的铁盅盅往前压，不妥的地方，重复便是了。他的裤子最好看，匀匀的、抖抖的、直直的，两条若隐若现的裤线从上而下，好似裤的脊梁，又似刀的锋刃。农民没学会这套熨烫法之前，他们的裤儿怎么看都像皱巴巴的腌菜。

举手投足间，他越来越像个农民了。

山里的彝人信奉万物有灵。家人生病，得请高人或遣送，或驱赶，或捉拿附在病人身上的"聂茨"。尽管人民公社的破"四旧"——旧思想、旧文化、旧风俗和旧习惯抓得紧，但学校附近的人家总要在夜晚悄悄举行。起始，贺聂茨不请自去，想看稀奇。按规定，整个仪式结束前，必须得送几块烧肉给"聂茨"，并派人将"聂茨"的象征物——草偶、泥偶或画着怪异符号的木板送到野外的隐蔽处。有一次，他主动承揽了这项轻巧的移送任务，病人三日后又恰巧痊愈。这下，贺聂茨声名大振，仿佛他是药引子，立竿见影，药到病除。那些远远近近的寨子里，大凡搞仪式的家庭，私下都差人去邀他。

我家在诺苏泽波，离学校最远。有一回，家里给奶奶扎草偶，我负责去请贺聂茨，借他的威力向虚幻世界纵横捭阖，让所有魑魅魍魉统统滚蛋。还在羊肠小道上时，他老爱提问，从学生的回答里几乎掌握了诺苏泽波在读的和适龄儿童的基本情况。到寨子后,他并未急着去我家,而是叫上我和几个同学去串其他户主的门。每访一户,他总要掏包,散发几颗水果糖。客套话说完,弯弯绕绕,设法绕到教育的话题上去,唯有读书高嘛。这天黄昏,他斜挎着的褪色的帆布包像潘多拉的盒子,给他带路的我们像魔怔了一样,心心念念包里面的糖。

等天光暗黑,贺聂茨给我们各赏了一颗糖。

参加仪式的约两个时辰里,我家人十分尊重他,尽可能用简单的彝语跟他交流,大拇指跷了数十遍,夸他是个好老师。

他是无神论者,送草偶的时候,套用学生们起的绰号说:"主人家哦,'聂茨'走了,再也不来了。"一语双关,暗合民心。

回程的路上,他独自前往。漆黑的山那边,电筒的光忽闪忽闪,多么像苍穹中璀璨的某颗星,或成为迷茫、迷惑和迷失者的指引。我站在家门口,看着那束光渐渐隐没于山林,最后消失在了山的另一边。那刻,我暗下决心,往后的私底下,不再叫他贺聂茨,而是规规矩矩、恭恭敬敬地喊贺老师。长大后,我想像他的电筒一样当束穿越黑暗的光,像他一样当个穿过黑夜的人;也正如他,手执光明,照亮前路,去更远的地方,耀更亮的光。

他心头装着教育,是个好校长、好老师。此乃正面之说。

"不知道节约来干啥,像个乞丐,想吃那块送'聂茨'的肉吧。"此乃负面之说。恼人的是,还有人给他编了个极含鄙视意味的绰号"贺什虎(she fu)","贪"和"馋"的状貌活灵活现,令人作呕。汉文稍好些,义为"贺烧肉",乍一听,疑是红烧肉的音。

在很长的时间里，两种论调较劲儿，雄起雌伏，雌起雄伏。后来，三位民办老师不忍心校长被抹黑，挤牙膏似的泄露了些秘密：贺校长省吃俭用，暗中资助了六名计划辍学的优等生。再者，他利用送别"聂茨"的机会，苦口婆心地改变了十多个家长让孩子辍学的想法……

"贺校长不允许我们讲出去，他也跟家长打过招呼，不得外传。"

"哦。"

"嗯。"

细细想来，也是啊，他要访问的人家若无学生和适龄儿童，他绝对不会去送那些"聂茨"象征物的。其意图多么明确，趁机通过家访，一则降低辍学率，二则确保每年招生时有潜在的生源。毕竟，在大山里活蹦乱跳的学龄儿童中，并不是每个孩子都会得到命运的眷顾，背起小书包，高高兴兴去上学。

他做的更多善事，几年之后才被慢慢揭晓。

记得我读五年级上半学期的那年，因病休学两月。其间的三个周日里，贺老师和阿色老师来给我补课，师生甚是融洽。这天，恰遇我父亲给左邻右舍的男子剃头，贺老师说，他也剃一个。父亲说，农民头丑啊，千万别。贺老师固执："哪个说劳动人民丑，我跟哪个急。"见他认真，勉为其难的父亲只得答应，吱吱吱，咔咔咔，千篇一律的锅盖头发型大功告成。

在场的人哈哈笑。

贺老师边笑边问："像农民不?"

父亲奉承着答："还是像老师。"

"不对，不对。这才像农民嘛。"

他歪着头，右手的五指猛地插进上面的头发，前后左右地拨弄。"蛰吉蛰!"先用彝话感叹，马上补上汉语，"刚刚好，刚刚好!"

我注意到，贺老师头顶上的白发比过去更多更密了，似深深的雪，前后抖，雪未落；左右抖，雪依然未落。他种下希望，收获幸福，却逝去了绚烂的年华。

三

别小看语境，时间、空间、情景、对象和话语前提多么重要。

五个年头来，我和很多娃在学校、家庭和纯粹彝民的社会里切换两种语言模式，但终究，除了能识读课本上的汉字外，日常汉语仍旧无法表达，偶尔说上几句，也压根儿不懂意思。我们靠超强的背功，将课本篇目和内容镌刻在了记忆的深处。至于发音准不准、计算对不对，倒在其次，反正够拼的了。我们酷爱音乐课，遗憾的是，贺老师安排得太少，这跟他有副破嗓子相干。他教的歌屈指可数，其中的一首困惑了我三十多年，直到在网络上查询到歌词，才恍然大悟。

我是公社小社员啦

手拿小镰刀呀

身背小竹篮咪

放学以后去劳动

割草积肥拾麦穗

越干越喜欢

啊哈哈，啊哈哈

……

歌词较短，旋律优美，节奏欢快。但因贺老师口耳相授的缘故，我除了懂得"放学以后去劳动"外，其余的一概不知怎么发音。今天唱来，仍是我幼年想当然填的词，不彝不汉，离原本的词义离题万里，甚至莫名其妙。你听：

我是公蛇小蛇员啦

小拉小拉哆呀

扫把扫角咪呀

放学以后去劳动

姿采姐姐甩卖甩

越干越喜欢

啊哈哈，啊哈哈

我以为，歌唱的是一位叫"姿采"的姐姐，她由蛇变化而来，扎着乌黑的小辫子，放学以后，最爱给学校扫地。举此例，我是想强调语境和语言的重要性。

在彝话的环境里，学校教学以及贺老师的汉语似一把锐剑，刺进了我母语的空气里，接踵而至的是知识、科学和文明，且开发了一大批娃的心智、兴趣乃至爱好，为未来步入汉语世界打下了基础。跟我一样的学生是幸运的，我们最起码在汉语、识字和算术上超越了父辈，将来做小买卖，绝不会当傻瓜了。

前辈憨厚、淳朴和木讷，送娃进学堂的目的那么纯粹，那么实用主义。我辈读书，仿佛不是为自己而读，而是为了他们，成为给他们打下手的眼睛、嘴巴和脑子。依此来看，让娃读到小学毕业，算是家长相当有能耐了。是的，尽管贺老师一边节衣缩食资助学生，一边奔走呼告规劝家长，可五年前同届的六十多个学生，临毕业时已不足二十人，其他一至四年级的学生也零零星星，辍学率飙高，刹不住。教学点的使命可谓名存实亡，无可奈何花落去。送走我们毕业班后，教学点被撤并了。娃读书，必须去单边行程两小时的公社里。

听说，家长们捶胸顿足，念贺老师的好，抱怨公社干部的安排。

又听说，贺老师凭借民族教育之功，被调到县城附近的一所小学任教导主任，专攻教学。两年后，他调回老家仁寿县，到底叶落归根了。

我和贺老师五年的相逢，终究成了一生的分别，从此明日隔山岳，世事两茫茫。

参加工作后，我惊奇地发现，幼年的同学和校友绝大部分虽然当了农民，但他们的后代无一例外地被强迫着去读书，唯恐孩子胸无点墨。而当年那些未曾进过课堂的同龄人，则少管子女是否入学，家里的钱要紧，让娃重复他们的命运和生活。拿两者比较时，我恍惚觉得贺老师正提着竹鞭吭哧赶来，挥一下，一枚种子，再挥一下，又是一枚种子。原来，他早在我们的启蒙时期，就种下了一枚枚梦想的种子。只不过，少量的种子在我这代人的身上萌芽，更多地蛰伏着、孕育着、希望着，在隔代人身上"一经造化手，各若矜春华"。

贺老师啊，是你带着我们两代人去了明天，去了春天。

现在，我仿着你的经典，将手伸进头发，代你说彝语口头禅"蛰吉蛰"。此外，我要向世间宣布你的尊姓大名：贺刚。

一切那么合适，一切都刚刚好。

雪葬

一

太阳像一个火球悬于空中。因灼热，万物低垂下头颅，收敛了张扬的个性。无处不在的风早已逃散，不管人鼓起腮帮子怎么嘘，它依旧杳无踪影，估计躲到旁边的野核桃林里逍遥去了。那个胸前挂着口哨的生产队队长，谁敢惹啊，就是他安排大家来开荒的。他没吹哨子之前，人们只能待在尘土漫天的地里劳作，骄阳之暴晒，你尽可想象，那是怎样的一种煎熬。所以，我们每挖一锄都盼着队长开恩，骤然吹响哨子。如是，我们肯定像风一样蹿到旁边的野核桃林里，享受树冠带来的荫蔽。

眼前偌大的荒地，之前也是一片野核桃林。

我说，树根。旁边的撇嘴，说，小点声，莫傻乎乎的。我往两边瞧，都高举锄头，却轻轻地落下，土挖来掩着，不管了，像猫儿盖屎。当然，冒出地面的根得斩断，这是要些经验的。我第一次来，看在我是初中生，且是来替生病的父亲挣少许工分的分上，懒洋洋地跟上便妥。假使我写"偷奸耍滑"的作文，这素材比我绞尽脑汁的想象丰富得多。

呈波浪形的人群像条蛇，整体往前扭，嘶嘶的笑声从另一端浪过来。我所在的编组毫不示弱，半荤半素的话反浪过去。生产队长不笨，笨了当不上的。他清楚队员们是怎样窝的工。至于浪来浪去的说笑声，他的权力再大也管不着。人们把搞笑段子当成清凉的风，以此来吹拂大汗淋漓的燥热。青春的妞牛嫫像一朵花，艳丽在我们的组里。她几乎无话，也无笑。但男人们的话依山恋水，配合着，设法将她绕进去。我想起老牛吃嫩草的情状，肥厚的舌长长地伸出去，左支右绌，草汁和唾液混合着往下滴，一副心有余而力不足的狼狈相。他们的下巴上没有汁水和口水，唯有汗水，但语言充满魔性，也许达到了"望梅止渴"或"隔靴搔痒"的目的。上了年纪的女人是凋零的花，她们相邀着朝一旁的野核桃林跑几遍了，解手嘛，窝多久都没人理。唯妞牛嫫轻盈盈地去时，男人们的眼睛跟着斜，好似灵魂出了壳，等她归队后，才咔咔地回到各自的身体里。

这会儿，他们拿我和妞牛嫫配婚，说我毕竟读书识字，可以跟全生产队最美的她配成小两口。对她貌相的赞美，他们诵出了古典彝语里铿锵却冗长的诗句，从发梢、额头、鼻子、嘴唇等朗朗赞起，直至脚踝。

妞牛嬷扑哧笑："我乐意哦，只怕耽误了支铁读书。"

她提到了我的乳名，像玩笑，又不像，似是而非。凭大家向我瞥来的目光判断，编组里的人都该听见了。

"天下哪有姐弟婚配的？我不是叫你妞牛姐吗？"

"支铁说得对。"她提高了嗓门，"不过，我要警告想偷腥的人，说了一上午，你们敢偷不？说实话，在我眼里，一些人上面吃、下面屙，跟我家的猪差不多。"

有人问："妞牛嬷，你说清楚，哪个是猪？"

有人应合："当猪好啊，妞牛嬷天天喂它。"

"自己晓得！"她甩出话后，不再吱声，狠狠挖地。

妞牛嬷的话偏激，这般损人的话不好接，只见男男女女埋头垦荒，偷工减料地往前推进了大片地。土灰爆腾，热浪滚滚，注意观察的话，热气在最上面涌动，像水波反射出来的粼粼的光。

快要热昏时，哨声骤响。队长的权威不可挑战，他总是在节骨眼上，把人们拿捏得服服帖帖。我们将锄头一扔，如疾风和野兽，呼啦啦，蹿进了野核桃林。如盖的密林好呀，阳光几乎被阻挡了，偶尔渗漏几束，任灰尘在光影里飘飘忽忽。杂草蓬勃的树下多么凉爽，耳畔伴着蝉的鸣唱和鸟的啁啾，时光是声声唤来的惬意。有男人爬上树木，摇两下，熟透了的野核桃冲向草丛，骨碌碌滚，却被绊住了。想吃的人砸碎了野核桃，油香的仁儿稀巴烂了，解不了馋。女人们则闲不住，勤快地做着针线活。瞧，我母亲在补她幺儿的裤子，妞牛嬷在纳鞋垫，一些女的在给老者缝寿衣，飞针走线，不可开交。我也砸了野核桃，正挑拣仁儿时，妞牛嬷递过来一根长针，叫我刺着吃。突然，有人冒出酸话："支铁有福气，这么多人砸野核桃，咋个只给他？"妞牛嬷俏皮地答："他还是个孩子。"对方似乎抓住了话柄，抖机灵："那你要喂奶！"见妞牛嬷恼怒的样子，我妈立即插话来圆场："孩子也是，大人也是，当姐姐的不照顾，难道要你个憨包来照顾？"此后无话，趁着凉爽或发呆，或午眠，或做针线活。

出工的哨声响起时，我还沉浸在美梦里磨牙。梦里，我回到了襁褓时期，奶水润着我，她每动一下，人就变幻，母亲和妞牛嬷的脸交替着出现。母亲摇醒了我，哨子的尾音像兔子尾巴急促隐没，唯蝉鸣哀怨，拉得很长很长。母亲问："儿啊，你磨牙，怕是有蛔虫了，肚子痛不？"我摇摇头，准备走出降福的绿荫。她急忙拦住我说，还不快快感谢妞牛姐，队长采纳了她的提议，今下午和明后天，你姐弟俩给大家捡野核桃去。我窃喜不已，猫着腰，跟着妞牛嬷往密林深处走去。

梦里的事成了我梦外的梦。想到这，我的脸慌慌地烧了起来。

扮猴抑或当人，她说了算。我只管去爬树，摇落多少无所谓，但不允许当猴精，非要爬到细细的树枝上，摘下野核桃。她拖着一个斗大的竹筐，在地上东挑西拣。稍远处，两只松鼠拖着大尾巴转瞬即逝。我计划再去爬另一棵树时，妞牛嬷说："留给它们。"它们是谁？我惊愕地看她。刚好，她侧过身，也怔怔地看我，四目相交，痴在那儿。我紧张地问："还没装够一筐，咋个去交差?"她却说:"你脸又红了。想照顾你,我才出的这主意,别以为队里的人都等着分野核桃,再说,咱们把野核桃抢光了,松鼠吃什么?你别去学那些臭男人,整天偷啊抢的,占人家便宜。"接着又说,"看你红个脸,是不是暴露了心思,跟他们一个样?"

被关心,又被质疑。的确,我羞羞的那点事被戳得体无完肤。青春痘奇痒,绯红的烫和难耐的痒殃及脖颈,恨不得把脖子以上的部件拧下来扔掉。她走过来拍我脸颊,是轻轻柔柔的疼爱和怜惜。这一拍,我的脸更加红里透红,烫上滚烫。我按捺不住青春的悸动,朝她的胸瞄了一眼。

几乎是发号的口吻,她责令我去捡野核桃,自己却舒服地坐着,穿针引线,纳着花花绿绿的鞋垫。

二

计划没有变化快。因天气转阴,打野核桃的活路取消了。连续几天,队长吆喝着人们去挖洋芋。尽管我认真地依样画葫芦,可每一锄下去,总伤着几个。没办法,洋芋的邻居也是洋芋。这窝幸免于难了,势必伤及那窝。我有多无能,伤痕累累的洋芋是明证。我妈从她的编组飞奔而至,抢着钉耙,刨出一大堆,以此来弥补儿子的过失。这时,妞牛嬷跨过几个人来到我妈身边耳语,声音却扬了出来,大意是别折腾你家的读书人,最好是去赶驮洋芋的马匹。我妈担心队长不答应,那可是一件轻松活。妞牛嬷说，试试吧，便摇着柔美的身子，朝队长的方向晃去。

组里的人拄锄而立，有人宽我妈的心："捏笔的怎能跟拿锄的比呢？两套路数，不怪支铁的。你放心好了，我们会帮他。"我妈忙不迭地感谢人家。

还在说话时，妞牛嬷已将身子摇回组里。她一脸粲然。

原先牵马的人不情愿地将缰绳扔在地上，还咕哝了句什么。马听不懂，哼哼着，稳在了我身旁。编组里的人七手八脚，把洋芋倒进了马背上的两侧竹筐里，负重的马不断调整站姿，后腿越劈越开，其弧形的背脊明显弯曲了。妞牛嬷则给我装了半背篼洋芋，催我动身，牵马混入运输的队列。

当晚，母亲炖了腊猪脚，差我去邀妞牛嬷。

全家人特殷勤，包括我病恹恹的父亲也劝她多吃点。我不敢多言，怕梦境里吃奶的细节萦绕脑际，诱发满脸通红。我快速吃饱后，借故做作业，躲避了慌张和迷乱。至于我父母和她后来谈了些什么，直到后半夜我才弄明白。

全队除队长家有一个闹钟之外，其他人的时间是猜出来的。我妈要估算的点，有多种可能，或间隙地抽七八锅兰花烟来猜，或厘清某件极端复杂的事来猜，或以缝补衣裳的劳累程度来猜……反正，大概率上差不到哪去。时辰到了，我妈把我喊醒，叮嘱了又叮嘱。于是，我背着竹筐潜入了黑夜，家狗忽前忽后地跟着。夜并非伸手不见五指，黑蒙蒙的，大致可以判断有几条狗目送我穿过了村庄。它们没吠，家狗可能把信息传了过去，翻成人话，应是我家的主人，别紧张之类的吧。出了村庄，狗走在前

073

面。别个是狗仗人势；我呢，人仗狗势。但恐惧依旧扇动着心脏，越发咚咚咚地跳，不小心的话，随时从我嘴里蹦出来。夜色挤压着我，花草、树木乃至山梁黑乎乎的，变成了狰狞的鬼怪，看也吓人，不看也吓人。摸黑走了好长一截路，狗轻吠两声，撞见明明暗暗的星火。原来，妞牛嬷正蹲在路边咂烟斗。

"来了？"

"嗯。"

"跟上我，别说话。"

"哦。"

仰仗于她，大部分恐惧逃离了我的身体，余下的小部分敦促我，半步不离地跟着。没多久，她绕进一片丛林，示意我和狗跟上，之后，她搂着我、我又搂着狗，集体蹲伏下来。须臾，一个人背着一筐洋芋飘来，影子似的。我认识偷洋芋的他！不由分说，妞牛嬷立即纠正，不是偷，是捡；我俩看不见人，别人也看不见我俩。言毕，她拉了拉我的手，一起上了道。刚才的搂和刚刚的拉，虽都短暂，我却烂泥扶不上墙，口干舌燥，心跳加速，险些瘫软。这一幕若是课文，我会把翻篇的又翻回来，反反复复，读个痛快，悟出一些情理和事理。

我的这颗心啊，先前因恐惧，此刻因欲望，腥腥极了。

离白天尚未挖完的洋芋地还差半里路时，妞牛嬷带我折向了一片密匝的丛林，她叫我蹲下来，一摸，是洋芋。不消说，这是按她和我妈意思要捡的宝贝。"利索点，我去地里了。"她丢下话，消失在黑夜里。我愣在那里的时候，身子是僵硬的，之前跑了的恐惧万马奔腾，卷土重来，攫走了我的心。蝈蝈儿和其他虫子疑似在起哄，噪个不停；树木狂乱不安，妄作妄动，像要伸出无数双手来抓我这具身体；远处还传来了夜鸟凄冷冷的声音……阴森的景象让人毛骨悚然。可以壮胆的狗呢，没良心，跟她跑了。我蹲下来，捡洋芋的手哆哆嗦嗦，不排除一些石头也被我捡进了竹筐里。她说过，另一片草丛里还藏着宝贝，交代我一定要捡干净。然而，现在的我更加神经质了，想象出来的尽是无数的后怕，诸如妖、蛇、蝎等等，反正是吓死人的东西。我决定不去捡宝贝了，而是立马去追寻她和没良心的狗。慢慢地，慢慢地，我朝她消失的方向摸去，尽量减轻我与树枝和草叶碰擦的声音，最好是悄无声息，以免被黑暗中某种神秘的力量发现。我越是这般想，越觉得后背透凉，汗水浸湿了衣裳。

连钻带爬，我终于接近了洋芋地，正准备轻声呼唤时，发现地头多了一个身影，高高大大的，是个男人。我凝视一阵，会是谁呢？是他，还是另外的他？不管是哪个他，这身影胆大包天，一锄锄地挖。妞牛媒则在白天挖过的地里拱，像猪拱地。哦，明白了。难怪白天刨洋芋时，一些比拳头小的洋芋刚出土，就被新的泥土掩埋了。另外，锄头或钉耙扎进泥土的瞬间，力道那么适中，假象那么完美，泥土翻出来，一些盖了左边，一些盖了右边，而这恰恰保全了两窝洋芋。

这会儿，男人把洋芋倒进了妞牛媒的背篓里。他走到她跟前，迟疑一下，便抱走了她。狗不明事理，憨乎乎地跟了过去。又过会儿，两个人向地里走来，一前一后，似有骂声和哭声。眼看妞牛嫫背着竹篓朝我的方向走来。我吓得往后一缩，转身沿大致的来路连滚带爬地回到了起点。她和狗是后脚抵达的。她问我:"捡完没?""应该吧。"她不信,匍匐着身子搜寻,捡了不少。

"那边的捡没?"

"我害怕。"

"怕啥?"

"怕蛇。"

她站起来,抱住我:"忘了,你是个孩子,或者是像个孩子的小男人。"接着,腾出一只手来摸我的脸。她压着嗓子说:"你脸上有汗,是不是红了?不对,红了也不该出汗啊?"她的问题,我没法回答,只觉得脸火辣辣地烧,心乱怦怦地跳。我非故意,但我明显地感觉到,轻轻挨着了她的胸。我真想再用一点力,往前靠,靠着也就抵着了。龌龊如我啊,我贪婪地嗅着她的体香。她问:"还怕蛇不?"我那被黑暗掩盖了的窘相,她是看不见的,但我急促的呼吸她应该感受到了。

我怕的蛇始终没来。若来了,她抱我的时间会长一些。

回程的路像做梦,我背着洋芋走,路背着我和洋芋也走。走快或走慢,取决于我,而不是路。快到村口时,我俩在洼地处歇脚。妞牛嫫将她背篓里的一些洋芋分给我。我说,不必,不必。去挡她的手,手碰着手了,被她的另一个动作接住,扣在一起的两只手,抽都抽不回,后面是两个人的青春啊!课外读物里说,恋爱时有触电感。我没有触过电,这让我狂乱的便是爱的电流吧。

我有点醋意,问:"地里的那个人是谁?"

"你怕见鬼了。"

"我认得他。"

"这么说来,你怕蛇是骗我的,怪不得你出汗。"

一时语塞,手被她摔开。我俩坠入了黑的沉默的深渊。

过了好半天,她又抓住我的手,一拽,我像个孩子扑进了她的怀里,由她的热气呼呼地撩我的耳朵。

"任何时候,我俩看不见人,别人也看不见我俩。记住没,支铁?"

"记住了。"

狗讨好人的时候,会摇尾乞怜。现在,它摇没摇尾,我不关心,我只关心我在妞牛嬷滚烫的怀里可以做些啥,不能做些啥。这狗奇怪,用它的头和两条前爪来蹭我俩,挡过几次,才不蹭了。末了,它认真地盯着我和妞牛嬷,估计累了,朝村庄的方向疾驰而去。它是急着回窝呢,还是想向同伴炫耀所见的秘密?我不知。同样不知的还有暗夜,它会告密给白昼吗?嗯,我忘了黑和白的常识,黑的夜和白的昼虽然碰面,可它们的交接那么短暂,哪有时间去翻弄屁大一个村庄的是非呢?

夜,遮掩了一切,漆黑了所有。

偷洋芋往家里面背的人,色迷心窍抱妞牛嬷的人,我是认清了的。至于我和妞牛嬷既偷洋芋又相互拥抱,也不排除被他人看见。一个暗夜,几重秘密,人真的太复杂了,秘密总比是非多。

既然要遮掩,秘密当然会在乘人不备的角落快快登场,又速速消隐的。

077

三

像越吹越大的猪尿脬，我心头的那点事一日日膨胀。之前，我憎恨过太阳的毒辣，现在却巴巴地盼着。我知道，只有老天爷能帮我一把。届时，妞牛嫫带着我躲进野核桃林，美其名曰打坚果，实则可延展我俩的羞事。

是妞牛嫫忘了，还是队长改了主意，抑或是晌午后才允许去打野核桃的？整个上午，我跟着之前的编组蛇一样往前扭，活路算混得过去，半认真，半偷懒，完全照搬了成年人的套路。太阳从东方一跃一跃，跳到了我们的顶上，温度愈来愈高了，刚挖出的青草眨眼间枯萎而亡；人倒不至于被热死，但个个汗流浃背，仿佛在甑笼里蒸着。讲究的人，缠了枝枝丫丫的树圈，箍在头上，像电影里的侦察兵。

我俩终于钻进了野核桃林，绿荫和凉风令人舒适。我摇树，她捡果。好几只松鼠仓皇出逃。一棵树，又一棵树。我沿着林木的纵深一路攀爬，一路摇晃，落下的野核桃那么密、那么多……直至她追上来时，我刚好从一棵树上跳下来。她指着我鼻子骂："给你讲的话，咋忘了？松鼠吃啥子啊？"我一时没辙，唰地脸红脖子粗。在她面前，该死的这张脸只会认尿。"你担心交差的事吧？"她转怒为笑，指了指旁边一块凹陷的草地，说："坐下来摆，差事我去办，没事的。"

说是摆龙门阵，其实都沉默。之前受惊了的蝉在四周的树上开始试音，发觉没了险情，将鸣唱越拉越高，担心它们断肠于丛林。最终，妞牛媄先开口，讲起了她父亲的故事。有一次，其耳聋的父亲背苞谷去公社里交公粮，由于听不见汽车喇叭声，身体被碾压成两截，当场归西。自父亲死后，小学成绩顶呱呱的她只得辍学，务农挣工分，补贴家用，还学会了抽烟。如果万事皆顺的话，最起码，她可以当一名公社干部。她这样假设和憧憬。

"我喜欢读书人。"她叫我好好学，别辜负了我双亲，长大后，吃公粮，享清福。讲述至此，她揽我入怀，泪滴下来，落在我脸上。没多久，我俩的心思流荡散乱，如难以控制的辕马，手拉在了一起，身子贴在了一处。再憋的话，欲火焚身，活不过下一秒了。说实在，我不懂啥叫挑弄、引逗和撩拨，一切始于原始的冲动，终于惊恐的刺激，像鸡似的完了。

"到底还是个孩子。"她心有不甘的样子。

黏在她发辫上的枯草真不少，她自己不便拾掇，我帮着弄干净。等她戴上未嫁女子标志性的彝式头帕时，完好如初，像啥也未发生过一样。

"今天的事，不许给任何人讲。"

"嗯！"

"寒冬，我将嫁人。送亲那天，你来送我。"

"嗯！"

她拍了拍满脸涨红的我，抽身去拾野核桃。

又一个不可示人的秘密。少年和青年真的分野了。我暗自拥有很多秘密，成了一个青年；可这秘密总爱往嘴边蹿，好几次差点掉下来，让真情大白于村庄。整个暑假的后半截折煞人，欲说还休……欲说还休……终究，我压制住了汹汹涌涌的秘密。

自野核桃林分别后，我因父亲病体痊愈，挣工分没我的事了。

五更梦短，瞥眼已开学。我读的学校离家有六十多里远，每周六中午，惯常往家赶，待天黑才能摸进家；翌日早，又得折返，风里雨里，奔赴周日的晚自习。要想在这时间的空隙里去见妞牛嫫，几乎不现实。我发现，我的心智宛如一根脆骨，硬也不是，软也不是，没勇气乘着夜色去敲她家的门。在开学季的周六晚上，住在家里的我常常辗转难眠。黑暗里，眼睛睁得牛卵大，所见的依然是黑暗。我便一次次进入想象中的快感，在去往她家的路上，有两棵树、三堆石、五个弯，到院外了，犹豫中徘徊，徘徊中犹豫，妞牛嫫站在墙角嘎嘎地笑。我想象她的模样儿，包括穿衣打扮，可我的努力终究枉然，浮现于眼前的仍是野核桃林里的状貌。身体进入身体，于我的人生有了承上启下的衔接之功。但我在乎的倒不是青春的擦枪走火，而是心灵容纳心灵的那份蜜甜，只可惜蜜甜变成了一种苦涩，想见却见不到的苦涩。

"好好学。"出自她口中的这句话激励我、鼓舞我、鞭策我。仿佛是她对着我耳语的，能感受到喘息声，几缕头发一下下地撩着我的脖子……

忘记是第几场雪了。时间的点多么契合，恰恰是我放寒假的第三天，妞牛嫫就要远嫁。其夫家离我们有一整天的路程，山势更高、更峭、更险。听说他俩未曾谋过面，是媒妁牵的婚约；还听说那里人猴混杂,人除种好庄稼外,要花大量时间去提防猴群,以免它们糟蹋了粮食。

夜里,雪落下来,夜空的黑怎么也黑不彻底。寨子里的人们几乎倾巢出动,拥进了妞牛媄的家,婆婆妈妈们、姊姊妹妹们占据着最佳的席位。今夜,她们是大地之主、人间女王,即将编唱意为《热妲（ssip dda）》的挽留之歌。

> 热妲啊,阿莫莫果尼热妲啊,热妲耶
> 热妲啊,阿博玛兹尼热妲啊,热妲耶
> 热妲啊,乌穆尼玛尼热妲啊,热妲耶
> ……

《热妲》曲调悠扬,唱词哀戚,直抵柔软的心灵。她们口随心唱,唱出一个童话般的世界:山川、草木、桑梓、亲人、邻居、朋友依依不舍,不愿你妞牛媄就这样嫁人啊!连鸟雀、耕牛、猎狗、骏马等都停下了活计,深情挽留你呀妞牛媄。一女领,众女合,歌声从室内婉转到屋外,扑进簌簌飞舞的雪花里,飘进在院坝上围火而坐的人们的耳窝里。

我像一个傻子呆坐在火堆旁,胸前暖和,但我的心窝和后背冰冷,悲戚无处说。火对面的八九个男人有了醉意,歪歪斜斜的了。那个偷洋芋背回家的人和抱妞牛媄的人勾肩搭背地坐着,是浅醉还是深醉,我不清楚,只见他俩还在相互敬酒,其中的一个人端起了羊角酒杯……我想起了"人模狗样"。我自己呢,在妞牛嫫的帮衬下，偷和抱都做过了，还不是人模狗样，好不到哪去，甚至更坏。

为了我少受劳动之苦，妞牛嫫是否被那人强暴了呢？有可能，或不可能。

"呸。"我往火里吐了一口痰，这痰既是吐给那人的，也是吐给我自己的。

终于等来了公鸡打鸣。送亲的队伍前拥后簇着一匹马，马上坐着新娘，摸黑出发。翻过村庄对面的山梁时，天光渐露。在雪的映衬和反射下，银装素裹的亮煞是刺眼，最好半眯着走，否则，容易造成雪盲。回望深深浅浅的脚印，前者被后者葬送，后者又被飘落的雪花掩埋，过一两袋烟的工夫，那一窝窝的印痕将会被填满。

雪葬了脚印，也葬了雪自身。我和妞牛嫫的恋情，像这雪葬，伤心之葬，绝望之葬，葬在了万丈红尘里。

人马沓沓，白雪窣窣。按习俗，送亲的小伙子要背新娘一程，轮到我时，妞牛嫫的热气，在我脖子边缘"呼儿呼儿"地撩，我感觉到了她激越的心跳。她的话不多，仅一长句："你还长个儿，给你做的鞋垫，码子多，够穿几年的。"她把藏好的地点说清后，嘤嘤地泣。

换其他人背之前，她补了句："你好好读书。忘了吧！我俩已陌路。"

老天落雪，我心落泪。青春灼灼，无处安放。我多想像一匹狼，凄厉而尖锐地嚎。

辑二：身外

燕麦在上

一

喜鹊滚石。

这样的断句，好像睁眼说瞎话。喜鹊何来力气滚动石头？但你别不信，它们扑棱棱的鸟生就是辨石、刨石、滚石的。那副模样，够谦卑的了，围着认定的、灰不溜秋的石根点头哈腰，干瘦的爪子往屁股方向窸窸窣窣地刨，尾翼翘了平，平了又翘。看火候差不多了，跃上石头狂跳，很用力的样子。"喳"，起飞的当口，被刨松了的石头滚了下去。喜鹊很得意，在空中扑打翅膀，扇下风，立即飞回，大快朵颐蚯蚓、蚁卵或不知名的虫豸。

我从未听闻哪只喜鹊有鸿鹄的志向，硬要飞翔到异地，把这技能传授给他乡的同类。当然，它们黑白相间的样子，叫我无法辨识，哪只精明，哪只又愚蠢？

我故乡的地势，仅从喜鹊的生存伎俩上就可窥见。

老家诺苏泽波一带，山险恶，坡陡峭，尤其是东山的山势像犬齿，咬过天，牙的断口从未痊愈过，有地方凸棱，有地方凹陷，不规则的那种。向阳的一面，在远年的慢时光里，密林深深，霜露蒙翳，狼狐潜匿。后来，还是人技高一筹，开天辟地，才发现石祖、石爷、石父、石子和石孙太多，深埋地下的，冒大半截身子却生了根的，随时准备好凌空飞翔的，石挤着石，石垫着石，江湖好生险恶。播种时节，滚一批进深沟，来年又冒出一批，煞是无常，疑心山肚子里孕的尽是石头。整山的阳坡，要开垦成我曾劳作过的杂粮之仓，不知耗费了我之前多少代人的浩荡劳力，也不知翻耕了几多岁月的奇妙时光。

一辈辈的乡人穷途末路，靠阳坡上的庄稼养活日子。

撒，我感觉农活里最不靠谱的一个动作：顺手攥一把种子于手心，凭借经验和力道，从指缝间扬出去。种子在空中呈现转瞬即逝的扇形，后扑入松松软软的大地。种子与泥土密谋过，但真正的艳遇是从此刻开始的，等待一场媾和，需要一个漫长的周年。每年播撒一季是也。两者对上眼，庄稼人的心便落下来，新一茬的收获或将在秋冬时节不负众望。

夏天进沟的时候，播撒的燕麦脱胎换骨，春光里经不住风雨，绿叶儿由嫩绿渐变成墨绿，茎秆直直的，节节拔高；再过些时日，枝叶多么优雅，每一枝都有自己的弧度，披风似的罩下来，围着主秆轻轻摇晃。若东山是块平地，或者是波浪似的丘陵，长在上面的，怎么看都是庄稼，不会想象成别的什么野草之类。可现在，顺着山的骨架竖起来的燕麦地，乍看都不怎么真实，犹如虚幻的梦。风从沟口来，一浪浪吹，山被浪得乱了心，燕麦亦跟着浪浪地晃，有地动山摇的恍惚。人很饿，但不可能像牲畜，卷食正在灌浆的青涩燕麦。好不容易盼来了酷暑，燕麦的颜色才一天天着魔，先从山脚调色，黄灿灿地趋到山顶。过一两月再看，彻头彻尾地熟了，撩惹得人垂涎三尺，仿佛嗅到了炒燕麦籽时焦煳的味儿，见到了调水啜饮燕麦炒面时，印在唇边的乳白的吻。

每年秋末或初冬，东山的空气里弥漫着燕麦的暗香。情感上，这是乡人送给祖灵的全世界。乡人看着喜鹊成天往东边飞，便觉得喜鹊或是先灵的幻身，来故地巡游，替人们先啄食燕麦籽是否成熟。喜鹊花花的羽身，简洁又明快，黑处黑，白归白，不混杂，不乱搭。如果人世亦然，清清白白，该多么美好！

乡人还在商议何日开镰时，几匹马冲进寨子，荷枪实弹的骑手传达了比土司低一个层级的土目颇俄乌嘉的口谕，亲爱的臣民们啊，东山的燕麦将由乌嘉老爷来接管，你们要忙，就忙其他的去吧！传话者模仿土目语气，拖腔拉调地说："敢违抗命令的，请他到府上来申诉，老爷会赏赐燕麦炒面——'索沫（shop mop）'的。"

颇俄乌嘉的府邸设在东山尽头峭壁的一处巨大岩洞里，真要去抗争和论理，势必凶多吉少，虚说赏索沫，实则挨的是枪子儿。土目的命令，尽管只说给耳朵听，眼看不见，手摸不着，可其能量像诅咒，凝固了寨子的全部空气，眼被刺激，手被束缚，心被绞痛。乡人憋着正义之怒火，欲与骑士辩驳时，马蹄扬起的尘土已渐飘渐远。骏马逆着村庄西边的河流哒哒而上，沿沟谷两侧星罗棋布的寨子里，老人和妇女都听到了匪夷所思的命令，一时间，呜呜咽咽，眼泪应声落。

事关重大！

在我故乡的历史深处，还没有任何事件与之一样重大，这是比天大、比地大的要事。当晚，所有村寨的男人急如星火，集体密谋。会场上只有血性男儿的义愤填膺和剑拔弩张，是你死我活的那种执拗，没有任何回旋的余地。每个寨子里的寨主，或者说每个家支的头人皆应允，青壮年男丁必须迎面疆场，向死而生，既要保护东山的燕麦，更要捍卫索沫的仪轨；苟且受辱，没有了索沫，拿什么孝敬、供奉和祭祀？跃动的心怎么去回应祖先的拷问？人活着，不是为活而活，养一副皮囊容易，但要养好灵魂须穷尽一生啊！原来，大凡伟大的颠覆性的决定，底色都具有革命或宗教的色彩，若两者强强联合，改写并创造新的历史，在理论和行动上一点也不难。

像点燃了炸药包的引线，到了滋滋冒烟的节骨眼上，土目想夺走一株燕麦，恐怕也要血流成河了。

这天，二十多名散兵拥趸着土目去赴一场汉官的宴席，而必经之路只有一条，穿过东山金色燕麦地的羊肠小道，再经我老家的寨子，才能往西去。土目骑着骏马，耀武扬威地来到村口时，暗藏的枪口齐齐地射出了子弹，三五兵士饮弹而亡。蒙圈了的土目率队边反击边折返，结果又遭遇另一股潜伏于燕麦地里的乡人，前后夹击，无处可逃，只得负隅顽抗。一时间，枪声、呐喊声、厮杀声、哀号声、奔跑声和追击声震天动地，历史在这一天，用淋漓的鲜血书写了新的篇章。土目至死也没想明白，俯首称臣的草民竟敢造反，并且还反到了自己的头上。这场围猎，终结了颇俄乌嘉的统治。他的头颅被砍下来，在燕麦地上滚来滚去。那头，血肉模糊，粘着灰土、麦穗和零落的草叶，滚起来，俨然像喜鹊蹬过的石头，骨碌骨碌。

时年，民国二十三年（1934年）。

据说，砍头时，我爷爷乌嘎曲日亲眼所见，肥肉翻涌出来的那刻，像猪油，刀隐于亮晃晃的油，游刃有余。爷爷讲给父亲听，父亲又讲给我听。这故事到此吧，我不会再讲给我儿子听了。

"吃啊，你吃啊！"

"牛出蛮力，猫吃索沫，天理难容！"

于山谷里，于燕麦坡，我祖上的男女老幼群情激昂，谷应山鸣。被隐喻为"猫"的想不劳而获的颇俄乌嘉丢掉了脑袋。

倘若没有保卫燕麦的战役，我是羞于提及我故乡的。芸芸众生的故乡，我故乡哪里比得上他乡？满目刀削般的山架之地，真不及一粒尘埃。但是，正因为有了保卫燕麦及其燕麦文化的这一仗，我觉得脸上泛着光，这粒尘埃比金子还珍贵。

在莽莽撞撞的大凉山彝地，由燕麦或索沫诱发争端，进而火并，抛头颅、洒热血、断根脉的案例俯拾皆是。聚居区里的彝人依不同方言，给燕麦取了"居（jju）""都（ddu）""哈什（hxat shy）"的彝名，炒熟并碾磨的细面虽有方言之别，但索沫是一款烂熟于心、通行于德的食物。这也说明，彝人食用索沫的历史古老得多，远比晚到的借音的玉米、洋芋等食物更有苍古感和纵深感。

一个族群与燕麦单单是吃和种的关系，则深奥不到哪去。远年，我家搬过几次家，父亲的背囊里肯定装着马杜和索沫。前者相当于汉人宗祠里的灵牌，区别在于，彝人的小巧精致，短如一截手指，且因每一代彝人须各自通过宗教仪式，将祖灵送到秘密的山洞，故，藏于我父亲背篓里的不会庞杂，顶多三个，象征着我曾祖父、曾祖母和我爷爷的灵牌而已；后者，既是路途饥饿时的饱腹之食，更是搬入新居当晚人灵共享的主餐。吃前，我奶奶念念有词，不知在给马杜唠叨啥。相反，我记住了家父的话："搬迁之夜，我等敬孝；索沫供奉，尔魂安康；祈福有道，祥瑞子孙。"索沫作为通达神灵的介质，既是现实的，也是虚幻的，但归根结底是文化的。想想看，在文化的感召下，一个家庭澎湃着无穷的力量，不光是现实中人的搬迁，更是列祖列宗队伍的再集合和再迁徙。所以，我游历大凉山时，每每遇见背着锅碗瓢盆的人家，我都肃然起敬。虽然我看不见他们的神灵，可我相信，他们的祖魂一路福佑着，是一支强悍的小队伍呢，人到哪，灵就跟到哪。这与闭塞、贫穷、愚昧和落后无关。假使不幸，四者集于一身了，他们的骨子里仍然闪耀着别人没法看见的文化光芒。

一个族群真正的资本，绝不是形象，也不是财富，而是令人振奋的文化。此乃族群的文化表达，也是族群的另一种历史书写。

千百年来，半牧半农的族群固化了一些文化符号，其中，索沫成为礼仪之需，是否源于本身的稀缺和烹制过程的简单？倘若推理成立，我的族群是不思进取的、消极懒惰的、毫无激情的。然而，事实上，惰性不可能推动一个族群穿越千年迷雾，也不可能在云开雾散之际，创制出深邃的哲学思想。燕麦和索沫高高在上，一定有它们的奥秘。

是的，长在地头的燕麦，一旦被磨成索沫，除饱腹之外，更是精神层面上必须到场的食物。婴儿第一次被抱着出门见天，得调一碗稀汤汤的索沫，母亲喝过，再蘸一滴到婴孩的嘴里，以示孩子也喝过了。又譬如，搬迁新房、孝敬老人、供奉亡灵、祭祀祖先等重要的人生场所，索沫都必须庄严登场，哪怕少得可怜的一小捧……于此意义上，索沫连接着族群的生与死、人与灵、快乐与悲伤、现实与虚空，如宗教般令人虔诚地敬拜。

彝人好迁徙。我们家搬来搬去，最终搬回了原籍。在我印象里，父母曾在东山的自留地里撒播过燕麦，但与祖上气吞山河的气势相比，燕麦地则缩减得多，没多少收成。后来退耕还林，父母及其他乡人都解放了劳力，山的野性也逐年回归，茂盛着初始的茂盛。过些年岁，尽管没有狼狐蹿伏，但多了野猪、獾子、刺猬和叽叽喳喳的各类鸟，一切自自然然地野起来。喜鹊没戏了，辜负一身技艺，再使力也掀不动草木荫蔽的石头。它们装着善解人意的样子，向着东山飞会儿，停歇在任意的一根树枝上，喳的一声，又折回寨子上空，往西边振翅而去。倒是燕雀一剪一剪，刺进密密的草丛，寻觅野生的燕麦。人同样长心，发现得最多的还是燕麦，青一丛，黄一丛，荒芜在漫山遍野里，年复一年。

我每次经过东山脚下的公路时，总爱找个合适的角度仰望。在明亮的天光下，我仿佛看到了燕麦往昔的辉煌，虽然它们的根系不深，但都相互缠绕着，硬是把一座山装扮成了文化的高山。事实上，我的注目被草木蒙蔽了，远远地，岂能瞥见一株燕麦呢？我只是在内心里相信，燕麦一定隐藏在草木间，急切呼唤我，想向我倾诉它或苦难或辉煌的积厚流光的故事。

东山的燕麦，曾经以金色映照过先祖的天空和大地，曾经以杂粮的名义养育过饥肠辘辘的一个族群。

燕麦啊，你是这个族群高高在上的天。

二

懵懵懂懂地，许多人以为燕麦和青稞是一码事，藏区唤糌粑，彝地叫索沫而已。包括我，也曾混淆过这两种禾物。《辞海》定义燕麦：一年生草本，茎秆光滑柔软，叶舌发达，无叶耳，圆锥花序……专业术语，晦涩难懂。还有研究燕麦的专著解释，燕麦的苗叶似小麦而弱，籽实如青稞却细。拿两种植物同时比较，确实容易让人眩晕。到了乡人那里，简化了，芒稍短，籽实与稃壳不易脱落的，便是燕麦；反之是青稞。依然觉得绕，再问，恶毒的话甩将出来：你是头猪啊，连燕麦和青稞都分不清。

依着横断山脉的木里县是彝藏蒙等多民族的杂居地，峡谷纵深，江河如带，雪峰耸立，高山仰止。那些平缓的台地上，当地人既种青稞，又植燕麦，蓬蓬勃勃，激荡人生。收获时节，藏人有款美食香飘邻寨，彝蒙人家，仿效烹制，代代相传。青稞蒸熟后，捣鸡肉、切辣椒，再放上其他提味的作料，外加泉水拌和，一勺青稞，半勺辣汤，吃得吱啦冒汗，酣畅淋漓。这款美食里是否蕴含着藏民的啥文化特性，我不得而知，只晓得实在好吃。如果真有文化附着的话，我是浅薄了，只顾称赞吃食本身，对别人的文化有点大不敬。而彝人经典的索沫配鸡蛋，藏蒙儿女是略懂的。在他们看来，吃食里所承载的礼仪、孝悌、供奉、祭祀等这套思想沉甸甸的，感情里勉强接受了，但文化上怎么都无福消受。这就涉及文化共识，没有共同的文化认知，当然就谈不上所谓的文化体验和文化价值。我知道，远远近近的藏人和蒙古人也仿制索沫配鸡蛋，可更多的亦是仿效吃食而已，文化上他们兴不兴，怎么兴，则是他们的事，不能强加给别人的。

看别人，想自己，很多食物里的文化精髓经年累月就濡染了。木里和毗邻的盐源县一带，文化走廊争奇斗妍，索沫、糌粑、奶酪、酥油茶、牛肉干、苏里玛酒……看似繁乱，却也井然，不同族群的精神领域里，总是开着主导的吃食文化的向阳花。

冬季的早晨，云雾缥缈，深山神秘，寨子里的羊群正在出圈。羔子声声迷，母羊步步乱，像生离死别。但等主人把羊羔圈进庭院旁的青稞地或燕麦地，它们的天性便暴露无遗，吃着植物的叶片或籽粒，母爱一下子被抛到九霄云外去了。老人调了索沫水灌进羸弱的羔羊嘴里，其小脑袋起始摇得像拨浪鼓，飞溅的索沫弄湿老人的一大片衣裤，斑斑驳驳的。片刻后反应过来，跟着老人撵，以为跟跟跄跄的人才是它的娘。没尝过美味的，却不懂哭闹，蹭几口来吃，也不去看别的小伙伴过的啥日子，只顾着去疯玩。

雪山之下的寨子，是大凉山高寒彝地的缩影，像得到了神灵的启示，索沫伴随着人生和家畜的命运，走向各自的芳华。

"三个坝子四片坡，两条江河绕县过。"说的是大凉山东南部的布拖县，是彝语里典型的阿都方言区。我在其腹地的坝子上登高远眺：燕麦铺展，金色灼灼，涌至天地交际处。走进燕麦地，藏匿的鸟扑扑惊飞，又带起另一片燕麦丛林里的鸟，乱作一团，煞是刺激和壮观。站立在地埂上的假人十分僵硬，期待着风，风起才摇摆，自以为活泛，骄傲得很。云雀是不怕的，顶多可惊吓和滋扰浅飞的麻雀。我不知道，布拖彝人是否将云雀隐喻为人的祖灵，像我老家的喜鹊，善而待之。如果它们不是幻想的灵，那也一定是祖灵派遣来的信使。你看，它们彼此呼应，一个圈又一个圈地飞，越飞越高，越飞越窄，钻入云朵后，怕是胸闷气短，呼啦啦坠下来，栽进了草丛里，待人去捉时，啾啾地再起飞。不飞，怕是对不起云雀这诗意的名字吧。它们把燕麦的暗香带到了云朵之上，而上面捎回的话，在坠落的眩晕中被气流吹散了，被落差混淆了，甚至被意识淡忘了。如此设想，布拖的云雀比我老家的喜鹊多了使命感。使命在肩，自然操劳许多，高尚许多，向着天空的飞翔最终累垮了云雀。它们是多么优秀的鸟中使臣啊!

血色夕阳,当风停,当云滞,落日的猩红与燕麦的金黄浸染了天地。作为色彩,红与黄交融时,眩晕的那种高潮,热烈、奔放、激越。燕麦的风骨像刀,任低垂的麦穗于红光里刻印金色的线条。

热风不减,我的诗人朋友曾隐没于燕麦地,灵感来袭,笔下的长诗《神灵的燕麦》直抵死亡与复活:

先祖的骨灰归隐了土地,
竹筒的灵匣安放于清净的崖洞。
日月轮回,证明了日子的短暂,
与周而复始的漫无边际。
啊,有什么办法呢?
燕麦,神灵的燕麦。
我幸福地死亡了一千次,
又幸福地复活了一千次。

遍地是金的燕麦即将熟透,它既是物质的死和生,也是精神的去和来,中间的连接绝对是文化意义上的索沫。往深说,索沫通达生活的任意角落,是彝人彼此心灵向善、向上、向德、向心的文化依赖。

燕麦浩荡,我的目光也跟着浩浩荡荡,所向披靡。在布拖的燕麦地,我忽然想起了一个传奇人物。

丧父时，阿都日哈四岁，恰民国九年（1920年）。按照传统，日哈继承了土司权位，管辖着大凉山布拖、普格、昭觉之南和金阳以西的四县大片江山。从小背负统治权力的日哈，没想到人生道路布满荆棘，走得跌跌撞撞。七岁时，辅佐他执政的母亲被姑姑逼死；至九岁，迎娶比他年长八岁的妻子赤补嫫阿乍；次年，夫妻俩被汉官收监，过了些年头才被释放。命运多舛的他，连喝一碗索沫水也担心被人下毒，胆战心惊地走到了十五岁。

这年，远亲阿卓日伙从大凉山东部的雷波县来帮他理政。来者是个土目，跟我老家被砍头的颇俄乌嘉一个档次。场面上，他帮少年土司匡扶领地，暗地里，却与欲火焚身的土司夫人勾搭纵乐。苟合的枕边话吹多了，来者觉得土司地盘上的一切，包括地里的燕麦和天上的白云都该属于他。

秋季好时光，万物成熟，美妙绝伦。沟谷里的燕麦黄灿灿的了，山梁上的也不示弱，热风过处，秆打秆，浪滚浪，云雀欢飞。阿卓日伙和土司夫人策马飞奔，从一座山梁到另一座山梁，从一条沟谷到另一条沟谷，嘻嘻哈哈，妄想着未来朝野的美好。

而真正的王者似一根朽木，闷在府上痛苦难当，眼看就要彻底腐烂了。好在，起用的谋臣、军师、行刑手以及其他左膀右臂替土司拿定了主意。很快，土司奇怪的命令陆续传遍了限于布拖的领地，属下各家支上缴一架刈好的燕麦，别的税全免了。

"一背夹燕麦，土司开恩喽！"

臣民议论纷纷，不知葫芦里卖啥药。仅半月，缴给土司的连枝带叶的燕麦堆成了一个个巨型的垛，每垛的基座比四五个土掌房大，高度均已超过城堡直耸云霄的碉楼，而专程背燕麦来的，还在陆续抵达。

"带人犯上来。"土司终于现身。

荷枪实弹的彝兵押来了阿卓日伙，土司接着说："看在亲戚的分上，赐给你毒药。是你自己喝，还是逼你喝？"

行刑人端着木碗，稀稀的索沫水里掺着剧毒。片刻，行刑人拖着阿卓日伙温热的遗体往燕麦垛走，之后点火，熊熊火光映红了天。土司夫人赤补嫫阿乍穿着繁复华美的彝装，边说边走向火堆："土司啊，看在你我夫妻一场的分上，用索沫祭祀我吧，免得我成为饿死鬼。"

没有呼天抢地的悲，也没有欢呼雀跃的喜，仿佛一切该这样发生，该这样结束。生与死，荣与辱，正义与邪恶，隔着阴阳，任由后人去评说。

有一阵子，土司活在梦魇深处，每天亲手调和索沫水，一次次地泼向火化了两个人的焦黑的空地。毕竟，走向火焰的女人曾像母亲，用滚烫的胸怀揽他入睡，帮他度过了一个个恐怖、未知的漫漫黑夜。

"牛出劳力，猫吃索沫，天理难容！"被谴责为猫的，乃阿卓日伙。

惆怅的土司不知道，民族隔阂与冲突的风云将会席卷其领地，别说摇摇欲坠的可怜的小政权，连其生命也最终止于民国二十五年（1936年）。那年，他二十岁，被杀于西昌的城门洞外。

客死异乡，亲人遥不可及。文化里必须出场的索沫、鸡蛋和白酒，只能以祭奠之名，在遥远的家乡——土司城堡前后抛撒一丁点。兴许，阿都日哈的亡灵披星戴月赶回了府邸，又兴许，他的三魂七魄早被惊吓得作鸟兽散了。但甭管怎样，活着的亲人和属下依民俗做了，这是他路上的口粮，也是最后的口粮。"黄泉路上莫回头，尔魂饥饿吃索沫，人世不值汝留恋，莫呀莫回头……"他将去往神赐的祖界，与列祖列宗同呼吸、共命运。

视死如归，归去之地是祖先的极乐世界。

死，山地民族从未惧怕，倒是担心外嫁的女子败家，女方的长辈和兄长落气之日，借不到吊丧的一袋索沫，被他人讥讽、嘲笑和愚弄，那才是人生的奇耻大辱。所以，彝女的能耐不是花哨，而是内敛，让日子过得紧凑，不辜负四季的轮回和世间的纷繁。在普遍穷困的年代里，主妇藏不住余粮，但羔羊皮鞣制的口袋里一定藏着少许的索沫，以备急用，几乎家家如此，户户这般。

若干年来，我看见的每一场丧礼，索沫总是以最恰当的方式于哭泣声中亮相。我母语里叫"洛勿"即火葬师的人立马禀告亡灵，汝的谁来了，背着索沫来，提着鸡蛋来，一切祭拜汝……火葬师象征性地调和索沫时，按顺时针方向急急地调，意为敬献亡灵和带走亡灵的鬼怪。死者不属人间，已去另一维度的时空，因此得朝外向的顺时针调和索沫。成形的索沫或由火葬师吃掉，或由遗体旁的亲人吃掉。而在日常里，调和索沫则是逆时针方向，诠释起来煞有介事，以竹筷或细木快速搅动，迅即尝一口，之后再搅，以免被无形的鬼怪抢先一步，被它吃了。人之速度怎么赶得上鬼怪呢？但向内的匀速，鬼怪怕被卷进去，不小心滑溜到了人的肚子里。余下的零星索沫水，不稀不稠，姑且再添些索沫，同向揉捏成椭圆的团，自吃或递给他人吃。内向的吃法，态度很明确，就是不给谋财害命的魑魅魍魉以可乘之机。

遗体前，索沫上位，让亡灵尊享。人们的愿望多真、多善、多美，除了调和索沫的方向变了之外，其余的皆按活着的模样来操办，从此，空悲切，形陌路，两世界。

类似奇特的民俗，在华北、西北和北方主产燕麦区也曾盛行，死者的上衣袖口内一定揣着若干莜面饼，多么用心良苦：亡灵去往阴曹地府时，可喂野狗，免遭侵扰。也有其他说法：自当干粮，路迢迢，不挨饿。且听民谣："莜面吃个半饱饱，一喝开水正好好。""四十里莜面三十里糕，十里荞面饿断腰。"……不一而足。传唱的既是生活，也是艺术，莜面——彝语里的索沫——耐饥耐饿的硬扛形象高大起来，自然也就坐上了杂粮之巅的宝座。

西南彝地与华北、西北和北方，距离遥之还遥，远之又远。当初创制民俗时，不同民族可能都放下过身段，仰望着金色芒刺的燕麦，欣欣然地将燕麦视为天赐的食物。活着，他们把这一食物抬到极致；死时，又将活着的逻辑推演给了亡灵。若魂显灵，亡者应感恩不尽。

幸福地死亡千万次。

快乐地复活千万次。

于彝人而言，生是活，死亦是活。期许祖灵和亡者庇佑活者,降福于活者。那么,何必让泪飞奔呢?他们所煎熬的悲伤和痛苦,经过那味时间的良药,正氤氲出美丽的假想。来年啊,但愿逝者化身吉祥鸟,在山间啼鸣,在故乡翱翔。这假想的力量,慰藉人心,那么柔和,那么贴切,那么温暖。

是啊,一切善的文化,像不竭动力推动着生活隆隆向前。

三

刈麦,极其辛劳,割一片,背一架,汗一路。

看起来蓬蓬松松的,其实背夹上的燕麦早被捆得结结实实。远看,不见人,成精似的,大垛大垛的浪。挨近了,垛下的人挽着裤脚,腿肚子青筋暴跳,怀疑力是从那往上面蹿的。女人弓腰,朝前倾着,奶子大得出奇,颤得厉害了,想到情色上去,真就过分了。胸前兜着婴孩的,边把奶头塞进幼儿的嘴里,边轻哼"呵……呵"的摇篮曲,巴巴地指望着孩子会"呵",既人生智慧,又前途无量。含辛茹苦的日子,圆鼓鼓的乳房也跟着受累。

燕麦到了家,还得等些时日,才能将籽粒脱下来。务必选择艳阳天,晾晒了半日,该男人和连枷大显身手了。谜语"天上一声呼,地下一声嘣"难不住彝寨里的幼童,谜底是众人打燕麦的场景,"呼"和"嘣"是连枷抡起来、捶下去时的拟声词。在空中划过半圆的长枷重重地捶下来,打得麦秆摇首弄姿,翻两转,不敢再恋籽粒,以免被捶个没完。女人呢,用筛子簸,再撮了燕麦从高处往下轻倾轻摇,嘴噘成圆形,"嘘嘘"呼风,麸和籽便向了两头。起始以为,"嘘嘘"只引诱婴孩尿尿,后来晓得可招风,煞是管用。打场上莫乱嘘,无事生非的话,风会气个半死,往后,不一定听话的。

享受过几顿索沫后,人们惊奇地发现,粗糙、黝黑的手变得细腻而光洁,女人的素颜似乎更润泽,美白美白的。以为是吃了索沫所致,但再放开吃一两回,便舍不得了,恩宠般储存着。毕竟,细腻与美白,对劳苦人没啥用。同样舍不得的还有秸秆和麦麸,大冬天养畜生,可稳牛羊的膘。乡人是不知,古希腊皇室女子用燕麦籽泡澡,泡得娇皮嫩肉、香温玉软、柔媚可人;古罗马人拿青燕麦喂战马,喂得剽悍矫健、奋鬣扬蹄、疾驰如飞。

不消吃进胃里,仅与麦秸和籽粒打交道,足可焕发女子的魅力。

粲然一笑,她们的美使男人骨头酥软。

我爷爷乌嘎曲日是个硬汉,没有匍匐在香艳的女人怀里,却倒在了一捧索沫之下。弥留之际,他想喝一碗索沫水。那是初冬的一天,我父亲几乎是飞着去的。瞎了一只眼睛的队长横在面前,任凭他怎么求情,也不愿从生产队仓库里借一捧索沫给他。队长的话傲慢无比:"牛出劳力,猫吃索沫,天理难容!"言外之意,我爷爷是猫,凭啥不劳而获?这索沫,是想借就借、想吃就吃的吗?我父亲无语,咬牙往回走,满脸悲苦。次日清早,在我奶奶的催促下,他再次飞奔去哀求队长,不借索沫也罢,咱能否借两斤豌豆,炒熟后磨成面,冒充索沫,哄骗濒死者的嘴巴。队长依然横着,还差点揍了我父亲。

天不灵，地不灵，队长更不灵。

当日黄昏，我爷爷咽下了生命里的最后一口气，终极的死，不值一碗稀稀的索沫水。在停灵的第一天时间里，我奶奶放下悲痛，炒玉米、磨玉米、筛玉米，硬是将冒充索沫的玉米水祭在了丈夫的灵前。我父亲痛苦万状，恨不得用头去撞击山岩。事实上，若以头击石了，火葬场顶多再飘一缕青烟而已，一缕是我爷爷的，一缕是我父亲的。幸好，我父亲没把自己撞死，才有了我以及我今天的感悟：索沫在上，生命在下。

曾经参与燕麦保卫战的我爷爷，其不是遗嘱的遗嘱影响了我父亲的一生。屋里每次祭祀祖灵，我妈拗不过他，他要多祭一碗索沫。他说，这是他欠他父亲的。而今接近八十岁的他整天吃两碗索沫，别的食物不愿多沾一口。有时候，他犯迷糊，说刚才又看见了我爷爷啜嚅的样子。

我问："爷爷说啥？"

他答："说啥子嘛，还不是喊要吃索沫？"

在想象的时空里，祖孙三代齐聚一堂，索沫身上背负的道德和情义够沉重的了。作为一款肩负文化使命的食物，彝人扛得起所有，却捧不动索沫之轻。所以，听闻大凉山深处哪里的索沫最好，我都心无旁骛，设法一袋袋弄给我父母，让他俩的晚年，肠胃与索沫做伴，贡品与祭祀匹配。我爷爷之灵爱怎么吃，全权由我父亲说了算；我读高中时才作古的奶奶，其亡灵要不要吃，则由我母亲凭意念来判定。

满屋子的老话，隔着实实虚虚的两个空间，活人的言语毕恭毕敬，绝不敢有丝毫的冒犯。

贯穿岁月的索沫吃法太过于单调和乏味，要么调稀的，要么揉团的，再要么小块小块掐来煮，撒点盐，囫囵下肚。在饮食方面，我坦承，包括我双亲在内的整个族群都粗犷、粗放和粗糙，大块吃肉，大碗喝酒，向来不知烹饪的精致和细软。相比之下，晋、蒙、冀、陕四省区的交界地带，顺口溜佐证了莜面的做法："一天变换三个样，十天半月吃不完。"据传，罗列出来的各种吃法，大致有上百种，哪像我的族群寥寥三两样！此刻，我愿意冒着得罪族人的风险，断定我的族群真的不懂烹饪。上千年来，他们除简单地烧、煮和蒸之外，炒、煎、熬、烙、焖、熘、炖、汆等动词，谁大胆尝试过？谁又能精通其原理？原本，生活是用来精细化的，可他们在很多时候粗鄙地草率地生活，一味地追溯原味，奢求大方，反倒远离了烹制的色、香、味和形。

饭食的文化属性，彝人尽可能地去赋予，去象征，去隐喻。比如这款索沫，它远远超越了味蕾和肠胃的扁平概念，以文化的崇高煜煜于彝人的精神之巅。然而，我想不明白的是，没有文化属性的一些饭食为啥还粗制滥造呢？这是否牵扯到一个民族的整个性格：大大咧咧，大手大脚，堂堂正正，又马马虎虎？我想，对于任何族群而言，凡事粗心，绝对不是辩证的传承。

生活不深刻，日子便无味。

我听过一曲率真、耿直的彝族高腔，大意为：

梦中的表妹

> 咱俩私奔吧
>
> 奔向旷野、密林或高山
>
> 我已备足索沫
>
> 还有你喜爱的糖果
>
> 咱俩随心地吃
>
> 咱俩率性地爱

高腔悠扬，痴男怨女，可怜风月，相思急迫。

爱情汹涌、激昂、澎湃之时，树叶做衣穿也暖，沙粒当饭吃也饱，粉身碎骨浑不怕，更何况还有索沫和糖果呢。来不及细思慢想生存策略，锅碗瓢盆罢了，油盐酱醋算了，一私奔，两性的花园里总该是万紫千红的。索沫真好呀，又一次妥帖地安置了爱的罗曼蒂克。

但是，人们对索沫的烹饪，依旧局限于粗拙之范畴。连最具创造力的爱情，也未能研制出花式的索沫。至于别的食物，你我还能强求吗？我隐约察觉到，饮食上安于现状似乎是我族人的秉性，祖先怎么活，子孙便怎么活；我不负世界，也不愿世界负我，且豪迈得如此磊落和坦荡。

生生世世，族群与索沫是宿命，是前定。

像信仰，长在山上的燕麦其实就长在彝人的心里。燕麦站于某处，俯瞰着，洞察着。它知道，除高山和二半山的彝人外，安居平坝的人是无法去感知一粒种子的裂变的。要摇响悬吊于腰间的风铃，它必须盘踞深山，必须深居简出，还要有适度的风徐徐地吹。你听，风铃的响声像灵魂的低语，娓娓道来中，便是彝人的今天和昨天、当下和过去、现实和虚空，纵横捭阖，辽阔无疆。

崇山之下，彝人聚集，抬头仰望。

在世俗里，跟随哪个走，真的很重要。像咖啡有伴侣一样，索沫和鸡蛋往往邀约而行，抬升彼此的文化地位。倘若，背弃了索沫，鸡蛋的身份仅仅是个蛋而已，毫无文化价值之说。可现在，煮熟的鸡蛋跟着索沫走亲访友，崭新的标签光亮烁烁。贤惠的主妇宁可自己的长辈少吃一枚，也要差小孩将鸡蛋送往这家那户，走亲戚的蛋呀，村里的老人都该尝尝。故，索沫和鸡蛋的出行，打通的是一条亲情之路、温馨之路、和谐之路。它俩走向哪里，哪里就以文化育人，哪里就德行天下。

如果说，来之不易的索沫是一种力量的象征，那么，这种力量一定是正义的。爱恨、是非、曲直、褒贬，自有一杆秤称着公心和公信，你偏袒哪方，不一定哪方真理在握。像我老家的颇俄乌嘉，脑袋不是被砍了吗？又像布拖的阿卓日伙，不是被逼着喝毒药了吗？再像我亲爷乌嘎曲日，不也被活活饿死了吗？这一切，不为其他，只为兜兜转转，跟人和灵关联的索沫。

自古以来，彝人放下过所有，唯独不能放下不负苍天的燕麦和索沫。

燕麦在上，索沫在上，高高在上。

寂寞的路向两头

一

一条古道，弯弯曲曲地长，一长两千多公里。

一条古道，起起落落地忙，一忙两千多年头。

宏大的叙述似乎跟大凉山区区十余里的清溪峡不搭。可我心头明白，再不搭，清溪峡亦劳苦功高。是的，别无他途。所以，百鸟和鸣的峡连通了古道，连通了南来北往的人喧马嘶，抑或孤苦寂寞。一条幽深的峡，本没有厚重的书写，但它一成全，便是历史的去路和归途。

沟口多石。碎的不消说，且从笋筐大的以上说起，状如牛、巨似房、高若山的都蹲在那里，像密谋着天大的事情。青石板从乱石堆里导出来，斜斜的、仄仄的，向两头延伸。石板不规整，一块接一块，看似随意，实则讲究，厚度十厘米左右，面积大不到哪去，袒露在路基之上，间距恰是一匹马和一匹骡的步幅，不紧不慢，哒哒而去。人去走，不适宜，还得将步幅调整成马骡的样子，蹦着走。人和牲口貌合神离，而现在反过来，形而上貌离神合了。石板和石板的连接处，草被老乡牲口的尿和粪滋养，往看不见的根和可见的茎叶上炫耀，蓬蓬勃勃地长，春夏墨绿，秋冬枯黄，年年岁岁。这高于石板的草虽怡然自乐，但它不再是千年前的草，唯石板才是。

真怀疑这里是石头的老巢。我从大老远来，看的不是石族之旺盛，而是青石板上那一窝窝的蹄印，以及前面绿油油的峡。这蹄印，分明是厚实岁月和马骡穿梭的印痕，最深的，足能隐没我的整个拳头，最浅的，也能容纳大半个拳。蹄口油亮光滑，里面盛着败叶和积水。昨晚下的那场雨，只剩下这窝那窝的量了。遥想远年，头马或头骡步履稳健，四蹄踩进青石板的凹陷里，后面跟着的，每一蹄的收放岂敢有所散失？那点雨的量，只需两三匹马骡踩过，起始还溅出水花，片刻，不剩一星半点。

清溪峡地处四川省甘洛县坪坝乡境内，古代南方丝绸之路灵关道的西路穿峡而过。北起成都的道，西南出邛部和僰部，介入滇路五尺道、博南道、永昌道，最后跨缅甸，到达古称身毒的印度。这蜀身毒道是中国古代与南、中、西以及东南亚交往的国际交通线。

峡谷的地势是渐次隆升的，北低南高，斜着茁壮和巍峨。此刻，我和朋友站在峡的高高的南口，与扑面吹来的朔风相遇，与遐想中历史深处的人马邂逅。他们长长地舒了口气，吐出的是被峡谷威逼的那种焦虑、压抑和烦躁的心绪。人说话多么友善，笑声多么爽朗；而负重的骡马没办法形容，以喷响鼻、屙臊尿、啃青草的姿势放松自己，之前一直朝前后轮流支棱的俩耳朵，活泛开来，兼顾了左左右右，一副志得意满、气性骄傲的德行。

和人马的队伍不一样，我们要反向顺着宰骡河遛进阴森的十里峡谷。我知道，我们即将淹没于灵关古道上国内仅存的年代最久远、保存最完整、路程最长的清溪峡段，身后是蹄印深深的青石板路。那路，穿过不远的坪坝乡政府后，还将继续高抬身段，蜿蜿蜒蜒，升到山顶的天地接壤处，一下子扑进空幻的松软的云层。

遥指远路，梦彷徨否？何处是天涯？

二

朝北的方向，地势像下行的台阶，整体矮下去。

褊狭、昏暗、潮湿……像钻进了一只镂空的布袋，一束束明亮的光从高处的缝隙漏下来。望天，天破碎；问树，树婆娑；听水，水叮咚。这一切都被极其逼仄的峡谷所掌控，窒息感一股股地袭来。路不通畅，忽宽忽窄，忽有忽无，总是紧紧地贴着水边绕行。某些段上，路被塌方的土石埋葬，人就手脚并用，小心翼翼地从侧边爬上去，又从上方迂回到水的身旁。看对岸，高于水位的石壁上有宽宽的甬道，溜溜长，前面长着草木，一些树用身子遮掩了甬道的上下，散开的枝叶极像无数双抚慰的手，正在疗理远年凿壁时的疼痛。古道啥时跳过了河？古桥的桥墩又安在？我们一头雾水，只好痴痴臆想，回到山间马铃响、云起路已长的悠悠岁月。

甬道的断头处，一定有桥飞架两岸，不然古道怎么穿峡？我揣测脚下的这堆黑石里，总有一些甘愿承受古桥的重量，上千年地感知人和马骡的匆匆步履。桥墩的根基究竟在哪里呢？谁知否？答案七零八落，无法拼凑了。见证过古道辉煌与落魄的河水、石头和树木不说话。有啥好说的呢？又关它们什么事呢？你欢喜且欢喜，你怅惘且怅惘。曾经的光辉幽暗了，落寞之时，隐忍而痛楚。

"清溪峡"，念起来文绉绉的。百姓唤"深沟儿"——直截了当，通俗易懂。流传下来的"一进深沟儿五洞桥"是顺口溜中的一句，说的正是峡谷里连接河东河西的五座古桥。但苦于狭窄的两面峭壁，石桥只能缩手缩脚，唯恰当便好，犯不着像一些高大上的桥，铺路面，装栏杆，立标识，这些都叫横生枝节，完全多余。

往前走，坡上坎下的树枝和藤蔓过从甚密，你中有我，我中有你，欲将路整个地笼盖了，把人逼成林鸟或松鼠那样的动物潜行其间。走头的向导不时用刀左劈右砍，闯出细细的路来。如此行进一小段，岔路坐等在前方了。道与河向来齐头并进，但现在必须离别。遗留着原貌的古道绕着陡峭的山岩爬升，悬崖的边界，幸亏长着稀稀松松的杂木，粉饰了崖的凶险，不至于让人眩晕。人喘得不行，爬几步，歇一阵，好观察脚下所谓的路。路面上尽是些倒圆不圆、倒方不方的大石块，踩在它们的生根处，便感觉到临渊的危险逃了过去，躲得远远的了。河匍匐于山崖的低谷，欢歌声一嘹就嘹到了高高的崖上。啁啾的当然是林鸟，偶尔能见三两只扑棱飞过，让人煞是羡慕这些振翅的小精灵。

傍着河或高于河，终究都在深深的清溪峡沟谷中。别以为置身古道，人就本事见长。其实，我们的能力远不及一只灰不溜秋的鸟。头顶之上，海拔三千米的六座山峰谁能攀爬？唯鸟扑腾翅膀，将林木当作扶梯，雀跃着，腾挪着，扶摇直上。

向导鼓吹的飞观音和断头崖，恰一正一邪，扬善惩恶，抚慰人心。两处今人以为的景点，隔得不远。经向导提示，我们觉得越看越像，两处好似被点化了，活生生地说话和行事。这种心理暗示不知吓唬过多少野匪和亡徒，你在别处杀人越货可以，但这里不行，观音菩萨峡头峡尾地盯着。你要赌一把，赌就是了，刀光剑影间，首先难料输赢；其次，即便你赢了，断头崖的正义之刀会"砍"掉你的头。在蝇营狗苟的生活里，你摸摸头，还在，但你的精神早被击垮了，外加千夫所指，万人唾弃，不确定的报应在前方等着你哩。正是这些文化共识和文化依赖成就了清溪峡的安全，以致你打马经过这里时，内心宁静，一趟趟都顺利。

到下个地儿，水和路并行的峡谷向两边扩张，窒息感一下子遁去，迎面是全新的空旷，谁也蒙蔽不了明晃晃的敞亮了。

借助木棍，我们寻访曾经煜耀的古庙宇遗址。秦砖汉瓦无存，唐诗宋词不留，唯明清两朝的砖头散落着。拨开草木，跟着依稀可辨的庙宇基座走，折了又折，复归起点。刹那间，感觉古庙宇耸立在眼前：香客结伴行，洪钟惊飞鸟。端庄慈祥的观音，手持净瓶杨柳，无量的智慧和神通幻化为慈悲，大慈与人乐，大悲拔人苦，普救世间疾苦。冥想中，我似乎嗅到了香烛味儿，而朋友正唤我过去，他们发现，不远处的石壁上真有一个形似神龛的石件，上面堆积着尚未燃尽的小节香蜡。谁在祷祝？谁又为谁祷祝？在缕缕青烟中，他或她的魂灵是否得以救赎、获得安顿？

菩萨前的一炷香，令废弃的古道在我心中灵动地复活。固然，古道的历史太久远，远得有两个千年之遥，但跨越过去与今天的距离，不就如燃尽一炷香般的轻盈与飘逸吗？今天，不知谁留下了香灰和蜡泪，其心虔诚，跟过往的每个朝代、每位香客的绝无两样。菩萨不在别处，而在跃跃的内心。

是什么力量劈开了另一块巨石？是大自然的鬼斧神工，抑或古代的石匠？几吨重的石一剖为二，也不挪动，黑黝黝的，坐在沧桑岁月里。起的名怪唬人的，叫关公试刀石。结合之前的观察和想象，它从上而下的长长的裂缝会是隐喻吗？狭长的清溪峡和这石头的裂缝多么相似，要走的官人、商贾、兵士和布衣，你尽管放心地穿行吧，有关公老爷看护着，怕啥？如此一来，佛的观音和神的关公前后呼应，峡谷的地位突突地被抬升，成了佛的路和神的路。天上地下，有他们关照着，你生一颗敬畏之心就够了。

清朝咸丰年间（1851—1861年），时任四川提督学政的钟骏声是敬畏的、虔诚的。他途经清溪峡时，庙宇有些破旧了，但这并不妨碍他烧香和叩头。之后，他督促差役马上启程，要赶在暮色苍茫前抵达下一个驿站。

> 破寺撑危峡，僧归磬一鸣，
> 涧水时滚雪，人语不闻声。
> 古佛黯然坐，群山相向迎，
> 下轿思小憩，微雨促登程。

微雨可能变成暴雨。不仅钟骏声一行人急，你看，负重的商队也着急忙慌地赶路了。一声吆喝，牲口自奋蹄。识途的老马和老骡领着年轻的一代，迈进了密林深深的峡谷，丁零当啷的尾音似乎还飘荡在潮湿的空气中，回响在今天的我的耳旁。

闲逛庙宇遗址的时间久了，再看看天色，我们决定原路折返。再说，往前不远就是北端的关隘了，遗址倒还有一个，是属于古兵站的。

罢了，罢了。留一丝遗憾，待往后再去。

三

回程的路大部分在登高。慢腾腾的我们少言寡语，有充裕的时间陷入自己的思考。

唐朝时期，青藏高原的吐蕃和云贵高原的南诏滋事纷扰，朝廷大为光火。贞元十一年（795年），剑南西川节度使韦皋煞费苦心，和吐蕃，通南诏，设清溪关。也有资料说是三十五年后的大和四年（830年），由韦皋的接班人李德裕置清溪隘，并将此段古道更名为清溪道。"清溪、邛崃二关破，则成都破矣！"这清溪关究竟是指清溪峡北段的古兵站，还是指往北还很远的清溪古镇？以我有限的知识解答不了历史之谜。唐朝时，清溪古镇叫黎州城，直至清朝才易名。那么，韦皋和李德裕抗敌的关卡应设在清溪峡北段的古兵站。若是，这古兵站的战略地位非同凡响了，防守一条峡谷的意义，攸关边疆军事的成败：守住了，是王牌，是赢家；否则，不如丧家犬，沦为亡国奴。

念叨"清溪"二字，映出来的画面是崇山黛青，小溪萦绕，流水清澈，律动着无限的美。或许古人寄情山水的意愿太强烈，见不得一股溪流，不然，打通国际的这条古道为何有众多的清溪关、峡、塞、隘和庄呢？的确，叫清溪的地名从四川的西南出发，沿古道经云南，有十多处。路与水不期而遇，继后漫长厮守，便注定以风景的姿势慰藉彼此。那股股清流，既是盛世中国的诗意，也是王朝帝国的善意，爱和善不尽流淌在莽莽大西南，流淌在两千多公里的风月路上。往前奔走的路，不仅是军事和商旅意义上的通达，也是一个民族文化和精神疆域的拓展。

月满古道之夜，凄冷和思恋交织，来自中原的一只埙呜呜地吹响，西域的羌笛、大凉山的口弦、西双版纳的葫芦丝也会在一个个与清溪有关的地方声声漫溢，悠扬婉转，催人泪下。这些南腔北调的人一定是枕着浓郁的乡愁到天亮的。夜晚，他们摆一摆，互相宽慰，多好。古代游子的乡愁是浓郁的，无数人的乡愁汇聚到一处，整条古道都是中国的乡愁啊！

绵长不绝的乐声一定勾起了清溪峡驻守兵将的深情。然而，他们的天职绝不允许泪湿枕巾，好男儿，热血铸边关，丹心照千古。

宰骡河一处瀑布的喧嚣，惊了我。以为的埙、羌笛、口弦和葫芦丝的缠绵，实乃溪水的潺潺吟唱，点点痴情，未醒而已。

约莫两小时后，我们出现在高高的南段，身后是峡的"布袋"的收口处。经过宽敞、平缓的地段时，早上我看见的石头似乎又多了起来。一垄垄的地块上，高大的它们布满苔藓，像牧者披着蓑衣稳稳地坐着，说不准还在思考一些峡谷与江湖的大命题。

向南迁徙的"牦牛种"——"子孙居姚西"的古蜀人，抢滩古印度的马帮……以及持节通关的司马相如、被贬谪云南的杨升庵、兵败大渡河的石达开，都在必经的清溪峡留下了他们的足迹。但是，千千万万没有被写进文献的人和事，都像风一样飘散了。在他们经过清溪峡的年份里，石头或许已经守在了旁边，默默地奉送无声的祝语。至于铺展在道上的那些石板，骡马的蹄子踩上去，凹陷便是实实在在的祈福了。我想，原本人的脚迹也该在石板上留痕的，只可惜，人心乱，乱了步调，乱了脚的初心。

于此意义上，传奇属于古道，也属于这些大大小小的怪石。

回到停车处，舟马劳顿的任务全部交给了司机。我们要到山顶去，看寂寞的路如何向了两头。

伫立山巅，望断重峦叠嶂。地理上横着蜿蜒、历史里纵着厚实的这条古道确实太长、太重了，每一个王朝都有太多的愿望和渴盼，小到边陲安定、百姓富足，大到礼交邦国、文明对话，不一而足。但林林总总的这些，哪桩事不是天大的事？悠久的古道史，究其本质是王朝的帝国梦，是版图的维稳路，是心灵的安抚曲。

听闻，有人正计划把贯穿中国西部和西南部的丝绸之路，以"南亚廊道"为题，去申报世界级的文化与自然双重遗产。这两条古道的始发地均在古长安，经四川后，一路入藏，七弯八拐又折向南方；一路从成都向西南，穿清溪峡，挺进彩云之南，再与绕道藏区而来的路交汇，最终通往南亚等异国。这般架构和设想是伟大的。两千多年前，开凿西南道的司马相如即使像个神仙，也预见不到今人的计谋吧。只不过，我以为急迫地去申报一个荣誉，倒不如先珍惜祖先留下的遗产，做些实在的诸如抢救、挖掘和保护的工作。别人授予的虚名重要，还是自家的看护管用？这，不言而喻。

"定西南夷……边关益斥，西至沫、若水，南至牁牂为徼，通灵山道，桥孙水，以通邛、筰。"汉武帝的一道指令，多亏司马相如披肝沥胆，才贡献了这条跋山涉水的遥远之路。

身为古道的一小截路，清溪峡幸也！

古道遗风

一

古道被废弃，是历史的必然。

公路从另一头开山架桥，豪迈着、激昂着，宽宽绰绰地来，但穿过海棠古镇后，蛇一样往竹玛垭口攀绕而去。望尘莫及啊，世居于古道旁及山坳里的汉彝山民骂娘也没用，跺脚也没用，眼睁睁地看着公路把他们抛弃了，好像他们是一群没用的人。

山民拾掇下心情，一缕新恨，旧欢千千缕，觉着还是古道淳厚，没把他们当废物看。一下子，那颗心古道热肠起来，静默归静默，可不敢孤寂和荒芜。人和古道一个样，抑或说，古道和人一个样。

生活是满地的世俗。讨生活，得往古道深处走，得向着比海棠更高的山岭间的寨子进发。

七弯弯，八绕绕，人在林箐茂密的山麓里攀爬，攀到穷尽，压抑的目光突然没了山的阻挡，辽阔开去，这便是哺尔儒诺了。彝语意为"麂獐跳跃的原始杉林"，汉语则直率些，唤作平坝，真的名副其实。搭手远望的此刻，再憋屈的事都该放下。你看，大山隐退，让位给了高原，还有啥事可愁呢？地理开阔之际，胸襟打不开，就真的没用了。若困窘难受，吼两嗓子，淌一通泪，仄仄的人生甬道便会一马平川。

不要以为雄浑的大山都是尖锐的。

重峦叠嶂的山里有一湾一湾的台地，村庄依台地坐落在湾里，鸡鸣和炊烟是日常。之前的来路上，你遇见了村庄，走过了村庄，无一是你的，又无一不是你的。村庄一般有汉彝两个名字，各有所指，鲜有混淆。彝人把来路上的村庄以及整个高原统称为哺尔儒诺。

从北方来的古道徜徉于山脚。作为古代的官道，它跟着历代王朝的政治命脉一起搏动，是古南方丝绸之路挺进横断山脉的第一道。尽是乡野的地名，汉彝山民却烂熟于心。谁起个头，上自耄耋老人，下至光屁股幼童，皆可娓娓道来。

　　大树李子晒经关
　　白马抬头望河南
　　河南站，吃杆烟

八里平英到大湾

一进深沟五洞桥

平坝窑厂双马槽

尖茶陡坡到海棠

……

　　连接川滇的古道由成都往南,过雅安的汉源、石棉,一程程把路引向大凉山的北大门甘洛县,经越西、喜德、冕宁、西昌后,从会理出川,再穿滇越境,延伸到跳肚皮舞的古印度。

　　古道,戎马倥偬,商贸频繁。历史的呐喊、厮杀以及其他的荣耀与颓废跟深山人家有多少关联呢?往历史深处顶礼膜拜,乃汉彝山民的挚爱,两相比较,彝人更甚,胡乱吹嘘,不知天高地厚。他们喝着转转酒,搜罗古道与彝族家支间的往事,仿佛真正发生过,仿佛亲力亲为过。坐轿的政客、骑马的商贾、步行的兵士和落魄的旅人……要哪些人往来于古道,与其先祖如何交集,全凭三寸不烂之舌翻卷。或许,马帮托运的盐块和布匹,半道遇劫,而抢匪恰是其祖上的一员猛将;又或许,某先祖到古道的作坊打酒,与夜宿的武官对饮,获赠过一柄战斧;再或许……八竿子打不到一起,一切传奇都是杜撰。就是这么一条交织着官、军、商和文的古道,在彝人的观念里,统统成了一条英雄和土匪的道。尚武的山地民族左手当英雄、右手当土匪,向来漠然生死,哪管你其他那么多的道?

　　哺尔儒诺的汉民钦佩彝人兄弟口若悬河,纵横捭阖,谈古论今。是的，兄弟夸夸其谈，把蟒蛇般游走的古道扯成了他祖上闲养的一条蛇，扯成了他祖上开凿的一条道。嘴唇翻飞间，汉彝双语混杂：汉语是典型的、浓郁的四川汉源土音；彝语是中国彝语语言支系的北部圣扎方言。关于古道的过往，汉人问，那么多事情，你咋个晓得？

兄弟回答，秀才不出门，能知天下事。

他不是儒生，反倒是目不识丁的文盲，但自我抬举了。哺尔儒诺的彝族男人古朴、善良，缺点就是爱吹大牛。倘若是上了年纪的彝人老爷子，因缺牙拖腔拉调，把"不出门"的"不"字兜半天，才抛出，场面既滑稽又风趣。

在深山彝寨里，彝族男女老少的语言花花绿绿，纯正不起来；那些汉寨照样杂七杂八，冷不丁将彝语的词汇掐进了汉语句式里。杂居的村寨，除语言外，还有众多的人事和物事发生着许多关联，这关联既是感性的又是理性的，既是个人的又是社会的。人事和物事的流动、认知将生活朝一个方向拉，浑然一体，其乐融融。但男欢女爱的情事不得逾越，鸿沟虽无形，威力却无比，汉彝间悲悲苦苦的人多了去，最怕爱情见光死，只得苦涩着、压抑着、悲悯着，珍藏在心的最里头。彝人崇尚纯粹的血统，他们担心，民族内婚、等级内婚的规矩一旦遭到破坏，有悖于沿袭下来的传统。

二

柴米油盐，生老病死，汉彝之间宽心的襄助多了，彼此的心慢慢靠拢，除了萌生友谊外，偷偷摸摸的爱恋在心头悄然绽放。

韩三娃是个性情中人，他给我讲过他情窦初开时的故事。

到海棠镇卖鸡蛋的阿依嫫，巧笑嫣然，脸红彤彤的，快收市时，蛋没卖完，在那里着急。有几次，韩三娃买下了她没卖完的蛋，最后一次，还端去了一碗米凉粉，叫她吃。此后，阿依嫫再没来过集镇，却出现在了韩三娃的想象中和梦境里，依然笑盈盈的，像美丽的山花。

赶集，是乡人对古道最好的怀念。

天蒙蒙亮，当地土语讲的两三个"马驼子"赶着几匹牲口出发了。驮物的马、驴或骡要下歪歪斜斜的坡，待到山脚下，人和牲口陶陶然，可体味古道的沧桑感和厚重感了。从平坝的山上到海棠，单程需三个多小时。半道上，定有其他村寨的人和牲口不断汇入，俨然成了一支商队。牲口亢奋无比，烈性的相互尥蹶子，不打一场，决不罢休；温顺的同样劲爆，见不得一泡尿、一坨粪，能嗅出骚气和臊气，奔去母马、母驴或母骡的尾部龇牙咧嘴，恬不知耻。这会儿，马驼子英明，三五人赶几匹，把牲口硬生生地隔开，这下鞭长莫及了吧。

谈笑风生，话题偏离不了古道的是是非非和起起落落。

"深沟开发了，娃儿就有前途了！"

"那么多有钱人,咋都干不起?"

"可惜这条古道了。"

性格怪的努嘴:"日怪,你们还信那些人。"

翻过前面的坡,路斜着往下走,可以俯瞰海棠古镇。

据史载,唐时称海棠为"铺"或"达士驿";明嘉靖四年(1525年)修筑城墙后坍毁;清雍正七年(1729年)筑土城后逐渐垮塌,清道光十八年(1838年)都司陈世享请旨,烧砖重修古城,至今砌筑在城门里的每块砖上均铸有烧制的年份。古镇包括大街、中街、正街和几条巷,四周古城墙周长九百多米,开有东、西、北三门。得海棠之名,一说是因城郭形似海棠叶;另一说是因人爱种海棠花。但彝人不叫海棠,世代唤"锡达铺",不知啥意思,感觉恢复了盛唐时期的名字。

曾经的军事要塞,随着雄关漫道的衰落而破败。我去过多次,由北门入城,厚厚的砖墙壁立左右,弧形的拱门庄严肃穆、雍容华贵,保留着一夫当关、万夫莫开的威仪。城内的民房一家家挨着,中间是铺着石板的路,宽约三丈,不时分岔,都能通达。有多少岔路相连,就有多少道理相通。部分房屋按两层的土木结构修筑,色调有些灰暗,因经年未翻新,陈旧了,残缺了,腐朽了,像一名正在老去的英雄,刀光剑影后,静静地坐在自己的暮年里,消磨着时光。

归隐的过往,活在一代代山民的记忆里。于此,老朽的海棠依旧是心目中的那片金色,如落日熔金的光芒。

男人回了,深夜遭到女人痛批,她们的谩骂十分有理。昨晚交代的事，咋忘了呢？叫买铁锅，拿回家的是铝桶；木梳子变戏法，弄成塑料的了；小儿木尕惹的鞋码太小，塞半天，肉肉的脚掌怎么也塞不进去；瓷碗怎么少了三个……反正，没有一件事情是办妥的。最让女人气恼的是，男人满街找人喝酒，血亲的、姻亲的、干亲家的、狐朋狗友，碰面便守不住口袋，少则打半斤白酒，多则抬几箱啤酒，晕乎乎地醉了。说大话的他们哪管牲口的死活，害得拴在电线杆上的马、骡或驴不情愿地翻嘴皮，嗅自己的粪。女人去了，苦荞、燕麦、土鸡、猪崽、蜂蜜等售卖的钱，恰当地派上用场。很多时候，家庭是按针眼一样细的心来筹划收支的。家人的体面，暗示的往往是她们的持家之道。紧要的是，牲口不会遭罪，回家的路有多远，它们就放多远的响亮的连环屁。

古道的荣光来自每个年度的庙会。

农历五月二十七日，四乡八邻的彝人来了，可他们不是信徒，来这里看稀奇、凑热闹、会亲友、做买卖，说不准，还将幽会到曾经的恋人，倾诉一番儿女衷肠。

韩三娃跳进了流动的人群，跟着人的河流随波逐浪，像游泳健儿。他几乎是奋不顾身地游啊游，看似在河流里找寻并急救什么人。他心里的焦急和渴盼只有他自己能体会。然而，娇俏的阿依媒没在人群的流动里，她没来集镇看庙会，害得韩三娃惆惆怅怅、怅怅惶惶……

至中午，高潮时段终于来临。舞狮耍龙的队伍走在最前面，咚咚锵，咚咚锵，后面跟着轿夫，抬起的菩萨颠颠的，起起伏伏间，好担心滚落下来。文化的衍生多么有趣，彝语里没有"庙会"这词语，彝人取颠颠的动作译成"卜启"（bbu qy），意为抬菩萨，煞是形象。至于有无"庙会"的深奥之道，因文化本源的差异，不管了。但娱乐的那一面却让彝人开心，辛劳之苦、寡淡之味、平庸之累，统统嘻嘻哈哈地翻篇，精神又振振地提起来。人，不就活一口气？气没了，劲还上得来？海棠古镇的路不长，吹吹打打间，绕了几圈，菩萨被抬进了千佛寺，人的洪流跟着决堤，泄洪似的不见了。彝人满足了眼睛，心头的念想一个个怒放，在沿街的餐馆里，在市场的空地上，在山坡的松林下，各自找乐去。

千佛寺里没千佛，可名字一取，规模宏大，气势磅礴，紧跟着的是豪阔、巍峨、富丽等形容词，握紧拳头后，得把大拇指竖着，第一啊！我前几年专程去过，庙宇其实不大，几百尊菩萨各就各位，大发慈悲，优容苦志。在朱红色围墙的某转角处，有一排龛，上位供着一尊威风凛凛的彝人雕塑。我问在旁边清扫落叶的汉族老婆婆，她答："这菩萨管彝族那些不听话的。"我问："管用吗？""管用得很哦。"答毕，她嚓嚓嚓扫远了。彝人不信佛，但在庙宇里供一尊彝像，可安抚信奉者虔诚和纯真的心：彝人，你敢乱来吗？

正如"千佛"的庙宇名，浮夸的底色是虔诚和纯真。

待黄昏，过足身体和心灵之瘾的彝人，从海棠四散，可能在星月下，抑或于风雨中，行色匆匆。

古道夜归人啊！

三

　　日子有趣无趣地过。

　　等晚荞收入粮瓮,彝族年跟随秋天的脚步来到了彝寨。

　　深山彝人杀只鸡,祭过祖灵,端给孩子一吃,年就敷衍着过了,好像年跟成年人扯不上边。对待这种风俗,远方的很多亲戚嗤之以鼻:哺尔儒诺的彝人不算彝人。那里的彝人不敬重祖训、不遵从传统。

　　这样的言论,有人赞,有人驳,也有人和稀泥。唾沫横飞后,觉着累的还是自己,终究不去争辩了。

　　哺尔儒诺的彝人充耳不闻,当自己是聋子。

　　眼瞧着,汉族的春节还剩半个月,哺尔儒诺的彝人却忙起来。数日内,家家户户赶着杀年猪,喜庆像糖果甜蜜了一个个彝寨。冬天里没有花开花香,但彝民老、中、小三代人的笑脸是寒冬里最鲜艳的花朵、最馥郁的芳香。

　　客走旺家门。客没来,得去请。杀年猪的当天或次日,作为宾客的朋友来了,且络绎不绝,一家之主的脸差点笑烂。寒暄间,悉数收下他们送来的汤圆粉、碗儿糖、爆米花、干牛肉、花生及海棠烧酒。彝家待客,先敬酒,推杯换盏,觥筹交错;后吃肉,肉呈坨坨状,拳头般大小,撒上盐、辣椒和提味的木姜子,热腾腾地端出来,吃多少,拿多少。肉汤里煮着芜菁叶特制的酸菜、洋芋条和豆腐块,热烫烫喝进肚,解了刚刚的油腻;接着再一轮劝酒、敬酒,宾主直喝到陶陶乎、晕晕乎、飘飘乎,眼前杯盘狼藉。

邀约款待宾客,似乎是一种检阅,检阅家庭之主的人际交往能力行不行。

受邀者中有结拜兄弟、狐朋狗友、孩儿干爹干妈、地下秘密情人……从早到晚,安排得满满当当。待黄昏归去,主人用短绳穿了长条的猪肉,系在一根根木棍儿上,分别回赠宾客。

遇到云飘雾绕的天气,远年的传说在山民的舌头尖上活灵活现,说两三条猪肉悬垂着,闪闪地飞,就是不见人。无疑,此乃"热(ssep)"——相当淘气的一种鬼,爱偷东西,汉民喊小神子——不知它偷了谁家的肉,偷来又送给谁家?过几日,总有彝人家的主妇惊诧,要么少肉,要么多肉,说得有板有眼。可韩三娃不信,说:"怕个屁,朝无影腿多砍几刀,不信肉掉不下来。"韩三娃跟着他父亲受邀到了一个彝寨,但不是阿依媒住的那个寨子。两地都在高原上,隔着浅沟,横着低岭。遥望去,信难达,梦难成。

灵异的怪事传得多了,彝民心头生虚。于是,各家各户使用新招,送人的猪肉往大锅的热水里浸泡一阵子,洗掉血迹,淘气鬼便无奈了。认知的统一,没有人刻意去安排,但深居大山的汉彝山民纯朴着、简单着、执迷不悟着,衍生出新的一方礼俗。

翌日,彝家主妇早早起床,煮一锅沸腾的汤圆。苦于稀罕,刚才揉粉时掺杂了磨好的玉米细面,可孩子的贪吃劲儿减不下来,一颗颗地数着,往死里撑。过会儿,腆着滚圆的肚皮飞也似的炫耀去了，好像汤圆才是家庭社交的成功标配。

寒冬霸气，浸淫哺尔儒诺的时间要延至来年的三四月。风没有少刮，天地间的冷，不是窸窸窣窣的雪，而是呜呜的风。雪停歇时，风的动静更大，一阵紧似一阵。生活的福泽从不偏袒哪村哪寨，除了同样放牧牛羊、修缮农具和缝补衣裳外，汉人的寨子多些赚钱的门道：烧土酒、腌腊肉、开店子，可以忙碌到下一年的春耕。天时和地利，皆因人的机灵而具备，冠以"海棠"二字的土酒和腊肉双双叫响，当真是崇山之运、汉民之福。彝民享的是一种口福，膳食文化里的一对搭档：荞麦馍馍和羊肉汤锅。烹制极其简单，将铁锅烧至高温，肥嘟嘟的羊油放进去，刺刺啦啦响的时候，又将已经在火塘里烧得通红的石头夹进锅内，由火力和石头的热力两头熬炼。待掺水后，再将羊肉和羊杂往大锅里煮。荞麦馍馍呢，可和整锅肉汤一起煮，汲取羊肉和羊杂之鲜香，有点像陕西的羊肉泡馍，但不掰碎；也可单锅煮，舀肉汤之际，馍馍刚出锅，两款吃食，欢喜冤家，让享用者大快朵颐。毕竟是传统的饕餮盛宴啊！所以说，彝民的农耕和农牧耦合得如此盎然。既然是这样，那隆冬时节怎能懒惰呢？他们把心思和精力放在了流动的财富身上，要不放牧，要不圈养，不忍心羊的膘掉得太多。若多了，牧者的心会疼痛。

只要荞麦还装在粮瓮里，干芫菁和干萝卜还挂在树上、兰花烟还够散给客人，日子便顺顺当当，快活似神仙了。

彝民不酿酒，不等于不打酒。烈酒穿喉，一醉，自己就是天，天就是自己。钱多钱少，他们在乎吗？不在乎。他们坚韧着、粗犷着，悠悠然地过着老日子。

欣喜的是，年轻的彝儿彝女与汉民商议着如何赚钱了。

可惜，没有人来咨询韩三娃。他恨自己，为什么不多赶几场集后才送凉粉给阿依嫫？那不就可以多看她几次？土酒生意紧俏，女孩的父亲为啥不到山下租房酿酒呢？如果来，他会嚷着让父亲传授真经，说不定她会像他一样，守着门店，将散装土酒卖到整个大凉山。

痴恋，忧虑，诘问……韩三娃心知肚明，统统没用，彝民设置的那堵墙，变幻莫测，无形又有形，巨长、巨高、巨厚，怎么也翻不过去。

阿依嫫已经嫁人，嫁到了另一个片区的深山彝寨里。韩三娃听闻消息的这日，老天怜悯，下一场噗噗的雪，粒粒落，线线飘，纷纷扰，犹如韩三娃的心境。他关了门店，独自伤感，不管有无本事，只能这样。

若干年后的一个冬日，我和韩三娃谈兴正浓。

自实施精准扶贫后，新修的公路从海棠镇出发，沿着古道蜿蜒，像一条河的主流，旁边不时有支流汇入，那是高山寨子的村道——还能说哺尔儒诺闭塞和僻远吗？在古道的前世今生里，之前，让古道这样走，乃治边之需；今后，要公路也这样走，乃山民之渴。前后之开路，揭开的皆为历史的一篇章节，名字都叫"壮举"或"伟大"。路网并联后，沉寂的古道还会哑然吗？深山彝家的传统秩序不会被打烂吗？现代之风劲吹，一股股猛烈着来，又猛烈着去，只怕古道的遗风猝不及防，也防不胜防。

告别古老，是为重逢天下；迎接现代，是为天下重逢。

至于开发，兴许从遮天蔽日的清溪峡着手，朝北或向南，牲口的商队铃声叮当，驮的货物鼓鼓囊囊，却轻巧，装着草料，表演呢。穿着古装的马驮子象征性地跟着，高歌由地名串编的古谣：

  要吃饭，河南站
  要吃酒，海棠有
  要吃鸡，到正西

对未来，谁都可以猜想，但又无法猜准和看透。未来，如果预测准确，那也不叫未来。未来之美，美在一切的不确切和可变化。

弥合差距，只待岁月，等着瞧吧！

空村，或嫁接的绿叶

一

死神一袭黑袍，它和慢悠悠的时间早已缔结盟约，手拉手，踞守着每一条可能突围的路口。虚空的长柄镰刀、蓬勃的杂草、塌方的泥石，有形和无形地把路逼瘦，不如一根鸡肋。无处可逃了，像生命必然的终结一样，村庄在等待着死亡的降临。

机缘多么重要。我有幸探访了大凉山十一个县的若干空壳村。绝大部分村庄以哗啦啦的方式迎接我，不是掌声，而是旧衣裳、破塑料和树枝的齐鸣。村庄的地头里，之前用木桩圈起来的柱头上，刻意套着废弃的上衣，衣袂飘舞，以期惊吓野猪、豪猪、刺猬和鸟雀；有的人家在两米多高的围墙上用石头压着破衣烂裤，风乍起，衣裤翻飞，土墙像披着凌乱的长发，耷拉下来时，像戴着长长的耳帽；每一户紧闭的大门上都插着木棍，衣物的一端系在上面，另一端飘舞于季风里。这一切，有何深意呢？我猜测，随风舞动的衣裤启示过乡民，仿佛是平常的告别，象征着屋子里还有人在期待他们的回头吧！殊不知，此去不再相见，明夕何夕，人已陌路。至于那些各色的破烂塑料，轻飘飘的，风吹向哪里，它们便啸叫到哪里，一些还高高地挂在树枝上，招摇撞骗，扬扬得意。现在，风才是村庄看不见的主人。

在或柔美或粗犷的山峦间，我看见了庄稼与土地的告别乃至决裂。撂荒的地块还保留着它的轮廓，陈腐的玉米秆、隆起的燕麦垛、尚未被植物完全覆盖的地界堡坎，都证明庄稼地与周遭的不同。但如此下去，庄稼地将彻底荒芜，退变成土地最初的模样。

我爬上越西县拉白乡一处叫阿乌觉俺的高岗。约在清雍正年间，我的先祖果基加拉在此生儿育女，赓续血脉。他将嚣张的草木翻耕成良地，用一茬茬的苦荞、燕麦、玉米、洋芋、豌豆和蔓茎喂养着日子。然而，他开辟的世外桃源，在四个儿子及其后世子孙的眼里却不尽如人意，外加乱世纷扰，征战连连，其后代背着故乡一路向北，到第十代我父亲这辈时，已经偏安于大凉山的最北端——甘洛县的诺苏泽波了。从越西到甘洛，两个毗邻的县再远也远不到哪去。但我祖上从南向北的迁徙竟然花了三百五十年。是故，我祖上的搬迁点是一长串的地名，原路怎么走，原乡有几多，今人当中，谁能说得清呢？岁月，这味让人健忘的糖衣之药，叫人彻底遗忘了历史。

我祖先的蛛丝马迹早已漫漶了，可我依然饶有兴趣，决定走进衰败的村庄，哪怕随意地穿过去折回来，也不枉来这一趟。

越往深处走，哗哗的响声越强劲。我看见一个个土墙房里光线幽暗、气氛阴森、光怪陆离。极个别的老宅墙体坍塌，屋顶倾斜，瓦片散落，椽木腐烂，颓废至极。曾经的牛羊马圈的屋顶整个儿洞开着，在雨水的浸淫下，墙体的上部长满了翠翠绿绿的青苔，墙根一截截地空了，让人担心哗啦一声掀天揭地。我每绕进一座土房，心头发怵，明知无犬，但亦做好了人犬大战的准备，攥着木棍的手心汗涔涔的。

腹部滚圆的灰黑蜘蛛忙得要命，正张罗着各自的陷阱，欲把村庄编织成天大地大的蛛网世界。晶莹剔透的露珠悬于丝上，颤巍巍的，欲掉不掉。别说房屋内外，连曲径通幽的细路也布满蛛网。网，既是村庄的束缚，也是村庄向人的告别。

我试图顺着彝人古老的理解，去寻觅小巧的蜘蛛。据传，小蜘蛛是人灵的显身，嘎嘣脆地捏死一只，意味着谋杀了一个人的魂。我还在少年时，耳朵里被滴灌了不少玄乎的怪论。假如小蜘蛛爬至身旁，人们会小心翼翼地对待它，拾起一片细草或碎木，等它的丝挂上去，便提到屋外的草丛里，任它逍遥去。我问过阿达："灵魂不冷吗？"他不置可否，拒绝给出任何有价值的训诫。又问："屋檐下织网的蜘蛛是灵魂吗？"父亲恼怒，骂："吃屎的娃儿啊，你长了反骨？"我后来稍加思考，发觉灵魂论太荒谬，漏洞百出，经不起推敲。其一，灵魂与人为何不重叠？一个居室内，一个住室外，各自是否都有二心，互不买账？其二，既然小蜘蛛是灵魂，为何长成灰黑色的大蜘蛛就不是了呢？人是否太憎大蜘蛛处心积虑的重重杀机，希望人的灵魂不这般阴险狡诈？其三，人究竟有几魂？同一屋子里，小蜘蛛多了去，难不成都是人灵？若关系对应，必有真假之分，人怎么去甄别哪只小蜘蛛是谁的真灵呢？父亲不耐烦，最后定论：古来如此，毋庸论辩。

思维与存在，从逻辑起点开始分野，确实。

之前说过，我老担心蹿出龇牙咧嘴的犬，所以打狗棒执手不离，还故意用响亮的跺脚声去震醒或激怒想象中的犬。人置身于偌大的一个空村，木棍和吆喝是可依赖的武器，万一像狸猫、兔子、獾之类的野物将藏身之处安置于某屋呢？刚才，我就被两只乌鸦吓得愣了下，我用长长的吆喝声把它俩驱赶进了密密的树林。我多么想遇见一些小蜘蛛啊！我转呀转，但愿能发现小蜘蛛和它们弱不禁风的网。在一家人废弃的院落旁，堆着三垛燕麦秸，背景是整个塌陷的房子，纵有天力也回不到过去了。我用木棍挑秸秆，叠在里层的散出幽幽的清香，黄澄澄的颜色尚未褪去，仿佛是刚垛上去的。这些秸秆要腐烂，还得要一些天光年华。侧边，一株绿肥的燕麦抖索着，叶和秆之间结了巴掌大的网，踏破铁鞋要找的小家伙正在编织着阴谋。它不是想把我这个庞然大物包裹起来，一点点地啃噬吧！

谁家的灵？哪个的魂？人与蜘蛛咋分了呢？小时候被灌输的禁忌忽地来袭。

并非相信小蜘蛛是人之魂魄。但我联想到了山民魂归故里的那份愁绪，"安土重迁，黎民之性"，无法释怀的便是心心念念的故土。作为籍贯的一个符号，村庄再老、再破、再旧，乃至最后融入草木和大地，那个点，亦然是故乡的原点。

阿乌觉俺，我祖先开枝散叶的遥远的、亘古的原籍。它或许是我站在高岗上时所见的这片大地，或许是我探访的这个空壳村，又或许是山脚下的其他什么村。三百多年后，我来到这里，算是拜谒了祖地。

二

过去，我未曾将乡愁与农民联系在一起，离土不离乡，离乡不离土，总有"乡"或"土"在，犯不着去刨根问底，搞吃饱了撑着的离愁别绪。现在看来，我的主观臆断陷入了错误的泥沼，越挣扎，越往里面深陷，显出愚笨来。原来，山民的乡愁浓酽也好，寡淡也罢，在言谈举止间藏着哩。只要时空错位，人又远离了朝朝暮暮依靠着的故土，乡愁会不请自来。那种云雾似的愁绪飘忽不定，以为散了，却上心头；以为苦了，又狼藉无绪。

薄暮，先在远方，一眨眼就到跟前笼罩了大地。傍晚时分，我敲开了石布老爷——彝语应尊称"石布阿普（ax pu）"的门；接近子夜，我再度去敲门。我幽灵般的"回杀"，令老人先惊诧后动容。一个夜晚，两辈人用母语絮絮叨叨。

"阿普，乡愁像啥？"

"心头慌的样子。"他调整情绪，娓娓道来，"人总该有吧！

只是程度不一样罢了。"

"比如……"

"像我家三代人，从高寒山区申果庄搬到矮山来。庇佑人的神灵、死去的亲人和自己流过的血汗都留在那里了。乡愁啊，闲者浓，忙者淡。你注意观察，就会发现老人的最稠，儿辈次之，孙辈的统统被快乐挤占了。你去问问孩子，他们哪分得清心的慌乱、苦闷和绞痛？"

我和石布阿普非亲非故，是随缘相识的。鬼使神差的回访，让我巧遇了彝族的智者。他继续讲："那里的草木、庄稼、山川烂熟于心啊，像我这把老骨头，念起门前的那棵不结果的梨树，要激动几袋烟工夫的。"老人喟叹，生死故交，安守一隅，乃一份美好的夙愿。生于此，故于彼，古来不乏其人。非要叶落归根，把骨灰撒在故乡的土地上，多折腾人啊！"我呢，早跟在福建打工的两个儿子说好了，不能给故乡设归期，我死后，就近火化，一了百了。哪块地头都可以烧嘛，故乡在处处，处处是故乡。"

看得出，老人胸襟坦荡，乐观豁达，自己绾的心结，自己试着去解开。这是一种对"生死故乡"的悟性。

是夜，在越西县的夏之夜，在夏的月明星稀之夜，在夏的月明星稀的乌拖觉巴之夜，我拯救了自己那陷入泥沼的浅薄。

云飞扬、雾缠绕的这天，已是两月之后。远望群山，依稀可辨尖尖的山顶，天地混沌，不明方位。路人遥指，此去八九里，有一小山村，算是距金阳县洛觉镇最近的空心村了。我们循山而上，踩着湿滑的泥路艰难攀爬，耗去多时才抵达。山坳处云雾浓稠，挨近了，见断柱残磨，留置在路口。刚拐弯，几条黄牛腾云而来，苍老的咒骂声尾随其后。牛和人的出现，极像蒲松龄笔下的厉鬼和狐仙，怪吓人的。

"阿玛（a mat），村里还有哪些人？"

"只有我这个婆婆了。"

"为啥不搬？"

"新房子没牛圈，牛关在哪里啊？"

对话极简。我心想定有隐情，难道别人不养牛？为何偏偏只剩这位老婆婆？遂请老人移步，到其宅地详聊。牛呢，没庄稼可践踏，自由散漫，吃草便好。

我们几乎是屏着呼吸进的屋，鼻子一抽，发霉的味儿猛地直冲，搅扰你的五脏六腑，翻江倒海，令人呕吐不止。我们只得张着大嘴，尽量不用鼻子呼吸。等老人生起火，那湿漉漉的霉味被烈焰的温度赶跑了部分，余下的不怎么让人难受了。勘察老人的居所，只见挡墙歪斜、梁柱陈腐、瓦片稀松，让人生怕哪天砸死了她。

老人却认真地说："哪天死了，哪天心安。我想葬在老家，不愿挪窝。"这是另一种对"生死故乡"的执念。

前后两位老者，想法不同，行动迥异，足可代表迁与不迁的两个阵营的观点。但不迁者终究扛不过脱贫攻坚工作组的游说。我觉得，我们不该忽略脆弱的人心，心之念，行之果，善解了个人，也就善解了群体。合理的诉求得解决，例如老媪说的牛圈。

依此类推，羊圈、马圈、猪圈等等解决了，人心里的那份愁才可慢慢消解。

我探访过的人够多了。他们几乎把故土与乡愁杂糅成了一块心绪的块垒，至于块垒的大小，完全取决于情感的深浅和浓淡。最苦楚的，莫过于借雁抒怀的哀戚，但那是女子的专场。秋草黄，雁南飞，远嫁者见不得叫大雁的"古（ggup）"，将它拟人化为"阿芝"姑娘而倾诉衷肠，泪如雨，落霏霏，整颗心跟着古的鸣唱满地破碎。民谣里唱："古啊古啊，您飞过我家乡的上空，是否看见了我的亲人……"亲人实在太多了，阿达阿莫、麻兹牧惹、乌穆妮玛、吾尔吾嘎，即父母、兄弟、姊妹、邻居等人物相继被纳入插曲，即兴吟唱，更觉人生的纷乱和失意，忧伤重忧伤，凄凉复凄凉。远嫁者泪湿衣襟，弄得就近婚嫁的妇人也泪眼婆娑，不流泪似乎是木人石心，对不住"女人"这一称谓了。

这一唱，胸中的块垒得以消融。

这一唱，宽泛意义上的乡愁便成了旷世的绝响。

那么，有无搬迁彝人之专场呢？这里，我模糊了访问过的智者、愚者和介于中间者，最终幻化成一个人，向我娓娓道来：搬迁的我们何曾不似那些女子，但来不及邂逅古就梦归了。他接着说，知伤感，则懂人生；观起落，则获幸福。

听着充满哲学况味的言语，恍惚间觉得，那人是我的至亲，在幽幽的岁月深处掷地有声：千年之问啊，问过天，问过地，问过祖先。现在好了，我的后代终于下山了。他还说，他的梦广阔无垠，梦徘徊于梦境的十字路口，无论向左、向右和向前，皆高楼林立、鲜衣怒马、昼夜发达，而向后则是苟延残喘的旧村庄。

梦醒时分，又一个村庄消亡。

当下，城乡统筹下的二元结构正在破局。"很难说从坚守到放弃需要多少时间"，关于秩序的重构，波兰的显克微支说："一片被嫁接到另一棵树上的绿叶，终究是要变成另一棵树的一部分的。"

高山彝人的移民是隆隆向前的时代之感召，是嫁接的绿叶，嵌入了庇护新生活的苍天之树。

三

叩问历史，我去寻找村庄的来路。

我查阅拥有的彝文史料，无一例外地发现，理想的居所是这样的：房前平展，种稻打麦；屋后缓坡，荞花飘香；次为草地，牛羊成群；再是森林，放犬捕猎……好一处神仙般的栖居地！负山面水，心之所向，无问西东。如教科书般的村庄指南夸张铺陈。画卷似的此地在哪里呢？众里寻他千百度，也未曾遇见或极少遇见。海拔渐次升高的彝地，少有平原和丘陵，多为沟谷、矮坝、二半山和高寒之地。河谷深切，峭壁悬崖。村庄遥遥在望，但行将起来，近的几十里，远的上百里。

要兼顾农耕和游牧，唯一的去向是二半山和高山，于是，历史深处的凉山彝人牵马赶牛、吆着羊群进入了深山老林，从此闭目塞耳，生生死死，千年有余。依山里长的杉、松、小叶杜鹃和蕨、秋英、琉璃草等植被来看，他们已经适应了恶劣的自然环境。到了二十世纪改革开放初期，他们中的先知先觉者从高山私自搬到汉区的郊外，不图啥，只求得到光明的召唤，让孩子接受良好的教育。

追梦路上，荆棘密布，坎坷连连。那是怎样的一种心灵的疼痛和命运的无奈？

如今出台的脱贫攻坚之易地移民政策，让不宜人居的村庄陆续变成了空村。我探访过的很多人部分走进典籍，富山肥水，宜种宜牧；部分来到城郊，鸡犬相闻，亦工亦农；部分拥入县城，车水马龙，如梦如幻，来不及诧异，崭新的生活篇章一下子翻开了。

上山和下山，并非隔着简单的地理距离，而是隔着一部厚厚的人文史和风俗史。譬如，从我祖上加拉以降的十一代，他们的迁徙之路从未逃脱过山谷的威逼，生于险峻，亦死于险峻，跟"山猴"差不多。加拉之上，再往前追溯七代——拉普的孙子、我的始祖什吉估计住得更高，那里山寒水瘦，人命危浅，唯一的贡献是让尊姓果基的子子孙孙无穷尽矣。到我的辈分止，累计十八代，可乌托邦的家园还在多谋善虑中，还在寻踪觅迹中，还在望穿秋水中。山下的富饶，他们窥察了四五百年，却不敢贸然地把自家的茅草房、木板房或瓦片房安插进去。"骨肉相附，人情所愿。"他们的大本营依旧在深山穷林里，岂敢独自跑路？换句话说，对沟谷平坝的开疆拓土，彝人的先祖是胆怯的、惧怕的，因为毫无经验。像昭觉县滥坝一带，著名民族学家马长寿于1937

年途经时，彝人仍居山麓，兹抄录《凉山罗彝考察报告》片段：

过此山岗，即为滥坝，坝分东西二原，纵横共数十里。土地平坦而肥美，但未垦殖成田。罗彝仅于四周山麓处开为稻麦种植之所。中间荒原，无树木，草高过人之处为雁群栖息之所，罗人以雁为祥鸟，不加害也。短草之处则牧牛羊。吾人到达此区时，第见牛羊遍野，马猪杂其间，大有塞外风光，只水草较丰富耳。

槌雁，老天降灾；伤女，娘家动怒。视古和女性同等地位的彝人幽默地掩盖了觊觎之心。可那些无古起落的坝子呢？彝人除兴叹之余，依旧趋行于高山之远、悬崖之危和丛林之深。平坝的气温高呀，细菌滋生，绝不像高寒之地那般旺人兴畜。

这部厚重的历史终于与苍古告别，向着崇山跋涉的背影齐齐转身，沿山路折返，奔着丰饶的平坝和霓虹的城镇欢歌而去。往下奔的才叫生活，生活的内力原本是这般向前冲的。千年的拐点不在别处，而在集体转向的脚下。要赢，历史的起跑线算一次，但现实的转折点更重要。

当我抽查山下一栋栋安置点的移民户数时，意味着高山的很多村庄濒临消亡了。两年多来，我的工作是暗访，重点督察"两不愁三保障"落实情况，新房入住率是其中的一个硬指标。源于此，在我的记忆里，很多像阿乌觉唵一样绕口的高山村庄乱作一团，丙底、德吉、尔赛、洛觉、申果庄、瓦里觉、瓦普莫、沙马拉达、阿尼南瓦……常常令我迷糊，究竟哪个村庄隶属哪个县。

在十一个贫困县的数千座村庄里，我看见过一次乌鸦的聚会。地点在喜德县的某个空壳村。乌鸦是误入歧途的预言家，歇在树枝上呱半天，人已觉得晦气。现在三四十只集聚在坍塌的土墙上，仿佛在召开一场特别紧急的会议。人和鸦彼此不懂言语，两者之间有着很深的隔阂。人语是黑话，鸦语也是黑话。在哪里交集呢？也许，旧房子溃烂的恶臭味是人与乌鸦话题的共鸣点。腐烂的气味已经扩散开了，余下的工作得交给像清道夫一样的乌鸦，但愿它们之前预言到了房屋的死亡，那么，之后请继续享用这预言的成果吧。我掩鼻而逃，去核查看似没有坍塌的房屋。

面对集群的乌鸦，是丧气，抑或是运气？看是被哪些人碰见，若我则是一道奇观，想起乌鸦笑猪黑的笑话。而搬迁的彝人见了，一定喷射唾沫，诅咒倒八辈子霉，沮丧几天的。我明知道，石布阿普和像狐仙般的阿玛都不在特定的时空里，不会见到黑压压的鸦群。但我愿意这样假设：他和她所代表的两个阵营，且来瞧瞧乌鸦装腔作势的阵仗吧！作为人，难道想与聒噪、邪恶、污浊、厄运乃至死亡的乌鸦为伍？呸，呸，呸，自古谁答允？

搬离旧居，留存乡愁，足也。

我在很多县城和乡镇见到过候鸟式的潮人。他们推着拉杆箱，三五结伴，花花绿绿，刮来一阵阵新奇的旋风。涂脂抹粉者，染了发，挺了胸，走路扭屁股，特别引人注目；见人散烟者，夹腰包，戴墨镜，举手投足间，俨然是老板。即将到来的彝族年，犹如母亲的呼唤，把他们从全国打工之地喊回来了。

  他们都是移民的子女。此时的安置点人欢猪叫，宛如奏鸣的交响。我得带着烟酒和糖果，随意走到哪家去，凑热闹，讨吉祥。然而，当我达到安置点的路口时，又惯性地想起了旧派的那些村庄：漆黑的死神更加忙碌了吧，破烂的衣裳更像风刀了吧，蜘蛛的阴谋布满老屋了吧，病入膏肓的村庄气数殆尽了吧，当然，乌鸦更是再也没法笑猪黑了吧。

  只能把一切交给时间了。

  旧派的村庄是一个切片，我从它已经或即将死亡的隐秘里，听见了时代的脚步声正越来越近，轰轰隆隆。

故园在对岸

一

我耳朵里曾经住过一条河。它以声音的形式,从左耳流向右耳,抑或从右流向左耳,哗啦啦喧腾。我那时年少,以为歪斜脑袋,可将河流的声音导出,像泼一瓢水,或像撒一泡尿,必须泼洒出去。我几乎每天都在倾倒声音——脑袋进水了,少年无奈啊。双耳被我轮流着拍,拍得生疼,拍一下,嗡一声,极像逮住了鸣蝉,不小心逃了;又拍,还是逃;再拍,逃逸的嗡嗡声粘连在一起。我都怀疑自己是万千只蝉的母体,又或我是只天大地大的蝉。这下,水声和蝉鸣交织,密密实实的,怎一个"扰"字了得?现在想来,我因歪斜着脑袋,那段时光是歪斜的;因受声音搅扰，那段时光还是聒噪的。

川流不息于我头部的河叫瓦岩河。真正的它流淌在越西县的瓦岩大地上。头枕阳糯雪山主峰铧头尖的瓦岩，与瓦片和岩石扯不上边。三山夹两谷，坐西朝东，倒算平缓，乃宜居之地。中间的那座山没走多远，忽然低下头，拱手作揖，将争夺让给了逶迤的左山和右山。远看，这中间的山恰似另两座山的舌，伸出来，缩不回去了；近观，山势虽没了霸气，但险峻依然，峥嵘而崔嵬。两条河绕着山脚咆哮，最终合二为一，配合着左山和右山，完全似一个慢慢打开胸襟的人，先褊狭，后豁达，一路浩荡，冲积出宽宽的河滩。鹅卵石闪着明晃晃的亮，想与太阳比光亮，真是不自量力。

住在瓦岩村三组的我三姨爹说，地名可能跟萝卜和菁蔓有关。这里的白萝卜跟人的手臂一样长且粗壮，白白净净，胖胖乎乎，叫人心生欲念；菁蔓则大如厚实的荞麦饼，皮薄，肉厚，甘冽着呢。彝人将萝卜和菁蔓统称为"瓦"（vop），至于"岩"（nge），有"适宜"之义。连起来不难理解，意为"菜蔬之地"。另外还有种说法：一百多年前，这里住着尔苏藏人，他们自称"井莫""甘扎""瓦岩""阿泊""马嘉""阿古"等等，相当于姓氏，其中"瓦岩"部的实力最为庞大和强悍。我三姨爹猜测，沿用至今的地名不排除与这也有关联……

地名之源，我不关心。即便还有第三、第四种说法，都让它纷争去吧。我在乎的是，弄个什么办法，将瓦岩河从我的耳朵里倾泻出去。

由铧头尖向下欢腾的河流，汇聚了整山沟沟岔岔里的流浪之溪，经过三姨爹莫色说补家时，俨然是一条汹涌的河了。村庄被河流经年累月地劈砍，河床很宽，接近百米，南高北低，烟火人家和肥沃土地大都在河的南岸。按理有小桥流水人家意境的。可眼前何来诗意？有的是满目沧桑和苍凉。河是浑浊的。石是古怪的。桥是虚无的。去南岸，得站在巨石上蛙一般向前跳，连跳十几个巨石，方能到达。河流早从人的胯下滚滚逝去。走老远了，河的轰鸣声尚在，只是稀稀的，像悄悄落下的春雨。

　　那个暑假，如果我不来北岸的三姨爹家，那么，瓦岩河给我的印象不至于如此桀骜、粗暴或凶悍。雨浇透了天地、昼夜和人的心情。大致下四五天了。有时暴风骤雨，有时斜风细雨，轮流着，未曾断。村庄暂无欢歌。汉子们去了河畔，有的抱捆结实的绳索，顶端系着两头尖尖的爪钉；有的扛着钉耙，木棒是临时揳入钉耙眼的，越长越好捞。举起来，由于不平衡，人跟着趔趄。也有无所事事者，披件蓑衣看壮汉捞木。这是我离洪水最近的一次。之前供我们跳往南岸的巨石不见了，是被淹没了，还是被冲散了，哪个晓得呢？前几日循规蹈矩的河，因涨水变成了魔鬼样的洪流，携带着折断的树木、砍伐后尚未搬运的原木、大大小小的石头，如万马般奔腾，那轰轰隆隆的气势鼓捣人心，感觉地动山摇，世界末日驾到。咆哮声和眩晕感紧紧裹挟着我，让我一寸寸地胸闷气短，骨寒毛竖，恐怖之至。假如瘫下去，恐怕再也立不起来。三姨爹有无胆量，我不知道。只见他扔掉蓑衣，一遍遍地劝说捞木的壮汉要多加注意，免得像木头一样被冲走。他是村支书,壮汉中的少数人截获了原木——盯着浮浮沉沉的木头,将爪钉或钉耙甩出去。一旦着力点合适,顺着水流方向边跑边拉,边拉边跑。这木头就慢慢漂向岸边,成为他的私人财产了。但很多壮汉白屎拉拉,费半天劲,啥也没捞着,眼睁睁直喊可惜。

晚餐有腊肉,是三姨娘勤俭持家的代名词。去年秋末杀的过年猪,将近一年了还能吃到,足以证明三姨娘将日子匀得多么精细。当然,我要是不来走亲戚,今晚三姨娘家绝对不会吃肉。这块肉还得等着诸如我一样的至亲的到来,才会隆重出场。三姨爹嗜酒,自个儿闷两口,说今儿黄昏谁谁谁差点被水冲走。三姨娘白他一眼,咋不把你冲走呢?也没见你捞一根木头回来。

三姨爹说,冲走了,你就没男人了。

三姨娘撑一句,不稀罕。

三姨爹思维跳跃,说雨又下大了。果真,屋顶上嗒嗒响,似有千军万马奔跑腾跃。洪流的咆哮声和狂风的啸叫声跟着呜呜地传来,从窗口里,从门缝里,从瓦片衔接瓦片的罅隙里,无孔不入,见孔就钻。三姨娘催促我们快些吃。她好像有所担忧,不知今夜将是一个什么样子。三姨爹匆匆吃过,披件带流苏的瓦拿冲了出去。我喊,姨爹你去哪?他没回应,倒是姨娘帮着答,他去看涨水,好应急。我这时才想起,连日来的夜晚,三姨爹都没和我们围着火塘摆龙门阵,一定忧心忡忡地去看涨水了。我和堂弟堂妹们——乌加嫫、木甲惹、木果惹、牛牛嫫、阿妞嫫说说笑笑的时候,三姨娘慈眉善目,母爱的光芒辉映着我们。我们都是她和他的儿女。今晚,三姨娘不允许我们继续火塘夜话,而是安排我们早早睡去。我和俩堂弟共睡一张床。床摆放在门后的侧边，用竹篱笆隔着。刚躺下，停电了，黑咕隆咚，伸手不见五指。很快，听见三姨娘开门出去。关门前，风咋咋呼呼，卷着雨水，飘洒在我们仨脸上。也很快，三姨娘几乎夺门而进，并大声吆喝儿女全部起床，到村后的山坡上去避险。黑暗中，三姨娘扒拉开火塘。我们全靠这火的光亮，寻到了各自的瓦拿，然后跟跟跄跄地走向风雨中的黑夜。

　　我多次来过三姨娘家，但屋后的山路从未去过，一切浑然不觉。尽管我身上披着瓦拿，可我自己晓得成落汤鸡了。路很滑，不是走，是手脚并用地爬，向着未知和神秘惊恐万状地爬去。我们的前面和后面都是人，有电筒的亮光一照一照的。我们爬呀爬，爬至一棵核桃树下歇息。这里聚集了很多人，基本上是妇孺老幼。女人们专攻一件事，取下各自的盖式头帕边诅咒边拍打。如此这般，据说可以逼退肆虐的洪魔，让它有所收敛，别摧毁了坡下的村庄。咒语没几句，大抵是打鸡给你、打狗给你之类的。她们的身旁没鸡和狗。真有的话，绝不吝啬，绝不手软，绝不拖沓。咋样的鸡狗都得挨打，打给猖獗的洪流。我知道，她们的这套没用。但那时候，我多么希望瓦岩河敬畏于魔咒，降服于包括我三姨娘在内的集体女巫般的仪式。

　　这夜，我们在树下煎熬。

　　黑夜把黑天摸地给了眼睛。声音把江翻海沸给了耳朵。想象把惊悸不安给了心灵。

　　那晚是庆幸的。洪魔的最高水位到了北岸临水人家的墙脚。

除连日来捞到岸边的木料全被冲走外,还有两家人的羊和羊圈被卷走。也算是整体无恙吧。此外,还庆幸夜间无雷。雷极少出现在暑假期间。否则,雷霹雳下来,核桃树下的我们将悉数完蛋。当时,我没完蛋,完蛋的是我的耳朵。黑暗中的瓦岩河跑进了我耳朵里,以声音的形式,或大轰大鸣,或小轰小鸣,根本停不下来。

我背负着一条河流,兵戈扰攘,苦不堪言。

二

三十多年后,受四川省作家协会邀请,我去瓦岩村采风。刚进入南岸的村庄,车停了下来。省城来的文人去参观村幼教点。前车一堵,后面的车动弹不得。我停车的村道左边有人围聚,站者有之,蹲者有之,看两三人哐哐地砍肉。我以为遇到了乡下的白事,便用彝语委婉地问,"有人老去了吗?"一精精神神的小伙子用汉语抢着答:"哪里哦,我们过节。""啥子节?""烧狗节!""没听说有这节啊。""我们这里有,年年过的。"我着实未将烧狗与节庆联想起来。彝语里的"克启"直译成"烧狗",且添加"节"字进去,恰如其分,恰到好处,不失为小伙子的智慧。乡间多智者,是矣。

继续问:"烧狗何意?""祭祀风暴、冰雹和瓦岩河,祈求少横祸,多洪福。"

看来,瓦岩河折磨我的事小,困扰瓦岩人的事大。大道至简，简化到这十来号人就操纵了所谓的一个节。他们将猪肉分装好，一户一袋，喊人来领。至于烧狗，那是命相很硬的人的事情，择那么几人，全权代表瓦岩人行使祭和祈的权利，将全村每户凑份子钱买来的一条狗焚烧于野地。彝人不吃狗肉，熊熊的烈焰必将吞噬狗的血肉之躯。

人群里，有人转过身子。我一眼认出，他是三姨爹。归来，我已中年，他却是我记忆里的模样：身板正，寸头，露齿，挂着浅浅的微笑，好似吃着一颗蜜甜的糖；无论穿啥衣裳，胸前插一支钢笔，别在衣兜上的笔帽锃亮锃亮的。仔细看，他的脸上多了些皱纹，但不显老。他背着一只手，另一只手拿着喝了过半的一瓶啤酒。太惊讶了，他做梦都没想到，我会出现在他面前。三十多年如梦似烟。寒暄是必然的，他一句，我一句。可我们是集体活动，不允许一直聊下去。我硬塞给三姨爹一千元钱，跟他约定，半月后定来拜望。

这天，感觉日头短促。采风团真像紧裹着的一团风，吹到这，刮到那。先瓦岩，次中所，后县城。累得舒坦，乐得惬意。我的思绪却没离开瓦岩，那条河怎么消瘦了呢？北庄咋就没影了呢？三姨爹何时搬的家？一切皆谜题，一切皆待解。

确确实实，我看见的河流没了当年的雄姿。河床宽阔地铺在沟里，大大小小的石头裸露着，沐浴晚春和煦的阳光。河呢，像股不起眼的溪水，在沟的深处潺潺地流。若将河床譬喻成巨无霸的床，那溪流顶多是幼儿滋的尿。修建的鱼鳞坝有四处，叠式推进，是人抗争河流的注脚。每遇枯水期，鱼鳞坝起蓄水之用；遇到洪水期，起缓冲之效，减少洪水对堤坝的冲刷，也减缓洪水的流速。

有人告知，即便是洪水期，瓦岩河也没法泛滥了。何故？答曰：从源头引了流。地方一老板砸金掘洞，从铧头尖山下开掘，刚好贯通了三山夹两谷中间的那座山。山下是一个电站，没日没夜地发电。多余的水流到了瓦岩村三组上面，又有老板截流，制一款与铧头尖同名的水，桶装的、瓶装的，一车车呜啊呜地拉出去卖。瓦岩河赚钱哩。

既然瓦岩河像金水般被开发了，瓦岩人心头的水患不是消除了吗？他们为何还烧狗？我想，此乃一种民俗依赖或文化依赖。每年春末，类似于殉教的狗多么悲壮，以它们的死换得瓦岩河的风调雨顺。这民俗附着于瓦岩人的思想观念或是精神理念上了。要知道，创制它不容易，毁灭它更不容易。很多看不见、摸不着的力量和意味在里面，不可能随心所欲地去废止。

刚好半月，我如约而至。三姨爹专门喊回了在县城带孙的三姨娘。二老开心，张罗着杀猪。我说不必，杀鸡最好。恰巧已成家二十多年的长女乌加嫫和幺妹阿妞嫫也来探望，这任务交给了她俩。

三姨爹上身穿着传统彝装，胸前佩戴着党徽，精气神特足。遗憾的是，由于没衣兜，钢笔别不上去。为图方便，他趿拉着一双拖鞋，吧唧吧唧响。三姨娘瘦瘦矮矮的，老了，不讲究，裹着一件黑披毡。她的话多，笑声也多。二老和我顺着硬化的村道，慢慢悠悠地往铧头尖方向散步。我关心的每个问题，他和她都抢着回答。

南庄之前住着姓蒋、刘、王、丁和童的汉人，计六十四户。后来，农村政策逐步放开，他们陆续搬离，把家安在了省内的德阳、乐山和宜宾等地。汉人每搬出一户，北庄的彝人就搬入一户。风水宝地啊。北庄彝姓为赫、丁、莫色、曲觉、阿尔、阿说、海来的人家窥察着南庄，说是土地租赁，实乃一锤子买卖。每年清明，总有汉人来扫墓。彝汉见面，热泪盈眶。大碗喝酒，大块吃肉。兄弟友谊，生死情结。故土是一个聊不完的人生话题。

北庄人家的整体搬迁，得益于伟大的脱贫攻坚战。三姨爹家就是易地移民的一个鲜活案例。迁至南庄后，将大儿子木甲惹分户出去，几下建了两套房。

望北岸，不仅三姨爹和三姨娘伤感，我也跟着感伤。李白有诗句：天下伤心处，劳劳送客亭。我不敢攀附和附庸风雅。可北岸的村庄一定是送别的故园了。我提议，我们仨去那里走走看看。三姨娘说，使不得，老屋有灵魂的，怕把我们的魂勾了去。我问三姨爹，真有这说法？他哈哈笑，不回答。三姨娘生气，对着我说，你是我儿，不准去，就是不准去。我只好作罢。

通过二老的讲解，我少年时走亲戚的诸多情节浮现在了眼前。那里是我们整夜躲避水患的地方，高高大大的核桃树还在；那里是三姨娘和我一起挖洋芋的地方，如今承包给别人，种上了绿油油的桤木树；那里是三姨爹带我剪苹果树枝的地方，统统退耕还林了……将无数的那里穿插起来，便是一个少年的复活。他奔跑着奔跑着，最终变成了站在南岸的今天的我。

眼前尽是逝水流年。

三

石古，彝人雄霸霸的名字，却是女性。省作协派她来当瓦岩村第一书记。小女子精明能干，锤炼自己，美化村庄。她果真把瓦岩村三组临公路的一面，当作绣花布来装点。高低错落的粉墙上，誊录着描写美丽乡村的唐诗宋词。空地上，这儿植树，那儿栽花。公路的另一面满是野生树木，夹杂其间的水麻、茅莓和刺槐正在花开花香。特别是刺槐的白花一嘟噜一嘟噜的，芬芳四溢，抑制了其他的花香。忽觉，这里是一个充盈着古诗词气息和花朵芳香的村庄。

但这不够。未来的瓦岩什么样？

第一书记自有打算：将瓦岩打造成集现代种植养殖、农产品初加工、休闲农业、观光娱乐和主题民宿为一体的特色彝寨。

三姨爹的家背着公路，在规划好的特色彝寨的核心区里。屋后是片肥沃的良田，延展到左边的山脚下。这山多光秃秃的悬崖，大树稀缺，靠灌木、藤蔓和杂草点缀着。山上有巍立的岩石，颇有状貌，姿势像个爬坡的人。彝称"阿柒博都尔"，意为"爬山姑娘"变的"岩石"。汉人记不住，拗口，干脆喊"蛮婆娘"。一个"蛮"字，把汉彝双方既歧视又亲密的情感纠葛活生生地扯出来。当地彝人听着，当笑话而已，不怨，不恼，也不恨。

"爬山姑娘"有登高望远和向往美好的寓意。遗憾的是，她未能翻过顶，在接近山顶的某处幻化成了石头。生活就像爬坡或爬山，高不可攀，但必须得攀。像我三姨爹全家，享了精准扶贫的政策，不是与南岸攀上并钻入南岸之心了吗？三姨爹的祖上可没这福分。三姨爹说，他曾祖父和曾祖母、爷爷和奶奶、父亲和母亲都活于北庄，死于北庄。包括他在内的无数亲人受尽了瓦岩河的折腾。与其说他的祖上是老死的，倒不如说是被水患吓死的。他父亲去世前几天，瓦岩河涨水，死时，告丧的消息报不出去。再加上家贫如洗，恳请邻居抬到后山火化了事。按理要弄丧饭的，可粮食不够。到房前屋后采疯长的荨麻，和着玉米糊糊煮一大锅，对付着吃。跟猪没两样。"饿"则思变，没办法。

三姨爹担心，他爹的阴魂被瓦岩河钳制，到不了极乐世界。他想过多次，要给爹祭祀什么的。但他的身份不准许，一个老党员、老支书咋信鬼神呢？三姨爹说，他曾不止一次地望着星空呢喃，把瓦岩的佳音悄悄送了出去。但愿他老人家听见了，释怀了，安然了。

从三姨爹祖上始，把家安到南庄去，是他们怀揣的梦想。结果，到三姨爹的晚年实现了这一夙愿。北庄消失了。南庄茁壮了。南北两庄的直线距离不过百多米，却需要数代人的翘盼方才兑现。这不，一些人家又像下跳棋，从南庄跳到了瓦岩河下游的马车河坝。二〇八省道贯穿那里。车辆如织，去越西县城不到二十分钟的车程，方便着哩。更有来自州内金阳、昭觉和布拖县的一些人家将跳棋跳得吓人，翻过山，越过岭，把家安置在了南庄。一下子，南庄多了诸如曲比、吉克、麻卡、阿尼、阿克、阿西、巴觉、沙马、果基和毛洛等的彝姓，语言天南地北，习俗千差万别。大一统的唯有像"爬山姑娘"般的心，向着生活的目标使劲儿地攀爬。

当下的这里，浓缩着中国乡村的流变和巨变。村庄本不流动，因人的流动而动了起来，或活泛，或沉闷，或衰落。村庄流动的背后，是村庄的巨变，是人之变、物之变、情之变，是故园的死亡，是新居的诞生。

南庄有一树，高千丈，绿盖叠翠。几人合围不拢的根部刚好挡住了水泥公路。在旧社会，树的侧边建有寺庙，轻烟袅袅，香火旺盛。树再高，也矮于青烟，祷告过的烟子直抵天空。庙的基脚勉强能看出，破烂不堪了。南庄里的人计划把树砍掉，让位给宽宽的公路。但不知消息是怎么走漏的，搬迁至德阳、乐山和宜宾等地的派代表陆续回到南庄，给树上香和磕头，给人散烟和敬酒，万语千言，千言万语，不准砍伐。它是故乡的神树啊！

南庄的旧人和新人，都是南庄人。他们没有捋袖揎拳，而是达成默契，共同来保护这棵神树。旁边的路修窄点，无所谓，车挤着过就是了。

我用手机里的形色软件仰拍这棵树，以求识别。第一张叫美洲朴。第二张叫望天树。又拍，网络卡顿。终究不知树的学名。瓦岩人不屑，说，识别个尿，彝汉都叫塔儿。发音时舌头要弹要卷要响。到了秋天，结枣红色的小果子，酸酸爽爽的。挂着的鸟雀吃，落下的小孩吃。喊一嗓子，好家伙，躲藏着的乌鹊扑扑惊飞。

彝人爱驱鬼，草扎的象征物多半送至树旁边的寺庙基脚处。导向鲜明，让神树管住草偶，间接地就管住了彝家的妖魔鬼怪。保全一棵树，要上升到一个民族的原始宗教领域，不妨算桩好事。我倒想起第一书记石古的特色彝寨规划，这树大有利用价值。届时，善男信女可朝拜、可观赏、可留影。再说，对远方的南庄人而言，塔儿将是他们永恒的乡愁树、神一般的树。

对故园的怀想，浓也罢，淡也罢，统统叫乡愁。面对北庄，我三姨爹心有千千结，怀着小小的乡愁。他家庭院深邃的门框上，钉着一块铝皮制作的卡，上面写着户主的信息。一枚冒尖的钉子上，挂着一把生锈的钥匙。那是打开北庄老屋的钥匙。老屋今安在？早夷为平地，成了草木的天下。那把锁可能埋在哪草哪木的底下，木门应该腐朽了。钥匙和锁都孤独，孤独得起了锈。即使碰面，形同陌路，打不开的。

故园在对岸。

但对岸荒芜了。故园转身跑进了三姨爹的心里。

那把即使找到了锁也打不开锁的钥匙，能打开他的心锁吗？可能会打开，也可能打不开。且让它以锈迹斑斑的样儿吊着吧。

我离开南庄时，与他们依依惜别。恍惚间，竟是三十多年间的两场离别：前场，我带走了一条河的轰鸣；这场，我带走了对一个小山村的感慨万端。

它是流动中的中国乡村，是流动中的乡村中国。

彝地之首

一

文化和文明的孕育多与河流有关，河流向哪里，哪里就璀璨夺目。

大渡河，由藏区跌跌撞撞地来，似有崩裂和冲毁大山大峡的磅礴之力，即使两者恩断义绝，长河也显得满不在乎，咆哮惯了。但进入大凉山的甘洛以北，长河被驯服，在宽阔的河床里奔腾。流域山高水深，南北可望，两边的文化交流和交融哪怕很迫切，也得绕山绕水慢慢地来。这条河，巧妙地设置了行政区划和民族分布，是汉、藏、彝等民族文化交汇的地带，也是文化融合的走廊。

天堑阻隔，山水障蔽。在远古，一个族群的文化想跨过大渡河，继续北伐或者南征，势必有风险。把文化的张力假想成子弹，要它多飞一会儿，终究动能不足，坠入江河。以彝族来说，何尝不是这样？先民把一亩三分地开垦到大渡河边后，望见巨龙般的河流，摇摇头，一声叹息：就此止步吧！停下往北脚步的同时，一并停下来的还有缤纷的念想。

　　彝族是一个诗性的民族，放牧牛羊和吟唱诗歌没多大区别。从一开始，在大渡河边放牧的族人登高望远，诗兴大发，一句"彝地之首"的感叹，竟然笔落风雨惊，诗成泣鬼神。此后，大凡涉及甘洛的谚语总是冠以"首"和"大"被凝练、被认可和被颂扬。的确，从四川西南一路往南，直贯云贵高原，彝人何其多——村落密布，男耕女织，繁衍生息。恰甘洛端坐于北方之首，可以在精神上俯瞰整个南方。也就是说，古代彝人的地界北至大渡河后，再也没法横空而去，精神的观照自然回过头，向着莽莽苍苍的大南方了。

　　谚语"彝地甘洛首，汉区官府首"不单舞蹈在嘴唇上，还以经文的姿势涌动于古籍的汪洋里。既然是"首"，并非政治和经济中心的古代甘洛，其文化怎么建构呢？《天神地祇书》《万物起源书》里记载着彝地有名的天神和地祇，它们中谁法力无边？谁胸襟豁达？谁披肝沥胆？两种文献都给出了答案。据说，甘洛境内有四十八个天神和地祇，它们分别掌管一个领域，个个当属业界的翘楚。但凡云贵川彝人家里做法事，必须邀请它们前去助阵，捉拿妖孽。如果不将甘洛的天神和地祇请去，那法事算白

156

做。因为，甘洛有一座叫德布洛莫的山，这些前去的天神和地祇得把妖孽押回山里，多措并举，昼夜监管。

一面是鬼魅的玄说，一面是地理的怪异，真要置身其中，虚虚实实的，让人有些不安和惶恐。

视甘洛为通向异域的门户，不是哪个族群的独立发现，面对滔滔江水，两岸的人们在心里划出各自的警戒线，这一划分即是地理的，也是文化的。你看，在掠蜀为奴的彝族古代社会里，唐代诗人雍陶哀叹："大渡河边蛮亦愁，汉人将渡尽回头。此中剩寄思乡泪，南去应无水北流。"他还写道："冤声一恸悲风起，云暗青天日下山。"

大河横亘，天然地把南北族群以及文化对立起来，文化的对立终究又带来政治冲突，社会动荡和祸乱。

好在历史的负面早翻页了，迭代它的是崭新的中国篇章，大渡河流域开明开放，欣欣向荣，如日方升，书写着一幅经济共兴、文化共振、情感共鸣、民族共进的时代画卷。

二

甘洛文化庞杂，是大渡河流域典型的文化杂糅区，非马非驴也非骡，都是，又都不是，自我陶醉着，七零八落地形成各自的小特色。

向来，甘洛人自恃清高，给人以居高临下的印象，总以为自己的观念最前卫、生活最时尚、礼仪最得体和文化最先进。

甘洛人的汉语是四川乐山话的翻版，完全脱离了大凉山人的口音。完整的对话里，有句与"鸡"字相关的不时被拿出来戏谑："哪里鸡？""田坝鸡。""鸡咋子？""鸡买鸡。"四句话中，除最后一个"鸡"是指真正的鸡之外，前面的四个"鸡"皆为"去"的意思；又来听彝语的发音，田坝一带的彝人不多，但他们创制了彝族北部方言支内的田坝土语，除县内几个乡镇操这种语言外，还辐射到紧邻的越西、峨边、汉源、石棉等县的个别区域，说话像唱歌，"迪比（这样）……迪比"，不急不躁、不紧不慢地吐纳。

相传，居住于矮山台地的彝人养母语叫"丝（syt）"的蛊，将毒蛇、蝎子、蚂蟥、蜥蜴等装在陶罐里，饿其体肤，苦其心志，让它们互相残杀、啮食，最后死去的毒虫便是蛊，成了一罐黏稠的能发光的液体。有客来，蛊会选意中人，噗噗闪亮。主妇与它沟通，念出客人的名字，对上了，蛊不再闪亮。后面的行动全依赖主妇，设法蘸几滴毒液在餐具上，交给客人吃。人吃了不会猝死，数月后肚里长虫，慢慢死亡。倘若主妇未实现蛊的意愿，这家人必须派人去顶替，等着一命归西。又说，蛊属慢性子，每年大致下手一两回，平常在罐子里优哉游哉，自娱自乐。子虚乌有的传说曾经恐吓过我，那些年头，我在玉田中学读书，路过同学家的寨子，任他怎么热情招呼，我都不敢踏进他的家门，更别说吃饭了。活脱脱的编造，把一顶最毒妇人心的帽子扣在了女人的头上，足以说明甘洛一带的旧社会局势多么动荡，别人攻击他们之时，心头应犯嘀咕，蛊不好惹，哪天帮着复仇，毒死你。在历史时间的纵线上,甘洛人明知以讹传讹,却永远不捅破,至今还以为操田坝土语的乡下人家养着蛊,梦幻般地蛊惑着,保不准你是它喜欢的那一口。

甘洛人狡黠、浮夸和狂傲,可能与大渡河流域文化和经济等的互通互融有关,不来点手段,容易被人看穿手上的底牌,赢不了局;也可能与养蛊和鬼魅的魔幻传说有关,毕竟这些讯息太神秘了。

他们在饮食和娱乐上还要另类!

"玛玛菜"是一种苔类植物,生长在原始森林高大的树枝上,多少像松萝,悬挂着、摇晃着、迷惑着。甘洛人敢为天下先,将其凉拌,端上桌,蛮好吃的。"请你来喝杆杆酒,请你来吃玛玛菜",濡染南丝路文明的甘洛人深情歌唱,外加一句"牵着马儿等你来",热情得要命。外人猜测,真来了,他还牵着马翘首以待?玩笑而已,艺术加工而已,款待客人的真心倒是不假。近些年,这款菜风靡大凉山,拌香油,添陈醋,撒红椒,吃起来酸酸辣辣,开胃健脾,生津润燥。杆杆酒因用竹竿咂酒而得名,人先站,后弯腰,手执插入坛内的竹竿,豪饮也可,浅斟也可。1861年,太平天国翼王石达开兵败大渡河前夕,曾挥毫赋诗:"万颗明珠一瓮收,君王到此也低头。五龙抱定擎天柱,吸饮乌江水倒流。"杆杆酒的酿造技术虽不难,但由于文化基因不同,外县一般少酿或不酿,独独成为甘洛这方天地的珍宝。

在交通占位上,甘洛人北上省会成都和南下州府西昌的时间差不多,但他们爱往北方跑,感觉上与都市人平起平坐,腰板挺得直直的。与南下的州府人见面,那份狂傲显露出来,即便他自个儿心虚,照旧摆出一副见多识广的样儿。子女读书和购买房子依然一路向北,抵达不了成都,也要把起跑线划定在成都以南的眉山,朝着繁华的都市奔去。哗啦哗啦的麻将打起来,专业术语叫"甘洛麻将",钱噌噌翻倍,算法既有别于成都的"成麻",又有别于大凉山乃至攀西地区的"攀麻"。

向成都看齐,似乎成了甘洛人的宿命,别人没有张开怀抱,他们却设法把自己投了进去。

对外的甘洛人,角色转换收放自如,见什么人,演什么角,仿佛天下是他们的。文化的交融不都指向优秀,也并不都指向拙劣和平庸。大渡河孕育的杂文化刚柔并济,润物无声,奇特地反映在了甘洛人的精神世界里。

对内的甘洛人,喜欢窝里"斗",划圈子,最大的两个群落高山彝人"诺姆苏(nuo mu su)"和矮坝彝人"曲姆苏(qu mu su)"桌面上握手,桌底下使绊,好在没有"绊"出啥大事来,像兄弟姊妹,再怎么磕磕碰碰,终究还是一家人一家亲。前者,强调血统和身份的纯粹,居高山,吃粗粮,操北部方言,行为举止全是传统文化的那一套;后者,突出文化的进步,住沟谷或丘陵,吃细粮,操土语,跟时尚,非彝非汉大杂烩。两大集团谁也瞧不起谁,他们内部再细分,把乡镇区划纳进去,更是纷繁浩杂,乱成一团。总体来说,曲姆苏春风得意,理由有二:在历史深处曾有过"自由民"的身份,不赋役,不纳粮,无拘无束,连天王老子都不敢管他们!另外,在当今社会的职场里,人数最多的难道不是曲姆苏吗？占不到便宜的诺姆苏觉得反驳不了职场这一块，往往揪住所谓的自由民，说："没人管，意味着没人罩，你被人打了，会有人出来替你伸张正义吗？"接着阐释，没人组织的队伍充其量算个团团伙伙，群龙无首的你们啊，即使每个人都有遨游九州的本领，终究也是一条虫罢了。两者的辩论由历史而现实，由社会而政治，煞是有趣。

这里，还有两股文化的力量不可小觑，散居于多个乡镇的尔苏藏族，戴着白色头帕，穿着花衣白裤，悠悠扬扬地踏歌而来；那些由溃散的太平天国军人演变而来的彝人，文化更加纷扰，但他们识时务者为俊杰，一代代视甘洛为故乡，早已梳理出并存不悖的新文化了。

甘洛的文化就这么兼收并蓄，可真到了文化提炼的关口，清高和倔强又出来坏事，各说各理，各唱各调，统揽不到一起。他们争来夺去的结果，不外乎是自己给自己戴高帽，荣光不到哪去。依我个人理解，甘洛要向外递交一张名片，最好将庞杂丢弃，到浩瀚的古籍和彝谚里去挖掘跟"彝地之首"相关的文化。

重塑文化大有裨益，只恐甘洛人看见偌多的"首"和"大"时，又犯好大喜功和好高骛远之错。

三

犹如阿拉丁神灯的寓言，很多甘洛人因为挖矿一夜暴富。

曾经的甘洛城是不夜城，灯红酒绿，声色犬马，穷尽奢华。

在全民疯狂淘金的年代，一个个暴发户挣了钱显摆，显摆后挣钱，人都横着走。而今，埋藏于地下的铅锌价格一落千丈，甘洛回到了本真，恢复了原本的秩序，但人的心态难以适应了。

甘洛人集体陷入惶恐、焦虑和浮躁的新时期。

那么，该如何安抚内心、安顿灵魂呢？

回归到秩序当中来，也就回归到了人的理性上。拂去蒙尘，彝地之首的文化还温热着呢，像当年的淘金梦，甘洛启动了文化苦旅：往历史深处去寻访地域文化。对了，追逐经济虽天经地义，但把自己从头到脚金缕玉衣地包裹，不是像一个即将掩埋的陪葬品吗？正向的文化熏陶尽管没有经济来得迅猛，可它感召的是人之心灵，是希望，是未来。

前些年，甘洛公祭吉日波，还郑重其事地邀请过我两回。

被唤作吉日波的山，不高，金字塔形，看起来像一个锥形的小山包。彝族天地演变史《勒俄》中记载，洪水滔天之际，周遭一片汪洋，举目四望，只有甘洛吉日波、勒智俄布波（峨眉山）、艾叶安哈波（螺髻山）、蒙地尔屈波（贡嘎山）等大山露出了尖尖的山头，为人类和动植物的繁衍做出了巨大贡献。我无意刁难甘洛人对圣山的集体指认，但我想，滔滔洪水淹没大地时，众多高耸入云的山已被淹没，为什么矮矮小小的吉日波还能露出奶头模样的山顶？文献里的此山是否另有所指？人们对经典的甄别是否缺乏一种反思的能力？这山，真的是我们看到的这座山吗？它四围的山为何都比它高呢？无数疑问，真的不解。

但甭管怎样，以文化的视角公祭一座山，甘洛人在公祭彝族历史文化的同时，也公祭了人类挪亚方舟式的远古传说。

问祖先，问历史，到底追问的是文化和自我的心灵。

那座叫德布洛莫的山，横跨甘洛和越西两县，居住在大西南的彝人先民对它觊觎已久。这个崇奉万物有灵的族群挺有意思，他们给鬼魅划定了地界，即所谓的鬼山。据说，最初的鬼山在云贵高原的某座山上。后来想想，中心化的鬼山有枢纽和辐射的带动效应，必须得去中心化。否则，今日将鬼撵去，明日它又跑回，反复无常，甚是麻烦。怎么办呢？综合研判各路情报后，最终决定将鬼魅驱赶至大渡河南边的德布洛莫山，像历朝帝王把罪犯流放到边疆一样。再者，甘洛的天神和地祇宣威耀武，攻无不克，战无不胜，管控起妖灵来，当小菜一碟。

正是源于此，甘洛成了"鬼魅之都"，上千年地被信奉，上千年地被召唤，上千年地被诅咒，生生地活在人鬼情未了的文化里。

这是多么激动人心的一件文化大事。若以传播价值换算，在广袤彝区里，还没有哪个县有甘洛如此幸运！不花一分钱，却被数百万彝儿彝女心里念着、嘴边叨着，广告投放的效率和效益，天下无比。

"鬼魅之都"的甘洛人自然也就成了鬼魅之主，闲逛时，牵的不是狗，而是具象的某个妖灵。续以遛妖和遛灵的假想推理，公祭吉日波的由头是小了些，一时半会儿得不到整个彝区的情感共鸣和文化认同，恐难成气候。但换一个噱头如何？把吉日波的圣和德布洛莫的魅由虚变实、由幻变现，以边地文化作为主题，营造出一种文化氛围，会有啥效果呢？如是，四方彝人定会朝圣般拥来，他们并非来窥视那些唯心主义的具象的妖灵，而是来探寻这里的文化为何这般厚重和诡异。

那些能够定夺文化命运的人且抽身去趟鬼城丰都吧！去见识汉语语境里的魔幻意识和艺术观念碰撞的另类文化，想想人的灵魂需要什么样的方子才能救赎，才能安身立命，才能昂扬向上，进而热爱生活，敬畏生命。

打开鬼魅这道门，彝族的天文、地理、历史、教育、哲学……都静候在里面，擦去尘埃，拿着的哪一部文献不价值连城？

我以为，只要人不神神道道，坐拥彝族鬼山的甘洛应往前迈进，缔造出集传统文化与现代声电光技术为一体的"魔幻王国"。

在彝地之首，遇见有趣的精灵，穿梭在魔幻和现实之间，那一定是关乎地理和文化的令人战栗的惊艳。

在彝地之首，重要的不是祭祀了什么，而是把民族文化当作大众娱乐的因子，洒脱地外递一张文化的名片。

在彝地之首，甘洛人探询的不单是心灵的隐秘，恰是整个族群的普遍性隐秘，像一面镜子，不仅可映照彝人文化的原貌，而且也可让他人探寻到神秘文化的暗流，照见他自己心灵的影子。

倚为天险的大渡河奔流不息。河流孕育的文化且繁且杂。我作为甘洛人，但愿我们收敛集体性格中的自大、伪诈和浮躁，从繁杂中培育出一朵文化的奇葩，让它娇艳在彝地之首。这花朵是对生活的诵唱和对生命的礼赞，是文化的、地理的、魔幻的、现实的。

一支火把的姿势

一

"谁把太空敲粉碎,满天星斗落人间。"

明朝的一个盛夏,文学家杨慎经过大凉山的泸山时,迎头碰上了一个节日。夜晚,当地列炬参差、火龙飞舞、流光溢彩,是为火把节。登高望远的他思绪翩跹,便有了这豪迈的诗句。

杨慎以为此情此景此地独有,但到了云南之后惊奇地发现,"玩火"的边地民族不止两三个,多着呢。他们举火把、舞火龙、唱民谣、宰牛羊,纵情狂欢。一颗赤子心,天真而不世故,对人和事热情似火、爱憎分明、光明磊落。

是的,农历六月的某个傍晚,彝家小孩点燃了一支火把,接着，远村的火把依次感应，一程程翻过了九十九重山，蹚过了九十九条河。类似的夜晚，从村庄到城郭，从田野到广场，从数十人到万千人，都被火光映照着，蹿红了中国的大西南。

节庆有源，天神撒下害虫之说，妖魔烧毁人间之说，恶人挖眼之说……川、滇、黔、桂不同彝区，众说纷纭。不同的传说虽有地方性的差异，主流却大同：趋吉避凶，风调雨顺，五谷丰登。超现实的魔幻斗争，最终以人的胜利宣告结束。

那就庆祝吧！

点火、祭火、颂火和舞火，乃至派生的斗牛、斗鸡、斗羊、摔跤、选美、篝火晚会等，哪样不是节日的载体？一个节庆没有非凡的象征意义，靠什么穿越时光？又凭什么亘古通今？它一定蕴含着深奥的意义。你看，它以点火把的形式照亮历史和传统，照亮人们祈祷的丰收和胜利，照亮灵魂深处的敬畏和庄严。所以，你不敢摈弃指导生活的民俗，由不得慵懒，必须像模像样地去执行。

文化一旦抬升到仪式层面，再高昂的头颅也得低下，拱手让位给神圣的仪式。

兴许，这便是撼动心灵的文化之力，感念一切，感召一切，感化一切。

童年和少年时期，我是唱着节庆的火把谣"则嗬"过来的。清音繁复的节歌，映衬出每个人的处境。

则格洛啊依嗬嗬

权贵之家杀阉牛
富余之人宰骟羊
穷苦之身吃母鸡
单身苦命煮鸡蛋
寡妇荞粑蘸辣汤
……

眼看火把就要燃尽,谁家抱着满月儿子走火把的女人喊:"烧玉米地喽!"顿时,火龙支离,这儿一丛那儿一堆地走向田野,嘴里齐齐地说唱:"烧,烧,烧害虫;照,照,照丰收……"

玉米密密壮壮,长势极旺,青枝绿叶在晚风里诉说着温暖的言语,摇出一浪浪的亲昵。少儿们专注地歌唱着,忽听见玉米林的深处有了嚓嚓的声响,他们兴味更加盎然,大声叫嚷"害虫被我烧死了",便循着声音往里走。那声响分外急促,末了,骂句"吃屎娃,看我明天怎么收拾你"的话,吓得孩子转身往回跑,老远才说出实情,玉米地里有人搞事!别人不信,男男女女撺掇着前去,硬是的,玉米林的地埂上有片草宽宽地匍匐,躺成了人的模样。

夜晚,皓月升上中天,比村前的大石磨还圆。孩子入睡了,梦不再焦虑,甜甜的、圆圆的、润润的。

孩子就是这样,一代一代、一年一年地走着火把,走着平平常常的山路,心里鼓胀着无尽的兴奋和希望,走进一种承接民俗、珍惜土地、热爱五谷和富于正义的人生里。

彝谚曰：岁末过彝年，月尽点火把。火把节既是彝人传统的节日珍藏，又是现实生活的万众瞩目。在燃烧并舞动的火把背后，一个民族的习俗璀璨于山川大地，吟唱出的欢乐与苦难、幸福与哀叹，五味杂陈，激励人的斗志，鞭策人奋进，铺陈为人和畜禽类的技之比拼、力之较量，铺陈为满天星斗落人间的三个不眠之夜。

火把之夜，火赐激情，肆意狂欢。

火之文化，远远不止杨慎笔下的感官印象和诗歌狂想，它是永不停歇的文化根脉的搏动，是经络里奔涌的文化血液，是族群追求、向往、憧憬一切美好物质和精神的双重载体。

二

火把节的文脉是世代相承的。

今天和过去没啥区别，都处于一样的时间河流。

在这条时间的激流里，有的驾舟冲浪，有的隔岸观望，是一方水土养育一方人所致。大凉山北部方言区的义诺人就特立独行，不过火把节。拿来佐证的是一场红雪。在历史深处的某年，他们点过火把后，且歌且舞，通宵达旦。但次日黎明，一场反季节和反自然的红雪开始纷纷扬扬地落，几天几夜下来，千里艳红，人间遭殃。从此，他们的祖先不许后人再过火把节。而大凉山的阿都人和所地人却将节庆奉为天，要他们和节日决裂，其刚烈的性格是绝不应允的。那无疑是诅咒了他们的魂灵，比枪杀活泼泼的身体还惨绝。他们的全部情感势必贯穿于每年的节前、节中和节后，生命即便不会长久绚丽，但至少要在节庆的某处迸发一次耀眼的光芒。如是，才不愧对他们的信仰和爱情。想象一下吧，从选美场上载誉归来的俊男靓女们分成两个队列，前面的裙摆轻盈飘飞，造出浪花的活态，不疾不徐，不深不浅。"阿都莱魁"——壮实的汉子远远地压着尾，引吭高歌。"达呵扎妮"——穿着红裙的美女说笑间听风、听歌、听心跳，心旌荡漾，又秘而不宣。热烈奔放、粗犷豪迈的唱词着实令人脸红耳热，连偷听的夕阳也羞答答的，憋红着脸，躲进了山岭的背后。

歌中的邀约，会在点完火把之后的某地兑现。毕竟，"阿都莱魁"的高腔没密码复杂，"达呵扎妮"早破译了约会的秘籍。天刚擦黑，两方人相聚，面前摆着啤酒、饮料、瓜子、花生和糖果，任玩笑或情话拉开了男追女逐、欢蹦乱跳的帷幕。

他们的父母早有耳闻，但毕竟都是过来人，听而不信、视而不见才是本事的乔装。遥想当年，大多数的父辈和母辈又何尝没在火把节之夜磨砺过花样的青春？

两情若长久，岂在朝暮间？昨夜发生的一切好像都没有发生，这也是年轻人善于伪装的本事。

今天，俊男靓女们将围绕一个叫日都迪散的地名较劲，辩论谁才是火把之乡的原民。原本方圆几十里的高原之地，统名都叫日都迪散。但因行政区划之需，日都迪散被从中间隔开，隶属于普格和布拖两县，鸡犬相闻的两地由此陷入了喋喋不休的纷争。曾经，两县的官方扛着标语，到处宣示火把之乡的名分，民众自然也跟着起哄，谁没有唾沫星子呢？喊就是了，好玩嘛！

玩了些年头，官方才觉愚钝，往历史深处探究的坐而论道，永远不如向着未来的探索更有意义。而乡民呢，念念不忘孰是孰非，大凡男子的摔跤和畜禽的比拼都要拉到日都迪散决一高下。每一项竞赛里融入了县份、村寨、家支、姻缘等的荣辱，一荣俱荣，一损俱损。巧的是，双方逐年轮流着输赢，火把之乡的声誉大家得到过，也失去过。

要消解两种立场的对垒，且听女子们献唱的意思是"出来吧"的"哚洛嗬（ddop lop hxo）"。她们牵着手，撑着黄伞，围成大大小小的圈，慢慢地边转边唱，领者吟罢，合唱者齐应，悠悠扬扬，沁人心脾。尽情颂唱力之角逐和美之炫耀的同时，也劝说世人不必为了争夺名次而烦恼：来年火把节，等你再比拼，逞能容易老，人生乃逍遥……

曼妙的歌声润滑矛盾、安抚情绪、慰藉心灵，最终平息纷扰。

阿都人和所地人激情澎湃的当口，北部方言区里还剩下的圣乍人却静如处子，隆重和热烈程度相形见绌，任凭孩子们闹腾些小花样。节前，成年人似乎走进了童话世界，酿土酒、喂阉鸡、扎蒿秆、择吉日，够忙碌的。少年时期的我，替母亲打杂，最爱抱着艳丽的阉鸡喂食，直至鸡嗉子鼓胀得比拳头还大，塞不进任何食料才罢休。到了节日当天，才发现长辈关注的不是阉鸡的肥瘦，不是子女用甜荞麦擀制的牛、羊、猪、蛇、蛙等动物的造型，而是鸡舌骨是否吉祥，酿造的酒又是否醇香，其余的事情则不管不问了。此刻,先前以为的童话分崩离析,他们和孩子们怎么也画不出一个同心圆。

待到山野的火把浪漫时,醉眼蒙眬的长辈们激动不已。天空、季节和山岚啊,欠你们的债,孩子们以火把偿还了。大地的恩赐,请一如既往吧!似祷告又似跟老朋友闲聊的秘语情真意切。他们拆分了火把节的彝语之音"都则(dut zie)",用"则"偿还或理赔人类为丰收而欠下的天地和自然的外债。

无债一身轻。物质和精神上的枷锁解除了,灵魂何等自由。

至于引人注目的火光和繁星,乡民可能有过天宫与大地的浮想,但文字上的"星斗落人间"是诗歌的事,跟与土地打交道的乡民有何干系?非要比拟,他们容易把火光想象成烧山的野火,在风的鼓噪下,忽左忽右,撕裂黑夜。

从北部方言区南下,到了杨慎游历过的云南大理和巍山,火把节又是另一番景象,似乎植根于家的肌理和欢娱的血流里。那火炬高高大大,端端地立在各家各户的门口。材质高级,是粗壮的松树,早先用斧子劈过,上部嵌入粗木或石头,撑开着晾晒。技艺之巧在于并未完全劈开整块的料,成形后,顶端挂上水果、花卉、彩旗和祈福的纸条,等着招引光明,迎接祥瑞。

家门口的火炬是固定死的。节日当晚,引火点之,从上而下,松油滋滋,慢慢燃烧。

现在,街面上人头攒动,同样用松木制作的便携式火把燃烧着过来了。人群往两边浪,闪出一条火的路,东探西窥的火把舞向哪边,哪边势必惊叫连连。操着火把的小伙旁有位助理跟着,他从口袋里掏出松香粉，朝火把扑撒，光焰顿时爆响，火舌乱窜，喷射到了躲躲藏藏的行人。以为伤及衣服或裸露的手脚了，却有惊无险、安然无恙。奉送给他人的祝福，完成于一惊一乍的瞬间。

我看到的这技法，或许是杂耍的恶作剧，是嘻哈的无厘头；又或许，真的要以此种方式赠人松粉，手留余香，互祝吉祥。

根文化一定是那把火炬，越是家大业大，越要耸立高大的火柱，使其更耐燃、更持久，让腾腾的烟雾通达神灵，庇佑家人。

苍山洱海，风花雪月；红河源头，火把辉映。滇西的火把节不是哪个族群的独门绝技，彝、白、傈僳、纳西、拉祜等族群你方唱罢我登场，热闹好一阵子的。

对彝人而言，每支火把搭载着最美的祭词，了却了他们祛除污秽、惩治邪恶、伸张正义的全部祈愿。我想，其文化的胸怀必定是宽广的，文化的张力必定是激荡的，文化的分量必定是厚重的。

祖先崇拜，让彝人多了忠贞，少了背叛。对先祖的文化传统，他们又何尝不是如此？因而，火把节的文化之链才"云贵川桂"地去勾连，彝儿彝女们已经倾力于文化的延续了。

这是灵魂深处的召唤和依偎，是族人的执着和痴迷。

这是节日承载的历史功勋，是节日传承的价值取向。

三

　　强悍的力量来自官方。甫一介入，万卷山河的大西南火光曼舞，农历六月到七月，挨挨挤挤，错峰办节，也顾不上传统的啥黄道吉日了。本来该这天举行的节日，官方拿理由来干涉——要么提前，要么延后，不想与邻县在办节时间上发生冲突，尽最大努力把人气吸引到他这边来。由此，官办的节庆势必删繁就简，往精彩处巧取，东掰掰，西碎碎，混搭在一起，既像那么回事，又不像那么回事。开幕式、文艺秀、民俗展、发布会等等，接踵而至，缭乱人的眼睛，怒放人的心花……等到暮色苍茫时，数万人期待的民乐响彻城市的上空，人的洪流激越，向着指定的宽阔的街道奔涌。没带火把的，闪出人群，往街边一挑，花几十元钱，一支称心如意的蒿秆火把持在手中了。是谁首先点的火？又似传递圣火般引燃了其他四五支？在人的汪洋里，想独辟蹊径和拔得头筹的天性是按捺不住的。继后，千千万万支火把被助燃，映红了纵纵横横的街道。主道上，之前用砖块围好的柴堆也被点燃了，这儿一垛，那儿一垛。人们顿生圈子意识，将越来越短的蒿秆扔进去，且歌且舞，旋转不止，炫幻不息，分不清燃烧的是火把、柴堆，抑或激情？

　　火光璀璨，夜景绚烂；青春昂扬，心潮澎湃。

　　一个个城市居然可以让人疯狂"玩火"，一语双关啊！

　　来玩乐的游客不应背负文化的沉重或沉重的文化。但我的一些朋友却不，图新鲜和欢娱的痛快后，他们的灵魂实在有趣，渴望深沉，乐意将自己扎入散发着泥土芳香的民间，哪怕两三日，心灵不再彷徨。

他们在城市和乡野间奔走。他们发现乡下的节庆纯粹、古朴、本真，传统怎么规定，人们怎么庆祝，一切由心出发，一切由心结束。这颗心像山溪清澈，像湖泊明镜，像太阳火热。相反，在城市里拼接的文化是碎片式的，尽管绚丽，但遗漏、简略、非传统和商业化，多少曲解了原来的文化。甚至极个别的地方，一开始就偏离了文化的原意，似是而非了。譬如，祈福是神圣的、庄严的，是家庭主人面向神龛吟诵的吉语。然而，他们却选派艺员在秀场边击鼓边诵经，摇头晃脑，虚张声势，乞讨祯祥。又譬如，处于卫生、环保和防火等的考虑，用手电筒或蜡烛取代火把游行的城市，其"满天星斗"的意义何在？游客的情景体验从何谈起？再譬如，跑到山高水远、毫无人烟的野地过节，黎民百姓因不具吃住行而望"节"兴叹，群众参与不了的节庆还叫普天同庆？乡村的选美场上，妙龄女子也化妆，轻轻的，淡淡的，看似不经意地略施粉黛，映衬出越发质朴的美丽。哪像城市秀场的丰乳肥臀，性感的乳沟露着，夸张的屁股扭着，隆胸、垫鼻、割眉、瘦腰、削下巴、切骨骼，哪一部分才是选手的原装呢？面向评委的脸感觉粲然，却皮笑肉不笑。

文化的风度来自文化的内心。一以贯之的乡间节日向来不谄媚，走着自己的路，从不自以为是，也从不低三下四。

诸多的"譬如"排着长队，有待讨论，可我不敢再倾听和罗列。

乡下的耐看。城市的好看。两相比较起来，我是为城市的做法欢呼和鼓掌的。错峰办节，至少让世界知晓了多民族对火的生死眷顾，他们将火把举过头顶，这一抬，就是仪式，就是神圣，就是遵循和尊重，就是重大的外宣和内宣。你来或不来，中国的大西南都向世界敞开温暖的怀抱。

舞动的那支火把寓意深刻，预示着人畜兴旺、五谷丰登、幸福安康、道德至上、和睦共处、正气凛然……我们记住这些足也。

民间的痴情和奋进，势必刺激城市的再提炼和再精进。你看，凡是好的形式，不是遍开川滇黔桂了吗？像女子撑着的黄伞，走流线、画圆圈，橘黄的颜色装扮了山川、大地和人之心灵。像斗鸡、斗羊、斗牛、摔跤以及选美等竞技活动，彰显了边地民族的体育精神，畜禽或人之间的角逐，终归是人的较量，是力与美的比拼。像火把游行，我听闻过去在野外举办的地方，正逐步回归到城镇和郊区，或者是城市的主街道，群众的参与度得以空前提高。

要知道，冲向黑夜的火把，唯有在居家和庄稼的附近，才能将祈愿、魔咒以及赔偿施加于天空和大地。

将节庆还给百姓，将文化还给民间！这，兴许是上乘的因势利导和引领民众。来自生活，高于生活，且敬畏生活，节庆才不会被沦陷。

白天的活动都是火把走向暗夜的铺垫。这铺垫，厚积薄发，一年胜一年。

明朝中叶的杨慎瞥见了落入人间的"星斗"。倘若，他走进大凉山不同方言区的乡野，保不准会更加糊涂，不知天上人间。

"千门万户井相连，火炬纷腾处处烟。不道众星罗宇下，却疑身在九重天。"此乃清代林锦朴歌咏节庆的《竹枝词》。

"火树迷离映远山，川滇风气两相关。"民国时期的陈光前眼界高远，看到的是大西南的光焰。

是的，从大渡河往南，跨过金沙江、澜沧江、北盘江、红河等奔腾的江河，越过大凉山、小凉山、乌蒙山、哀牢山等逶迤的山脉，谁都有权利续写火把文化，但绝不可篡改文化。

火龙飞舞。要我们添加或减少几支火把，于暗夜里，无伤大雅，无关民俗。起初，文化的兴起不是我们决定的；当下，这支火把要舞出怎样的姿势，蓬勃发展其文化，我们却可以主宰。

因为，我们从未忘记传统的恩典和历史的来路。

雷，滚远点

一

汽车钻进森林，眨眼间，辽阔的天空丁零当啷地破碎，透过前挡风玻璃看，只剩下路上空辽远的一线天。压迫感从天而降。路，简易且丑陋，崎岖不平，两侧的枝叶更不好惹，不时偷袭汽车，弄得嚓嚓响。像一个好端端走着的人，突然拐进了玉米林或芦苇荡。

两辆越野车咬着开的话，后面的吃不消，尘土飞扬，滔滔滚滚，感觉要把人呛死或憋死。我坐在后面的车里，喊司机拉开距离。世间很多事，容易被蒙蔽。灰尘和黑暗会蒙蔽眼睛，也会蒙蔽心灵。

每一棵草木都有凌霄之志。冷杉是森林里的标杆，挺拔、伟岸，傲然苍穹。能与冷杉比高低的有两种：藤蔓和松萝。粗粗细细的藤蔓有献媚之功，冷杉长多高，它就长多高，从顶空吊下来，颤颤的，好像没底气。松萝的任务似乎是装扮别人，成就自己，在冷杉高高的上端编织流苏，不论风里雨里，都荡荡悠悠。草相当稀少，虽占据着方寸之地，但阳光何曾眷顾过弱势的它们？杂木矮锉锉的，枝叶伸不出去。矮就矮吧，矮子肚里三把刀，正等着机会乱窜呢。

森林是一个江湖。物竞天择，没有哪种树、哪种草、哪种菌和哪种生灵虚度光阴。

大约行驶一个小时后，看见带头的车停在山洼的缓坡上，旁边有溪流淙淙而去。朋友孟宇站在树下，眯眯笑。他长期分管森林防火工作，恨不得把森林知识一股脑倒给我。他指着林子说："这片是桦槁树，做菜板，好得很。"桦槁树挺着躯干，有一圈圈的纹路，泛着紫红的光，树皮一节节爆裂，干燥后，皮皮翻翻的，像蜕皮的蛇。我好担心，树成精时，嗖嗖嗖冲到天上去，留下满地的皮囊。朋友补充说，赶山人最爱桦槁树，砍一刀，水如泉涌，可解渴。意思是说，树的水分足，你向它讨水喝，流出来的肯定是甘冽的水。我想，那些树皮平常很忙，忙着蓄水和藏水。至于树干，会不会用水润着，一门心思做个菜板呢？

我问："雷打桦槁树不？"

他答："先埋个机关。走，咱得赶路。"

两辆车一前一后，绕过桦槁树林后，又钻进了稠密的冷杉林。车后，尘土遮天蔽日。

路叫防火通道，为防雷击火而建。若发生火情，可当先锋之路，将队伍和装备拉进来，以备灭火之急需。平常，锁死连接公路的进出两头，闲杂车辆休想进来。我因有个督查防灭火工作的身份，进出当然自由。

坐车穿行于森林，容易犯困，一直处于昏昏欲睡中。就这样，不知行驶了多久，等停歇时，我们已经到了山脉的最高点。站在山顶，一览众山小的心境油然而生，胸襟向两边阔，人有再多的心事，交付给这崇山峻岭，也只觉渺小，融入苍茫茫的黛绿中去了。想想来路上树木和藤蔓间的争夺，甚是有理。奋发之目的，不就是为了离天空更近吗？不就是为了汲取阳光吗？我脚下的山脉多么绵长，东西走向，磅礴而去。川滇两省以这条山脉作为分界线，两边重峦叠嶂，气象宏阔，意境莽苍。它们都是山的兄弟姊妹，但四川的驻北，云南的驻南，欲望穿秋水，望不到，穿不过，空悲切，像人之双眼，被鼻梁隔开，今生负彼此，一只眼永远看不见另一只眼。

我站在四川的地界上，望远处灰白的花。朋友请我移步，转过突兀的巉崖，我不觉惊叫，好大的一片花海啊！朋友说，这不是花。四年前，原始森林遭到雷击，云南起火，四川遭殃，火烧的。人可分川滇两省地界，雷公却野蛮，痛快宣泄，管你烧哪里跟哪里。烈焰烧过的树，叫帽斗栎，海拔"三千米上木成林"指的是它。帽斗栎是乔木之一种，山地之脊，悬崖之危，一捧土足够，江山代代出新绿。它们蓬蓬松松，枝叶葳蕤，像朵朵蘑菇云。当年天火烧身时，帽斗栎的枝枝蔓蔓燃尽了，但主干仍挺立着，死后千日不倒，以不朽的死感动埋于底下的根系，激励后来者快快萌发新芽。果不其然，我刚才以为的花丛是它根部苗苗的绿，郁郁葱葱，雍容华贵，用希望托举或祭奠着中间灰白的死了的枝干，像一把把撑开着的倒立的巨伞。把它们错看成花，不怪人的。一棵树变一丛树，一丛树变一片树，接着是树的世界了。另一侧的山坡上，满目狼藉，焦黑是主色调，悲壮、肃穆、苍凉，死去的都是杉木，少部分稀稀拉拉地站着，用烧焦的身体控诉上苍；更多的横七竖八地倒在地上，一截黑，一截灰，一截腐烂，一截坚硬，声声惋惜，重重哀叹。

　　从最高的视角瞭望，四川木里县境内的大片山峦尽收眼底。友人说，防火通道已经把每座大山连接在了一起，你能看到的群山里，路程不会少于四百里，迂回盘绕，兼顾了整片林海。如果包括远山通道的话，全县已建一万多里。

　　远山有多远？近山有多近？

　　远在万里关山外，近在映入眼帘处。

　　我啧啧称赞。

　　之前，我在木里的其他林子里见过，用木头搭建的瞭望塔里往往住三五人，他们用耳朵和望远镜值守。耳朵听雷声，雷如滚石在云层上面滚，轰轰隆隆的，或滚近了，或滚远了。有时候，雷不滚，从云端闪电似的砸下来，声音尖锐，呼啸而过。也有时候，雷像放个闷屁，虽不臭，但按"响屁养人、闷屁毁人、没屁寿短"的俚俗意思去观察，嗯，它真点了一把火。如不及时扑灭，毁林是轻而易举的。滚雷和砸雷好说，几架望远镜一起侦察，哪里冒烟了，启动应急预案便是。闷雷最可怕，不声不响，或许它沉闷地响过，但守望的人获得情报时，森林已浓烟滚滚。

我眼前的山峦里，有人在瞭望吗？孟宇说，不妨查查。他掏出手机，打给一个人。不一会儿，各路英雄来电，大体能答出子丑寅卯来。题目出得玄乎，东边的天空中哪种颜色的云最多、最大和最美？答案在白云、黑云和灰色的云里选择。这让我想起夜间的一次查岗，我们依次打通巡山员的手机，请对方在密林里用电筒光呼应，要明暗几次，或者要画一个什么样的形状，你尽管在山的这面提要求，山对面的人照着做了，说明仍然在坚守岗位。

昼夜值守的他们是森林的保护神。我知道，在天际线以内的苍莽群山里，多少儿女两目炯炯，时刻盯梢着闷雷的雷击火。一旦出现火情，就对讲机紧急呼救，谷静山空的森林里，前置人员的汽车和摩托车嘎嘎腾突，从四面八方急速赶来，可及时扑灭野火的。他们有着钢铁般的意志，和衣而睡时，仍然有他人的耳朵在搜索雷电的讯息。当然，在既打雷又下雨的天气里，即使处处起火也枉然，雷公前脚点，雨水后脚灭。这样的日子多么惬意。

都说，人算不如天算；又都说，人定胜天。要我说，两种观点都咋呼，说不清楚的。

二

在木里督导期间,我执拗地打听有关霹雷的逸闻趣事。民间的普遍说法是,雷公不乱来,寻找一种寄生在树根下的叫雷公虫的虫,从天上劈下来,目的是电死它。起初,我不知道雷公虫究竟为何物?但待我明白它是何方神圣后,故意逗玩我的访问对象。我问:"你见过被电死的雷公虫吗?"答:"见过,像烧烤。"又问:"多大呢?"答:"碗口粗,手臂一样长,像条蛇。"或许,他真这么认为,不像逗我的样子。再问:"你们要吃吗?"答:"不敢,不敢。"回答者中,也有人不置可否。

雷公虫抱头鼠窜的样子很滑稽,密密麻麻的足抬着身体,摇摇晃晃地扭,歪歪斜斜地窜。雷公要灭它,难不成仅凭这古怪的名字?比雷公多一个"虫"字,按理可认亲戚的。即便不认,天上地下的,又何苦来着?这多么类似大炮打苍蝇啊!它俩关系的恶化,会不会是因为人们望文生义,才造成了千年的谬误?但是,我到处访问的结果,人们都无一例外地相信这说法。甚至有很多人站出来引证:"雷公虫屁股上的红光,一闪一闪的,专门引雷。"

雷公虫即蜈蚣,蠕虫形的陆生节肢动物,多足,与蛇、蝎、壁虎、蟾蜍并称"五毒",且位居首位。在乡野的柴垛下、石缝中和翻开的泥土里,常见蜈蚣慌慌张张地逃。胆大的鸡啄它,啄了扔,扔了啄,不动了,才吞进嗉囊。

木里县的唐央乡频发雷击火，多时，一天达五十起。蜈蚣引雷说传得更盛，天擦黑，森林里的雷公虫像警灯一样爆闪，存心挑逗天上的雷公。我不信谣，不传谣，不造谣。不过，我决定前往，去看倒霉的雷击木。

乡政府派出一名向导，带我们向着山岭奔去。一路上，每过一个防火卡点，都要详细排查和登记，绝不允许带火进山。有个二维码，手机一扫描，你的行踪与整片森林的命运攸关了，在你离开这块区域之前，假如森林失火，不排除你有嫌疑，为事后的侦察和侦破提供必要的线索。从督导的角度来看，我对他们的工作十分满意，可给高分。汽车行驶两小时后，我们弃车而行，在陡峭的冷杉林里艰难攀爬。低矮的灌木虬枝峥嵘，手手脚脚阻拦人，向上攀登半步，是要气喘吁吁的。一个多小时后，大汗淋漓的我们终于抵达雷击木处。

孤零零的这棵杉，去年被雷劈成两半，死半边，活半边，本是同根生，生死两茫茫。死去的那一半被拦腰折断，粗的这头摔在根部的不远处，细的那头甩出去，悬着空，沾不了陡面的地。未断的那截呈焦黄色，与活着的一半紧紧地拥抱着，底部有个巨大的黑洞，是烧出来的。幸好火焰及时熄灭了，不然的话，另一半也会死去。瞧，活着的这一半坚挺，不苟且，不懈怠，不埋怨，好似为死去的自己而活，为另一半活出更多的精彩。它顶部错落的枝干上，挂着丝巾般的松萝，婀娜娉婷，像整棵树在轻轻摇晃。

我们试着找寻雷公虫的踪迹。在树的根部，确有虫啃噬的痕迹，它们的粪堆小丘似的，由颗粒物累积而成。

向导说，树虫多，不一定是雷公虫干的。

回程的路上，热心的向导把我们带到了一个前哨点。这里，地势较平，房、床、桌、凳、盆和勺，全用杉木现做，芬芳不浓烈，不时随风拂。他们将开辟防火通道时砍倒的树木拉到现场，按树的大小胸径交错成方形的围栏，四个角卯榫相扣，层层叠叠，往上累加，里面垫着厚厚的塑料，引山泉水蓄满，俗称木摞子水池。这样的水池一个接一个，列队映苍天，清澈照公心，只待急需时，以水灭火。水桶、水枪、水泵、水带等灭火装具全部候着，消防车、摩托车、拖拉机和半专业打火队伍随时接令开拔。

人防，物防，技防。一切皆为防不胜防的雷电，皆为防患于未"燃"的雷火。

向导说，我们希望雷滚远点，越远越好。

午饭香气四溢。麦子馍馍、辣子鸡汤、烧洋芋、酥油茶和糌粑，吃得红光满面。我多次进出木里，酒肉的佳肴没记住，却对这顿饭食念念不忘。烤出来的馍，脆脆的，有嚼头；半饱后，掰馍泡汤，红油油的汤汁吱吱浸渍，看着膨胀起来，又添鸡汤，油汪汪的。鸡是童子鸡，烹饪前连肉带骨砸碎，吃肉不吐骨头，多吃几碗，爽死人的。

木里县有汉、藏、彝、回、蒙古、纳西等二十二个民族。在民俗里，各民族对雷电和雷击木的认知各有侧重。但我总觉得，彝族的那套最具戏剧性，一方面躲避雷电，施之以咒，不可将雷击的树木当作柴火背回家,哪怕一枝条、一叶片。为何?据说,会给家里带来诸如麻风、癞子、癫痫等怪模怪样的病症。另一方面又想拥有霹雳的工具,譬如雷石杵、雷铧口、雷斧头、雷镰刀之类的,以彰显家威,以驱赶邪恶。彝人的传说太神奇,说雷公霹雳的瞬间,它手里握的全是金子做的工具,但遇到下面有猪粪和狗屎,则被臭气反戈一击,丢盔弃甲之时,它手里的工具会变成石仿的石杵、石铧口、石斧和石刀,遗落在附近,人是可以找到的。至于被何人捡到,那是运,是天意,用方言说,叫运气来登了。传说与现实几经交媾,诞下的一定是个魔胎。我访问过很多彝人,包括我的驾驶员都信誓旦旦地说,他们家有雷杵和雷斧。所举之例,煞有介事,跟我年少时见过的预防猪瘟的仪式大同小异,让人恼也不是,笑也不是。

大致是这样的。远村有猪瘟,本村的人则惊恐不安,谁家有雷具,最好自个儿拿出来,由他或她率队,带众人游村庄一周,一路浩荡,一路诅咒,设置魔障,以求平安。若拥有者藏着掖着,村人才不管,之前赌咒的五雷轰顶最好得以应验。所以,猪瘟的出现,实际上是一次验证,平日你尽可守口如瓶,但到了关键环节,不拿出来,怕要遭雷打。

金刚杵变幻的石杵最灵验。若瘟疫要强攻,村里会烧几口大锅,用石杵煮水,端给猪吃,据说猪会康健如初。

在佛教密宗里,金刚杵是一种所向无敌、无坚不摧的法器。彝人将至尊和象征全部寄托在了石杵的身上,进一步推理,是寄托在了雷身上。怕雷,又想雷,多么富有戏剧色彩啊!

狼过处，有羊毙；雷劈树，留石具。偶然与必然，哪是偶然？哪又是必然？作为一种民俗，我们犯不着将它抬升到愚昧和落后上去。

　　"天打雷劈"是当地多个民族赌咒发誓的一句顺口溜。咒骂别人，或自己立誓，仿佛雷悬在人的头顶，说劈，咔嚓劈下来。人的言语，不过是嘴里哈的气，等不来雷劈这天的。相反，被雷轰死的，谁赌过咒、发过誓？谁犯过滔天罪行？真犯了的，雷又轰过谁？

　　我看，雷公是即兴的、草率的，甚至是昏庸的。

　　我和更多的防火工作者不关心天打五雷轰，我们关心的是森林的安危。

三

　　那晚，西风狂劲，天雷滚滚。

　　电力公司已拉闸断电。我的临时住地在一个山洼，三面靠山，天地间的亮一瞬又一瞬，闪电照的，更多的时候黑咕隆咚，伸手不见五指。倘若雷声轰来轰去，像远处的枪炮声倒不怕，怕的是砸在附近，撕裂空气，震耳欲聋，沸反盈天。有几个响雷好像砸在了山上，是东边、南边还是西边？反正窗户被吓抖了，咔咔乱叫。

　　我以为会有噩梦般的信息传来，结果无恙。劳苦功高者，当属后半夜的滂沱大雨。老天一手打雷，一手泼水，很会玩乐，极会享受。

前段时间,世界分黛青和雪白两色,黛青的是森林之色,雪白的是山顶上的皑皑积雪。扑腾天地间的唯有鹰,翔长空,搏万里,多遒劲。但自惊蛰以来,鹰忙着去繁殖,偶尔才出现在耸入云霄的悬崖边了。我自山头启,要去桃花灼灼的山下,过完冷杉林,又钻松树林,一路风尘一路春。在环环绕绕的密林通道里,斑鸠和鹊鸠突然多起来,成双成对,左飞飞,右飞飞,欢唱出清冷冷的咕咕声。沿途的草木啊,松枝累叠,郁茂翳沉,万叶滋荣。越往低海拔走,那些松萝似乎越害羞,见山下有了错落的人家,鹅黄色的万千丝绒稀稀拉拉地断落,一棵树也网不住了。大抵,它们邀约共舞的对象,只有高山的杉、松和其他的灌木。

我最后一次选的是两州四县的大环线,出西昌,经盐源县泸沽湖,到木里县的屋脚和俄亚,抵甘孜州稻城县的香格里拉镇,再绕山绕水绕回凉山州木里的东朗、麦日、察布朗、李子坪、列瓦,过盐源,返西昌。沿途走走歇歇,计十九日。还在木里藏区时,朋友孟宇再次来陪我,他指着地图说:"阿哥,你是转山转水转佛塔呀!你看,森林边缘的风马旗,公路侧面的玛尼堆,溪水沟畔的转经筒,都适合祈祷和誓愿。无尽的山,无量的水,无穷的林,被你转进去了。"我说:"是的,是的。"经他点拨,硬是发现此番的大环线督查,是一次行程的闭环,是一回生活的体验。赏美景,解风情,醉民俗,怎一个"妙"字了得!

我问他上次见面时埋下的机关,雷到底劈不劈桦槁树?

他哈哈笑,说:"松树和冷杉树最多,自然要遭雷劈。桦槁树少，目前还没听说过。"等于没有伏笔，也等于没有答案。

在木里县城停歇的几天里，宾馆对面的山上夜夜华灯，串起来是一朵巨无霸的吉祥的格桑花，盛开给天看，给地看，给人看，就是不给雷电看。恰星辰点缀，天上人间，璀璨无比，令人遐想。而下雨之夜，花灯依然不息，迷迷蒙蒙的，映出来的灯的裁剪同样是巨无霸，光影一勾勒，是花样的别致的雨帘。

夏至前后，雨水日渐增多，老天虽不时派雷电来袭击，但看到全民皆兵的防御阵仗，苦笑一下，喟叹自己玩累了自己。滚雷滚雷，它让雷声一日日地滚，正滚回天边去。

我时常念叨川滇交界的那片原始林。此刻，帽斗栎的树根贪婪地吮吸雨水吧，一拔节，不是某一棵，而是整片帽斗栎林呼喊着齐齐地拔。新绿向上托，收罗每一滴雨水，欢喜的样子尽可想象，待阳光一照，英姿勃发，神采四溢。倒毙的冷杉宁愿多些日晒雨淋，让腐朽来得更猛烈些，期盼着以己之肥，催生新的轮回。那些死去却还站着的杉，不失标榜，剑指苍天，绝不释怀。

转山转水转佛塔，我不为参悟，不为觐见，只为广袤的林海。

回家后，我犯迷糊，感觉还坐车行进在绿波翻涌的森林里。新长出的冷杉和帽斗栎长呀长，高出林海，高出山峦，高出云朵，一直朝天上长，逼得天只剩下一溜溜。头顶有天路，日月星辰，各行其道；地上有土路，鸟兽虫木，不相为谋。

辑三：万物

叫薇薇的马

一

村庄沉睡的时候,我不知道马有没有梦。若有,我以什么方式活在它的梦里?像主人,像仆人,抑或像它的儿子?

马比黎明醒得早,两耳搜索着一个少年的声音。"嗒嗒嗒"是我的脚步声,"丁丁丁"是我手里提着的马笼头上小铁环的碰撞声。吃过早饭,我尚未转过村中最苍老的核桃树时,马的招呼声已咴咴传来。村人说,我懂马语,马懂人语,我和马像母子俩。

母马与我的渊源,跟我奶奶有关。老人家的家庭成分是奴隶主,相当于汉区的地主,属于被批斗的对象。看她耄耋,不适合惩罚，便命令她天天牧马，将功赎罪。我家人筹划很久，悄咪咪打了半斤散酒去讨好新上任的队长。队长抿一口，脸上堆着笑，允许由当孙子的我去顶替奶奶，喂养好全队唯一的这匹母马。家家有老人，人人都会老，何必把老人逼上绝路呢？于情于理，似乎对头。故我家祖孙三辈人诺诺点头，只不过长辈是给队长点，我是给家人点。从此，上小学的我多了一个小马夫的身份。

　　起初，看着高大健硕的马，我心头发虚，双腿打战，生怕我像青草被它卷进嘴里，大口吃掉。当然，最可怕的是它向后尥，一尥蹄，我小命难保。我幺爸恶狠狠地瞪我，手里执着一根竹竿，逼我去牵马、喂马和骑马。他忽而走前，忽而走后，由我牵着马来来回回地走。我因恐惧凌乱了脚步，恨得将一只眼睛扳到后脑勺上，摁进去，盯着马和我之间的距离。马的鼻息一下下地喷，似有万千只蚂蚁钻进了我的后背，在里面爬行。缰绳好似滑腻而凶残的蛇，攥在我手上的那头汗涔涔的，我多想随手一丢，扬长而去。马吃草的时候，幺爸割了些嫩草塞进我手里，硬要叫我拿去喂马。马或许瞧了我一眼，或许压根儿没瞧我，用鼻子嗅了下，蠕动嘴唇，递过去的草被卷了进去。喂过多次后，马开始用正眼看我，并朝着我移了下四蹄，用乌黑的嘴皮舔我空空的手。我以为它真要吃我，吓得往后退。幺爸边骂我，边用鞭子鞭打地上的草，我不敢再往后退，马却倒退了几米远。黄昏时，人马从野外往村子赶，幺爸把我夹着，骑在马上狂奔。若确定前无路人，不知要奔多久才能停下来。好在路人不断，幺爸悻悻地骑一阵走一阵。好几次，我已经昏厥，只记得上下颠、前后簸，风呼呼地啸，之后没有记忆了。下马走路时，我一定是个僵硬的行尸走肉，无脑子，无喜怒，要缓好久才可恢复。但清醒过来，仍然是老样子——胆小如鼠，望"马"兴叹。那段时间，我的夜晚全是梦魇，一直骑马驰骋。梦醒时分，我紧紧抓住的波浪般律动的鬃毛，往往是我自己的头发，揪扯得痛啊。我在我的梦里，我驾驭着自己飞驰。我是一匹马吗？好像是，好像又不是。

幺爸还不完全放心，但他必须放手了，他要回生产队劳动，去挣工分，这才是他命运的底色。我呢，屁颠屁颠上学，身后是这匹鼻息齁齁的马。乡村小学校管理松散，没啥生源，可三天打鱼两天晒网，老师也不责备。相反，怕得罪了学生和家长，彻底不来了咋办？所以，我有充沛的精力和充足的时间去牧马，等它吃个半饱，牵它来到尽可能平坦之地，上面势必长着密密的青草，之后，从包里取出老长的一根绳索，一端套在马蹄上，一端拴在任意的树上，我才朝学校跑去。孩子总健忘，得一头，忘一头，稍后想起，马儿不排除被绳子绊了，又飞也似的跑回野地探个究竟。

我第一次套马蹄时，差不多折腾了半天。我将缰绳收拢，系在一棵马桑树上，让马头擦着树，之后用另外的绳索做成圈套，欲将一只马蹄套进去。我怕马尥蹶子，心思全花在了前蹄上，我用身体抵住马的脖颈，期待它抬腿的刹那，正中我的计划。可我那点力气岂能推动这庞然大物？马的两只后蹄倒是一会儿偏左，一会儿偏右，把青草踩得扁扁的、蔫蔫的，踩出了草和泥混合着的半圆形的路。看这招不行，我又换新招。我把绳索的圈套放在它的尾部，后蹄刚入套，我就赶紧拉。如此大战几十个回合，我已累得满头大汗，好在最终套住了一只后蹄。那天，我没去上学，往草地上一躺，去做自己的少年梦。

村庄错落有致，建在山崖的上下，背景是长到天上的莽莽撞撞的山。山崖仿佛是一道屏障，把上下两个寨子隔开，一条小路弯来绕去，连接着寨子。山崖的山脚下，有一个天然的洞穴，里面宽敞，冬暖夏凉，队里的这匹马就住在里面。我家在上寨子，一棵老核桃树苍劲地长在我家侧面的峭壁上，枝叶伸出去，像一把天大地大的伞。我去牵马，必须经过峭壁下方的路，洞穴还远着哩。

某天，我提着马笼头经过这里时，马儿的嘶鸣声悠悠地传来。我们疑神疑鬼的程度天下无敌。可这并非闹鬼，是洞穴里的母马在呼喊我。这日，人灵和马魂对上眼，我以颜色取名，叫它"姆薇阿尼（mu vie a jjiet）"，即"枣红色骏马"。它嗯了声，接着摇头，噗噗响。我用儿语唤作"薇薇（viex vie）"，两层意思均朗朗上口：一是骏马中的翘楚，贵之又贵；二是花朵中的花儿，娇之还娇。听到我用薇薇低呼轻唤，它将并在一起的嘴和鼻凑过来，"哼哼"答应，笑得合不拢嘴。不对，马不会笑，但它好像笑了，笑得眉飞色舞，忍俊不禁。我估计它更喜欢这名儿。

薇薇的名字不胫而走，不要说在我们村庄家喻户晓，连遥远的别村也知道，我们有一匹母马叫薇薇。

从此以后，薇薇会辨听我的脚步声和马笼头上小铁环的碰撞声，瓮声瓮气地回应我。倘若距离远，它以嘶鸣代替，咴咴的声音在村庄上空飘荡。

它在催促我。

二

论体格和速度，周围五六个生产队中，尚未有超过薇薇的马。我眼界窄，偶尔见过其他队的几匹马，都像马中的侏儒，所以，队里的大人夸赞薇薇时，我更窃喜，好像它威猛无比，我也跟着膨胀，感觉牛高马大起来。

在很长一段时间里，村人据理力争，这匹马究竟是与传说中的宝马丹烈阿宗血脉相连，还是跟北方的蒙古马、藏马一脉相承？以为薇薇是丹烈阿宗的后裔，背出长串谱系：……甲补—佤嘎—瓦勒—穆迩—利扎—阿仲—九都—拉噶—热牛—帝史—阿嘉……觉拉—薇薇。与人一样，父子连名，强调父系的脉络。但对马不苛求，薇薇是母的，还故意加进去。我那时幼小，依稀记得薇薇父亲的名字叫"觉拉"，意为"回转"，由此揭开了薇薇身世的神秘性。你看，对马的热衷度，仅从马的谱系就窥见一斑了。北来说的阵营不会善罢甘休，他们鄙视对方胡编乱造，居然从骏马阿嘉的后辈里，生拉硬拽出"觉拉"这名儿。他们问：阿嘉有多少后代？对方说不出来，耐着性子硬扛，反正有觉拉这匹马。北来派主张给薇薇的父亲取名"侬俄（yyx o）"，意为"北方"。他们的赞美词令对手很难反驳：耸耳望四野，高大立乾坤，颈鬃似竹丛，睫毛像弯弓，白牙如柴劈，前蹄无踪影，后腿齐飞舞……难道这不具有蒙古马或藏马的特征？两种观点的对垒，此消彼长，彼消此长，各自的答案都在空中飞，未曾落过地。

在物质特别匮乏的那个年代，时间是虚空的。由于有薇薇这匹马，村人似乎把时间填满了，将无用的辩论转化成了实用的娱乐，大家伙最后都笑嘻嘻地迎来沉沉的暗夜。村人是穷，可想象力太富有，不像穷人，更不像视野被崇山挤对和压迫了的人。兴许，与我感情笃定的薇薇真是一匹具有神性的马，纵然村人有集体性的困惑、貌合神离的隔阂和灵魂深处的落魄，可它依然像一枚澎湃着力量的磁铁，将人们吸引过去，共同寻找一些精神上的乐趣。我十分羡慕这些壮汉，他们怎么懂得甚多的马的知识？在寂寞之时，他们是否从前辈那里收罗到了有关马的文化养料，再将辩论的场所当作了散播文化的平台？一个小不点地方的人，思维上天入地，把一匹马的血统和形象夸得如此高贵、厚重、伟岸，着实令人惊叹。

我强烈感受到了薇薇身上散发出的光芒。

正逢雨季，三三两两的小学生从各队的村口漫出，最后汇聚成一股"溪流"涌向深沟里的路，三里外，我们的学校建在那里。路原本像蛇一样爬行和优游的，但因杂草蓬勃，隐没在了草丛里。一些攀附于树上的藤蔓，在半空中飘荡着，更像蛇。若无人行走，真看不出是一条路。我因受奶奶的牵连必须走头，凭单薄的、小小的身体为后面的学生探路。这一探，露水被赶掉一部分；同时，被赶掉的还有我的童心，以至于和同龄人比起来，我的心智远远在他们之上。但自从薇薇跟我以后，我不再忧愁和苦恼，到了学校，我的裤脚比谁的都干燥。原因嘛，我骑着薇薇昂首向前，像个小王子，后面的"兵士"自然要蹚湿漉漉的草。对此，我家人忧心忡忡，哪天上纲上线，我成为新的批斗对象，那才不划算。或者说，队长更改以前的决定，命令我奶奶亲自去牧马，又咋办？因此，我幺爸和我父亲趁着月色去开路，镰刀割处，路装模作样地炫耀，真像一条蛇了。幺爸说："这样你好走一些。另外，你要学会心疼马，有人时不要骑，免得别人乱说。"

云雾笼罩着的山乡心事重重，不知是在酝酿希望还是绝望？假如滂沱大雨从早下到晚，所有人的喜悦则不言而喻，队员不出工，学生不上学，好似老天给大家准的假。平常，天蒙蒙亮时，我父母总是从野地回来，哐哐两下，把两大筐猪草撂到地上，之后一直是撕扯玉米棒子的嗤嗤声。猪草里面有猫腻，我是知道的。这个时候，我不能突然出现在父母面前。我得装睡，等着他俩大喊我们，我才和弟弟妹妹一起睡眼惺忪地起床。我不知道，别人的父母是否也这样，抢在黎明前潜入集体的玉米地，收获自家想要的东西。但像今天这样的天气，我父母没必要去抢时间，雨水和雾霭多好啊，天地一派混沌，尽可朦胧或遮掩涣散的人心。

雨稍小了些，我披着幺爸的帆布雨衣出门。由于雨衣过大和过长，几乎是拖着走的。刚到老核桃树斜撑着的树枝下，薇薇的哼哼声一波波地传来。风里雨里，这家伙是认我了。我长大后，每每忆起，颇觉奇怪，这匹马的意识和行为是怎么跟我协同的呢？难不成是所谓的同频共振，同心同德？我打开简易木栅栏的瞬间，马的黑眸闪闪亮，接着哼哼，确认了我的身份。披着雨衣的我，像个小妖，却未能惊吓到它。我将马笼头递过去，它顺势把头伸了进来。今天，我俩朝村庄的另一端走，那里有个水草丰美的洼地，足可让它饱食。我将它牵到堡坎边骑上去，除淅淅沥沥的雨声外，就只有马蹄的哒哒声了。路上，我和马遇见采猪草归来的大人，都是单独的个人，后来者远远地跟着，彼此不相干。牛眼背筐是最好的掩护，他们走路的样子，说明草很沉很沉，里面有名堂的。像这般收获的日子，所有的村人渴望着、翘盼着。我猜薇薇也这样希冀着，愿我能够整天陪着它。只不过，没人敢与老天爷叫板，乞求天天起雾和下雨。

到秋天的时候，地头的洋芋、玉米和苦荞相继颗粒归仓。其实，大家心知肚明，颗粒归仓是假象，甚至是乱象。队长整日吆三喝四，他自己还故意而为之，次日叫上学的儿女逃学，以打猪草之名，行偷窃之实。不叫偷窃，叫捡拾，到大人指定的地点，把粮食名正言顺地背回家。

场景往往是这样的：尽是孩子，背背篼，执小锄，在挖过的洋芋地上寻寻觅觅，身后跟着各家各户的大小黑猪。薇薇的鼻子灵敏，用前蹄刨土，胖嘟嘟的洋芋有时归它，有时归我。当我们蝗虫般飞入掰过的玉米地时，薇薇不乐意，粗硬的玉米叶估计没有草好吃，它就在外围吃着草等我。

那个年代，游手好闲的小孩最好，至少可帮衬家里一些事情。

有一阵子，薇薇不归我喂养，它产下小马驹的那几个月，弄得我失魂落魄，一方面恨它有儿子，另一方面恨队里的规矩。幺爸洞悉我的心思，替我向队长求情后，带我去看驯马。村前隆起的山岩处，悬着隐秘的瀑布，闻水声，不见形，水汽氤氲，只因绝壁无端地向前延伸，与对面悬空来的山崖几近合拢，外加两头长出的杂木茂盛，俨然是一处狡猾的、奸诈的陷阱。我出现在人群里时，薇薇急急忙忙地迎接，边走边哼，被缰绳困住了。它一直转悠，后来嘶鸣，以示不解和恼怒。有人嚷嚷："小加拉是马儿，叫他去喝奶。"又有人问我："母马在说啥？是诅咒我们吗？"幺爸用一只手抚摸着我的头，替我回答："小孩子，懂个屁。"

村人讲究门当户对。之前争论不休的他们略有消停，皆因和薇薇交配的是邻村的某匹土马。这种步伐收敛、稳重不蹶的建昌马血统低贱，和薇薇不匹配，产下的马驹只能算小野种。他们叹息，好像薇薇犯了天大的罪。为了惩戒，他们将驯马之地选在高危处，目的心照不宣，就是要趁训练之机，让马驹自行滚落进悬崖下的深谷。

我幺爸将我拖拽着，离开了现场。我俩闷闷不乐地朝高岗爬去，过会儿，叔侄俩趴在上面俯瞰一切。

村人的方法是，系母马于危岩旁，置驹于下，让其饿，松开马驹的绳索后，任它奋勇蹿蹦；再两者换位，母呼子应，马驹狂奔径下。人的吆喝声里藏着阴险和恶毒，希望它一失足成千古恨。如此，一天可驯五六个来回，非折磨它们母子俩不可。次日，吆喝声乍起。我已经没有勇气再去观摩生离死别的驯马了。

我的心每天都揪得紧紧的，担心薇薇的儿子坠入天然的

199

陷阱。

幸也！幸也！

三

小马驹经受住了种种向死而生的训练，它胆大心细、勇猛精进，耐力、速度、跳跃和攀爬等能力，将受用终生。

过段时间后，队里决定继续由我放牧薇薇母子俩。那天，薇薇投入了我的怀抱，用顾长的头在我的怀里碰擦。不，应该是我投入了它的怀抱。也不，它的怀抱向下，没法投入，那不叫怀抱。我有些语无伦次。反正，我被一份浩大的喜悦和幸福感包裹着、润泽着、沁透着，我俩紧紧地拥抱在一起。这时，在一旁戏耍的马驹噔噔噔跑来，不由分说，将我顶撞开。要知道，薇薇的儿子再小，其块头也比我大许多。在它眼中，我是与它争宠的两脚怪物，不顶我，顶谁去？但过些日子，它发现了我的良善，亮亮的眼眸越来越柔和，乱顶乱撞的动作也变没了。我观察过它吸吮奶子的乖巧样，含着奶头，一下下噘嘴，和婴儿没区别。薇薇的乳房悬垂着，足有我椭圆形的脑袋那么大、那么长。它的后腿微微张开，眼神慈祥，平静地望着我，眼睛像深深的潭水，是否叫我也去吃奶呢？我俩既非同类，又是主仆，但情到深处，它一定把我当成儿了。

我前世真是一匹马吗？若是，怎么不属马，而属猴？我出生在彝历猴年的马月里，年份上有猴性，月份里有马性。这马性一定是渗入骨髓的、嵌入灵魂的。

恍惚间,我看见了分裂的另一个我,跪着去吃薇薇的奶。如此一来,我和小马驹是亲兄弟了,我的血管里响着蒙古马、藏马或滇马的马蹄声,赋予生命的血液奔涌不息。又假使我是匹地方建昌马的烂杂种,但也得高贵起来。有种你来嘲笑我呀,我母系的薇薇可是贵族血统,容不得你来说三道四、评头论足。

当然,这是我一厢情愿。对成年人来讲,我毕竟乳臭未干,没法理悟血脉、血缘和血亲的重要性。父系和母系孰重孰轻,极像种子和温润的土地,埋什么种,就长什么果,基因差了、弱了和坏了,不结歪瓜裂枣才怪。可能鉴于这种思维,不出一年,小马驹被队里卖给了邻县越西的一个生产队。那段时间,我发现薇薇不食草料,神情恍惚,不管被牵到哪里,它的头总爱向着南方,那是骨肉被牵走的方向,只有母的呼,没了子的应,断肠"马"在天涯。我牵薇薇时,缰绳绷得再直,它也是稳如泰山,发出近乎哀求的咴咴声。我懂了。它想朝着南方去寻找蹦蹦跳跳的儿子。当我向着南方走去时,它用又长又宽的额头顶我的后脑勺,督促我快快走。我不争气的眼泪唰唰而下,模糊了视线。是的,我和薇薇分明在空气里寻觅虚无,感知存在,抚慰内心。固然,小马驹的身形和声音不可凝固,但别离的伤感还刻在记忆里,欲哭无泪的告别还在撕裂着灵魂。此刻,我遗忘或者说背弃了幺爸的教诲,哪管有没有人,跃上马背,飞奔而去。

哒哒哒……哒哒哒……

迎风驰骋时,忘了是否有阳光聚合在我俩身上,但我俩一定披覆着尊严，作为马的尊严，作为人的尊严，我们都找到了。

薇薇一口气奔到了公路边。这条寓意着现代文明的路很开阔。山路和公路一交会，立即占有了三个走向：公路一端向南，一端向北，唯瘦瘦的山路向西，就是我俩疾驰而来的这条路。茫茫然，到此为止吧！旁边有一条河，是那帘隐秘的瀑布汇集了各路溪流咆哮到这里的。我和薇薇痛痛快快地饮了个饱。它有心，看见一坨干燥的马粪，便凑上去嗅了嗅，留着特殊气味的这硬货兴许是小马驹的，也兴许是其他马的。它先龇牙咧嘴，后仰头长鸣。换成人，这拖着尾音的怒号是悲怆，是凄楚，是绝唱。儿啊，你我母子山重水复，从此别挂念了吧。

真的，往后薇薇不再浮躁和焦虑，偶尔流泪，是情理之中的私情。有几个傍晚，我把它关进洞穴时，感觉到了它对我的不舍，用头上下左右地摩擦栅栏。我陪伴它，蹲在外边做作业，就等我母亲的声音在村庄上空飘荡，喊我回家吃饭。

我极度困惑，日子的两头都有声音，早上是薇薇的哼唧，傍晚是母亲的喊叫，两个声音之间，我不知道该当谁的儿子。在哼唧和喊叫声的交错里，我以语数累加起来五十多分的成绩被玉田中学录取，天哪，我咋蒙出了此等"高分"！那年头，我连最基本的汉语都不会说。也是在这年，我奶奶熬出了头，那顶无形的奴隶主的帽子被摘掉了，乡人步入平等的人生序列，都叫农民。

棘手的是，薇薇的喂养成了难题。

还得拿血统来说事。若找不到高贵的公马来配种，倒不如卖了好，免得继续和土马杂交。我幺爸去申请，由我家继续管护，只求每天能否计两分的工。有人说："别忘了，你家才摘帽。"他顿时像猪尿泡一样瘪了。后来，队里决定将薇薇卖给越西县的那个生产队，理由简单，他乡不愁优良种马。再说，买它儿子的也是这个队，让母子俩重逢吧。冠冕堂皇的话，本质上是再次整理了血统的傲慢与偏见。

前方的路，远方的家，将会怎么迎接它呢？

离别，步步追，纷纷泪，是我；蹄嗒嗒，鸣嘶嘶，是马；无泪，但眼睛猩红的是幺爸；满脸褶皱、毫无表情的是我奶奶……

村人对血统的仰视，可能成全了它和儿子的相见，也可能葬送了它的美好前程。正反两条路，我敢肯定的是，它碰不到像我一样的仆人、主人或儿子了。是啊，我不知它的死活，死活两边分，两茫茫。

我查阅过资料，马的平均寿命为三十至三十五岁。以此推断，我的薇薇早已不在世间。我是马，又不是马，不知道马有无天堂之说？我愿马是有的。但愿薇薇的在天之灵搜索到了微弱的信号，少年如今知天命，正在用一堆文字祭奠它。

于此意义上，它还活着。我活多久，它就活多久。

骗羊记

一

阿达霍霍磨刀，摊在地上的水，像我尿床的图案。

剃刀冷酷，泛着冰雪的寒意，金属的光芒令我战栗。

我站在门口，双手扶头，投降的样子。小心思快速琢磨：我头发短，轮不到我的头吧。正想着，听见阿达喊，去拿一个砂罐，跟他走。往年的这个时候，山顶堆雪的日子里，他去骗生产队的羊，操的也是这剃刀。我作为他的跟屁虫，端着空空的砂罐去，至少可收获半罐腥臊的羊蛋。

我两父子赶到时，生产队羊圈外已经聚集了九对父子。骗鸡、骗猪、骗羊甚至骗牛，都是男人的事。女人绝不会跑来探望,即使是不懂害羞的小女孩,也不会来掺和。队长提来两瓶苞谷酒,煞有介事地讲过一番话后,丢下实在的酒和虚空的话,走人。我阿达和其他大人分工明确,两人一组,开始骟羊。酒是用来消毒羊私处的。可他们转着酒瓶喝,陶醉其间,其乐融融。兴许酒质低劣,杀喉,有人发出嘶嘶的声响,像对某件事情感慨万端,喟叹不已。后来,将两瓶酒匀成十份,大人就是精,变魔术般,各自从衣兜里掏出了一个小酒碗。

公绵羊的紧张是从咩咩的叫唤开始的。它的四条腿被绑成蝴蝶结,露出椭圆的卵囊,比我的拳头大。骟匠往往要对其喷洒酒,权当消毒。可我看见,我阿达和其他匠人装腔作势地喷,喷得极少,大部分被自己喝进了肚。取蛋的过程不复杂,划拉,挤压,揪扯,切割,一气呵成,种羊就变成了地地道道的阉羊。伤口大的话,骟匠提着卵囊再喷酒,外加几句叽里呱啦的秘咒,仿佛这一念,比灵丹妙药还管用。我之前剃头时,阿达也曾对着我长满头疮的脑袋喷酒和念咒,喷的刹那,似有万千钉子齐齐扎入头皮。那种痛爆炸了般,痛到极致,想去抚摸不幸的头。但我的双手早被其他大人摁住,极像被捆绑的羊。羊又叫了一两声,不像我憎恨和疼痛时的狂号。它偶尔抬头,看人操作到了哪一步,身子却筛糠似的发颤。下身的疼痛传至嘴边,它哼两下,伸出舌头去舔鼻涕。羊的轻唤带有讨好的性质,好似向骟匠求情。

松绑后,羊一瘸一拐地逃回圈内,见到同伴,一声"咩",表明英雄归来。

我那时不懂,以为取蛋和剃头是一码事,往后还长出新的。

长一茬，割一茬，蛋蛋和头发无穷尽矣。

公绵羊是朗朗硬汉。论年龄，它们普遍一岁左右，而我们这帮孩子都四五岁了，却只有哭鼻子的本事。的确，我们不如羊。羊怎么看待事物，自有羊的路数，天大的疼痛，竟能轻描淡写，嫣然一笑，盖世英雄啊。捆在地上的另一只羊唏唏嘘嘘，热气从它的鼻孔和嘴唇里一股股井喷，像大人抽的蓝花烟的烟雾聚聚散散。鸡躲在旁边，像小偷般窥伺，瞧准时机去啄地面上的羊血。它们的脑袋小，喙尖尖的，看不到哈出的热气。我是个爱幻想的小人儿，往后剃头时，把我捆成蝴蝶状，头上的疼痛传到嘴边时，我像羊轻轻地哼，但我不会去舔鼻涕。我可以把自己假想成蝴蝶，往哪里飞，那是我的事，向青草，向花朵，向溪涧，身姿曼妙，翩翩起舞。我想过，羊一定是靠幻想来减轻痛苦的，越玄幻，越轻松，忍忍就过去了。当然，羊中也有败类，公山羊很典型，间歇性地挣扎，间歇性地叫唤，哎哎声能传很远。最后的揪扯和切割，痛得山羊的叫声极其尖锐，刺入人耳，刺入空气，刺入高高的蓝天。

"不听话就要骟，看到没有？"阿达边说话，边盯了盯我的胯。

我下意识地夹紧了双腿。

绵羊听话，要骟；山羊不听话，也要骟。看来，取蛋跟畜生听不听话无直接关联。阿达指桑骂槐，骂我理发时最爱哭闹，平常又是个调皮捣蛋的主儿。弦外之音很明显，再不听话，哪天把我的蛋蛋剔除掉。

阿达不知道我刚才的那些幻想。榜样的力量是无穷的。公绵羊引领的示范效应，已经在我心头悄然萌芽。下次剃头时，我务必想着它们，学着哼，不再哭号。如学错对象，山羊般哎哎尖叫，那把冰冷的刀子会割开我温湿的下体……太可怕了，我不敢继续往下想。

我决定当一个听话的孩子，像公绵羊，温顺、善良和谦恭，并且英雄起来。

阿达的剃刀既理人发，又骟猪羊牛的蛋。这让我十分担忧，哪天阿达把我的头当成畜生的卵，一刀子切进去，皮开肉绽，血流不止。过去，他剃脓疮，刀子在我的头上左冲右突，手法跟骟差不多。今天，他又骟了众多的羊，再一次娴熟了骟之技能，怕是闭着眼睛也能骟了。假如近期要剃发，他绝对手到擒来，把我当成畜生的。

我在心中默念，头发啊，你要慢慢长，务必要熬过整个冬天。

这把刀人畜共用，根源在于穷，全寨子只有两三把像样的刀，其中最好使的是我阿达的刀子。骟羊的其他九个大人用的是学生娃的削笔刀，薄如纸片，虽锋利无比，但不好掌握深浅。这种刀子用在头发上，既薄又短，施展不开，相当于一个废物。骟鸡倒好使，鸡细皮嫩肉，取鸡肾易如反掌。在寨子里，我阿达的骟鸡手艺一流，但他有这把刀，骟鸡焉用剃刀？一句话把他抬高了，自此不再骟鸡。

剃刀冷酷。它的主人冷峻。

二

每年到了冬季骟羊的那天，阿达凭他的剃刀骟到足够多的羊蛋，可装满一小盆子。但最后分配时，我只能得到半砂罐羊蛋，剩余的都给了队长家的两个男孩。每个骟匠都这么做，以至于队长的两个儿子赚得盆满钵满，高傲而去。我觉得权力比羊蛋还诱人，谁有权，谁的儿子就能吃上臊臊的肉。按理说，羊蛋不算肉，可在那个极少能吃到油荤的年代，半罐羊蛋是个什么概念？是肉，当然是肉，咕嘟嘟煮涨的时候，零星的油往上浮，中心涨得猛，在外围形成椭圆的油圈，宛如水泡，灭了起，起了灭，香味扑鼻。面对入口即化的羊蛋，每年的这天，梦想不请自到。我的梦想很大，成年后当个"队长"，背着手训话，天南海北地训，之后扬长而去，谁敢不给我留多多的羊蛋？我还进一步想，得省吃俭用买把剃刀，用绳索拴好，斜挎在身上，疑似吊着一把枪。另外，必须得学阿达冷冷的脸，不苟言笑，人见人怕，畜见畜跑。鸡崽就算了，我霍霍磨好的刀子轻饶它们。如此一来，我两头兼顾，既当队长，又做骟匠，收获的羊蛋绝对比任何人的都多，甚至可用"富得冒油"来形容。

每年吃上肉不外乎火把节、彝族年、春节和必做的一些宗教活动的时候。其余时间，能吃到骟畜禽时的蛋，那绝对是孩子里的富翁。但有一种例外，叫打平伙。征得队长同意后，几个男人自愿平摊，将体弱多病的羊买去或赊去，在某人家里煮而食之。

我阿达参与时，我肯定像他的尾巴形影不离，其他平摊者也会带来一个孩子。大快朵颐前，大人们爱向我等小孩警告，不得在外说吃肉的事儿。事实上，叫小孩守口如瓶，等于喊太阳从西边出来。两三天后，全寨子无人不知，无人不晓。

打平伙又叫打牙祭，甭管生活多么困难，寨子里的老老少少总是设法多吃上一两回肉，祭牙齿，祭肠子，祭糟糕透顶的心情。生产队有羊、牛和马。问题在于，私下被吃的尽是骟过的阉羊。小伙伴在一起戏耍的时候，往往要谴责骟匠，骂谁的阿达没骟好，某只公绵羊或公山羊才被人拉去打了牙祭。我阿达是骟匠，我当然要维护阿达和其他骟匠的面子，较上劲了，小伙伴分成两个阵营，日爹骂娘，泼脏话。两派拉扯起来，保不准打上一架才能罢休。骟匠的孩子毕竟占少数，我方总是惨败不堪，落荒而逃。村口有一条溪流，我等躲在溪旁哭泣，看见流水带来的枯叶和死虫，伤心的眼泪更加扑簌簌地落。泪水是无能的象征，照此下去，自己将成为无助的枯叶和死虫，被自己的泪水无情地流走。如此想来，不敢再窝囊，赶紧谋划复仇方案。

我读初中时，土地实行承包责任制，农民无不欢欣鼓舞。接着的每年冬季，我阿达一天天地忙，去骟左邻右舍家的羊。听说，他骟的羊伤口小，愈合快，吃草养膘，个头噌噌长。阿达的剃刀还是那把，前后磨坏了好几个磨刀石。他的新磨刀石依然两头翘，滑滑的，往中间斜下去，美得像侧身熟睡的少女的线条。

无事可做的时候，阿达爱磨刀，霍霍的声音令他陶醉。

多年来，我想不通一件事。以前阉割的羊为啥流脓感染，病入膏肓，最终被吃掉，而现在却从未听闻哪家的阉羊气息奄奄，朝不虑夕？相反，阉羊们比赛似的，一只比一只毛色发亮，心宽体胖，高高大大，都能卖到好价钱。我估计，我幼年倾慕过的权力和能力应该有过密谋，狼狈似的奸猾、阴毒和权诈，至于是哪些人在扮演狼和狈呢？队长、羊倌、我阿达、其他骟匠以及打平伙的人都有嫌疑，磨刀的和磨牙的一旦暗中勾结，哪管你阉羊感染与否，照样轻绝你的羊命。要羊染上病，对骟匠来说，绝对是个轻活儿：揪几转，扯多长，刀子在温热润滑的羊的胯内暗自操作，手法何其多。骟匠的双手沾满了淋漓的羊血，罪恶的意念付诸手，付诸力，羊的厄运便开始了。还有一种情形，阉羊挺健壮的，但队长已经示意，只需羊倌挤眉弄眼，报一声羊生病了的虚假信息，此羊还不是必死无疑。

可怜羊的发声系统太单调，绵羊的"咩"和山羊的"哎"，不能作为呈堂证供。

我与羊亲密接触一般在寒暑两个假期里。夏天，绵羊怕热，迁徙到高海拔的山里去避暑，未迁的五六头牛和二十多只山羊，由我负责放牧。高高矮矮的牛羊强扭不到一处，前者慢条斯理，步履拖沓，天塌下来也就那么回事；后者蹦蹦跶跶，碎步如飞，一下子把牛甩在后面。我用竹棍打牛屁股，绒绒的牛臀上尘灰乍起，留下长长的棍印，好半天才消失。它晓得痛后，往前蹿几步，过会儿又慢下来。到了牧场，牛让人放心，方圆几里内，慢慢悠悠地吃草，不惹事儿。但一小股歹羊已经翻过几条梁，快接近谁家的庄稼地了。我只得一边喊"嘎吧雀"（天杀的），一边把自己射出去，如离弦之箭。山羊的阴谋和我的策反要较量几盘，这天才能结束。牧归之时，我痛打歹羊，并施予咒骂。挨打的蹿到前边去了，很快混进羊的队伍里头。落到后面的，照打不误。一打，又往前蹿。转瞬，我已分不清哪只是歹羊，哪只又挨过打。我可能冤枉过部分听话的羊。我记不住它们的长相了。瞧吧，所有的羊都长得差不多，除了个头和公母可分外，好似一个模子里刻出来的，不混淆才怪。其实，它们内部也辨不清谁是谁，母子、父子、姊妹、兄妹等等，从头乱到尾。活着，不外乎四件事：吃草、打架、发情和繁殖。畜生就是畜生，说禽兽不如，算是一种抬举。

嘎吧雀，割卵的。我着重强调后三个字时，山羊群里着实有些异样。我抽出打柴的砍刀，在空中晃动。走在我前头的羊们各用一只眼或两只眼瞟了下刀子，阉过的先哎哎叫，接着，那些尚未阉割的公羊也跟着叫，并且明显地夹紧了两条后腿，走起路来忸怩作态，尾部哆嗦。鞭打一千次，不如亮一回刀。阿达的剃刀镌刻在了它们的记忆深处。

砍刀非剃刀，但比剃刀大，泛光的刃面铮铮发亮。在歹羊跟前，假如我举一柄巨无霸的斧头欲擒故纵，它们该是吓个半死，像我幼时被剃刀吓哭并昏过去那样。

到了寒假，我更要看管好全家这些流动的财产。羊群走路靠头羊。相较而言，绵羊稳重，领头的非是它们当中某佼佼者不可，这就内控了山羊蹦跶的节奏。牛稍稍提速几步，整个队伍便无比顺畅。如果哪个环节出了乱子，我只需抽刀挥舞，诅咒管用的那句话，凭此来整顿秩序。牛有无恐惧，看不出来。绵羊是有的，和山羊一样瑟瑟发抖，尤其是丧失了性功能的阉羊唯恐躲闪不及，远远地躲着，怕我打柴的刀。它们以为自己的胯间，还吊着两颗催情的"炸弹"吧！不然，没必要藏藏躲躲的。牛羊进入陡峭的某条沟后，我得爬上可以俯瞰的山梁，不时探察情报，免得山羊和绵羊沆瀣一气，跑去我看不见的地方，晚归时弄丢几只羊。那样的话，恐慌的肯定是我。羊作为我家的财富，丢失意味着蚀财。于是，在一些阴冷且云雾氤氲的天气里，我和狗累得够呛，才坐一会儿，就跟着羊的方向赶，好像我不是牧者，而是魔怔了一般，专程来嗅它们湿漉漉、臭烘烘的羊粪。

　　大冬天，远山堆雪，草枯水冷，满目萧条。但树丛间偶有常年不落叶的灌木、乔木和爬藤植株，发出稀罕的绿油油的亮。山羊四蹄兼用爬上去，设法吃到几嘴青叶。快活的它们一声声欢叫，骄傲得很。绵羊抬头看看，高不可攀，顺势走开，继续去啃食粗硬的干草。赶来的其他山羊看见了头顶上的同类，围着树根又叫又跳，过会儿，上面的乖乖下来，换另一拨去采摘。它们枯燥的语音里，兴许藏着复杂的暗语，一旦谁违背了共享的秩序，谁就将遭到其他山羊的黑手。最凶残的招法是用犄角打斗，那是明招；阴招则是趁机在谁的头上拉屎撒尿，臭死它，踩踏它。我这么想着，觉得害怕起来。说不准，它们内部还有一套对付我的方案，整天讨论怎样才能偷走我的刀子。曾经，一些公山羊走到我放在旁边的砍刀前，用舌头费劲地舔刀把，实现刀子的乾坤大挪移⋯⋯

山羊有飞檐走壁的功夫。爬树是小菜一碟。如果那棵树足够高大，远远望去，若隐若现的山羊应该像繁盛的花朵和果实，黑白相间，硕果累累。

　　但如果我在此时抵达树旁，只消虚张声势地扬起手里的柴刀，你看哪只山羊还敢造次？早屁滚尿流了。当然，母羊的胯间不长挑衅的"炸弹"，无欲无求，对砍刀和咒语不以为意。

　　无处不在的"炸弹"，让乡下的孩子普遍早熟。我是指羞人的方面。公鸡天天在房前屋后示范，追着母鸡搡，母鸡跑呀跑，最终无可奈何花落去。我等的"启蒙老师"，除鸡外，还有大到牛羊马驴，小到猫猫狗狗，微到喜鹊、乌鸦、麻雀、知了、蜻蜓、蝴蝶、蜘蛛以及草丛里的其他昆虫。它们一公一母，一雄一雌，气象万千，别开生面，皆是"炸弹"惹的祸。我虽年少，但动物给予我耳濡目染的东西实在太多了，加上初中上过的生理卫生课，我尽可天马行空地臆想，男女间羞羞的事那么令人憧憬和向往。以前，我乳臭未干，不也将阿达的磨刀石想象成少女的身体了吗？

　　性心理的早熟，莫怪我，是陆地上的动物们教的。

　　我庆幸我是人。但我得咒骂人。为啥仅仅凭骟卵时的状态，判断猪是草包，牛是孬种，羊是好汉呢？这未免逆天违众。应该骟几个人瞧瞧，侧重观察他们的丑态，看他们怎么挣扎，听他们如何哭喊，再下结论也不迟。届时，嘲笑的对象恐怕不再是畜禽，而是人自己。譬如我，最没骨气，也最没出息。想想阿达那把闪着寒光的剃刀，想想我温润的胯间，冰火两重天啊！懦弱和胆怯裹挟着我，绝对既号哭又流泪，远远不如猪和牛。即使是阿达操刀，我同样诅咒他祖宗十八代。几年前，我发过誓，要学被绑的公绵羊，轻哼，将疼痛当隐忍，任由思绪宛如蝴蝶般翩翩飞舞。是的，那是我立下的誓言。可我承诺的是剃头，并非剜卵。我想，要是人也普遍性地被骟，痛哭声势必将骟匠的耳朵震聋，将云朵捣碎，将天空撕裂。俗语的猪草包，得改成人草包，或方言里讲的憨包子和日脓包。

如果骟人，我不信他不喊痛、不流泪、不骂娘、不造反。

之所以嘲笑和评价动物，是因为人没有受过它们的苦难和疼痛。

三

一失人身，万劫不复。被骟的牛羊猪鸡亦然。

身体层面上的动力之源被剜后，动物从此纯粹，吃啊长啊，别无所求。它们高大健硕、敦厚稳重。这正是家人希望看到的畜禽繁荣景象，一群群去，一群群来，圈舍超员，和谐相生。

在春寒料峭的时节，天刚擦黑，我家门口的院坝上牛羊或立或卧，它们的脑袋跟着我和家人齐齐地转。食物的诱惑力，让它们期待，牛渴盼玉米秆，羊渴望黄豆秆。我们抱来干枯的几大捆，分别撒开去，尽饲养之责。

将它们赶入圈舍，乃每晚必做的功课。稳妥后，我们也很快睡了。至半夜，我常常被惊醒。羊圈与我的床铺仅一墙之隔，兴奋的呻吟从隔壁穿墙抵达，仿佛在我耳边怂恿和煽惑，害得一个懵懂的少年心情莫名怡悦。"喂喂喂"是公绵羊，"呗呗呗"是公山羊。两者发出的低频、急促的声音像发电报，似乎整夜都在暴躁、匆忙和焦虑地求欢。当然，这是隔墙有耳的我的猜想，我再傻也绝不可能傻傻地帮公羊数到天亮，整晚它们究竟发了多少封"密报"。我想象得出两种公羊吐着半截舌头的丑陋和猥琐样，母羊们被迫挤于墙角，以身体相互掩护，一夜惊魂。隔墙传来的夜话，撩惹得我胡思乱想，多想自己也变成一只羊，参与其中。身份真能转换自如的话，我愿意和脸颊上长着粉红色纹饰、浑身雪白的那只母绵羊相好。它高挑匀称、温柔乖巧，从不捣蛋，被我奉为羊中女神。我绝对不学野蛮的公绵羊，生拉硬拽，没啥意思。可转念一想，我真是只羊，一定会被拉去骟掉，谁叫我长得羸弱呢？当不好种羊，就得当阉羊，必须按法则去单选。

正是怕公羊们规模性地骚扰，人们才不得不使用酷刑——骟的吧。允许保留的种羊仅几只，它们妻妾成群，肆意霸占。假想一下，我家七八十只羊里，那些该骟的没骟，这闹哄哄的动静得有多大，恐怕要将圈舍掀翻掉，世界大乱套。但现在，闹归闹，翻不了天。

在某年的一个假日里，我替阿达去放牧。年富力强的一只公山羊几乎不思青草，把几只母山羊追得满山跑。我尝试过制止。但我毕竟不是羊，只能眼巴巴地瞧着一场恬不知耻的求欢。这"骚乱分子"实在可恶，它的存在让更多的羊心惊胆战，看似仅跟踪几只羊，实际上整群羊被它惊扰了，慌乱了。它们从这条沟、这道梁跑到另一条沟、另一道梁,过不多久,又从另一条沟、另一道梁跑回这条沟、这道梁,耗时费力,却未能填饱肚子。至下午,我将羊群转移到青草肥嫩的牧场,那里的西北角有很多黑黝黝的尖石,像布下的迷魂阵。一只母山羊四处奔窜,刚好逃了进去,结果被跟踪来的恶棍霸王硬上弓。我听见嘣的一声巨响,随即是像人类的哎哟声,恶棍从母羊尾部跳将下来时,头部不偏不倚,撞到了嶙峋的怪石。突然间,其四蹄无助地朝空中抽了抽,幸福却憋屈地死去。

面对突发的悲剧,苦的倒是我。我砍来几根木棍和一串藤蔓,将其头脚固定,捆绑成柴垛状。好家伙,七八十斤的重量,够我受累的。眼看该往早上来的方向边牧边收了。我气喘吁吁地将它背至大路边,再去收拢羊群。如此循环地负重和放牧,辛劳程度毋庸赘述。我相当后悔,此前不诅咒这骚货就好了。尽管其死亡与我的诅咒和谩骂并不直接相关,可我仍感悔恨。在天杀的、掏肛的、割卵的、贱卖的诸多选项里,它为啥偏偏选择首项呢?柴垛状的尸首没有柴火好背,在我的背上滑溜,忽而偏左,忽而偏右,导致我走出歪歪斜斜的路。此刻,我感觉到背上有蠕动,接着,突突突抽搐两三下,吓得我赶紧搁下了羊尸。山羊死,不闭眼,从古至今死不瞑目,这是常识。但我看见它的眼珠子在滴溜溜地乱转,真是活见鬼了。我立马将砍刀举向空中,在它的眼睛上方晃荡,还骂了句"割卵的"。顿时,羊的身子噗噗乱颤,由内到外,死而复生。以我所掌握的知识来理解,它是脑震荡昏死的。

这下，该让我惊叹"哎哟"了。

在不久的将来，阿达采纳了我的提议。它被绑成蝴蝶状，剃刀剖开了毛茸茸的卵囊，"炸弹"被拆除了。若它之前吃草和寻欢两不误，其种羊的地位是不可撼动的。然而，它扰乱军心的过错，已远远超于其播种的价值，不骟它，家里的羊群会饿瘦，集体萎靡不振，一落千丈。

那天，它金刚怒目，鼻孔里发出粗重的呼吸声，每惨叫一声"哎"，便看一眼天，瞪一眼我。我猜想，它正用它的方式诅咒我。毕竟，我因嫉恨，跟奸细没两样，将它的罪行无限扩大，借势借力清除了它泛滥的爱。它深邃的眼眸里满是愤怒，灰灰的目光阴冷阴冷的，叫我害怕。它和少不更事时被骟掉的公山羊不同，它体验过含辞未吐、气若幽兰的异性生活，换句话说，它在很多母羊的身体里，播过种子。

羊仇恨我吗？我问阿达。

它们胆小得很。说羊是好汉，纯粹是个骗局。

羊是群居性动物，貌似合群，其实不然。阿达举例说，过去山里狼多，一只狼在野外赶走整群羊是常有的事，一路赶，一路咬，尸骨遍山野。天苍苍，野茫茫，没有一只羊敢和狼抗争。胆大的狼偶尔来圈里屠杀，咬死大堆后，要"牵"走一只活口的。狼叼住绵羊脖颈上的毛，轻轻向外拽，用尾巴一抽，绵羊顺遂而去。至于山羊，长长的胡子成了现成的绳索，被牵拉着，屁颠屁颠地去赴死。作为计谋，狼会动歪脑筋，"牵"羊时不费力气，随风随水。本来羊的犄角可顶撞狼，拼尽千钧一发之力，狼不死也会残。但每一只羊都忘记了头上的犄角,"哪哪"脆响的战斗永远发生在它们内部。

能够加害羊的还有狐狸,它们吃胡乱蹦跳的羔羊。寨子外围的原野上寻得着狐狸的证据,是椭圆形的干粪,撕开来,羊毛丝丝缕缕地缠着。当然,狐狸也偷鸡,与黄鼠狼臭味相投,同恶相济。

话题延伸开,阿达以他一生的阅历讲起了牛和马,是为进一步证明羊的偏私和胆怯。

遭遇外敌,牛以命相搏,牛头齐齐地对准凶猛的侵略者,拼死保护老牛和牛犊。死亡之神果真降临了,牛也会抵抗到咽下最后那口气。来日,牛们嗅着同胞的血迹,刨地三尺,哞哞哀哭,凄厉悲怆。此乃生者对亡灵莫大的怀念和祭奠。马呢,当阴险的豺、狼或狈跃上马背掏肛时,它一路狂奔,选高山峡谷纵身而跳,与敌同归于尽。唯有羊毕生唯唯诺诺,要剐要杀,自认倒霉,乖乖配合。未被殃及者一副冷漠相,事不关己,高高挂起。

成语"顺手牵羊"足以佐证,羊的组织极易不攻自破。为何不顺手牵猪、狗、牛和马,而偏偏牵羊呢?每只羊的劣性汇合在一起,就是整群羊劣性的集中体现。它们的毛病和漏洞大大地摆放在那里,自私、冷漠、窝里斗、胆小怕事、见利忘义……一只羊永远不懂另一只羊,表面一个整体,实则一盘散沙。

晕刀。怕刀。恐怕只有我故乡的羊长了这记性。倘若,我猜得准,那还得感谢阿达的剃刀。银光锃亮的刀子,映照出羊的软弱和无能。在人和刀组合起来的淫威下,羊贪生怕死地活,战战兢兢地活，冤苦或不冤苦，顶多咩咩和哎哎唤两下，别无他调。它们受声带限制，扯开嗓子喊，也总是柔柔弱弱的，嘹亮不起来。

好在我从小和羊打交道，并没有染上羊的习性。特别是面对困难时，我像一株生长在高山上的燕麦，倔强、奋力，要在石缝里生根、开花。

我因事事顺心，早早地远离了寨子。儿时当队长的梦想旧了，老了，死了。

阿达跟我进城前，将不紧要的东西赠予了别人，包括那把亮晃晃的剃刀。如今，他七老八十了，努力学着像城里的老人一样生活。某天我和他聊起骟羊的事，他沉默不语，像这事根本就没有发生过。

我再问，他扔下两个字：造孽。

鸟声漫卷

一

我自记事起，人们已唤他"蹉勿（cox vu）"，意为"疯子"。这名字跟了他一辈子，真名反倒没人喊过，就像不存在一样。按彝式叫法，我们这些孩子在其称谓前添加尊称"阿普"，即爷爷。我们叫他阿普蹉勿，他眯眯笑，答应得响亮。

为什么被人唤作"蹉勿"呢？这得从雉鸡说起。

彝谚云：唤雉鸡，不吉利。雉生灌木，心系荒野，岂能像家鸡般招之即来，挥之即去？雉鸡艳丽的相貌，最容易沾惹上孤魂野鬼、狐仙狼魅之类的妖魔，会给家里带来灾难。属于旁门左道，非正统活。但不管古话怎么说，村寨里代代都有捕鸟的怪才,阿普蹉勿便是其中之一。我妈告诫我,别去蹉勿家,他煮雉鸡肉给你吃,又在里面下了毒,咋办?我妈进一步解释她的隐忧:真有鬼怪附于雉鸡身上,吱的一声叼走我的魂灵,那多危险。恐吓的话管用三五日。但想起雉鸡香喷喷的肉,我得设法一溜烟跑去,又一溜烟奔回,得给我妈制造听话的假象。倘若赶上饭点,权当我有口福,错过了也不打紧,看看阿普蹉勿豢养的斗雉,满足我好奇的童心。

关于阿普蹉勿捕鸟,有种说法更玄幻,说他的号令一响,雉鸡就腾云驾雾,飞进他家的院内,最后留一只下来,其余的又扑棱棱飞回野地。

我们去走亲戚,与外村的孩童戏耍时,颇受追捧。理由竟然是,他们以为我们受阿普蹉勿的影响,也身怀对鸟儿隔空喊话的本领,想在我们这儿求得一招半式。孩子懂孩子,我往往玄玄乎乎说些话,最后以"天机不可泄露"来收尾。给他们的感觉是,我好像真的知天机,可逆天,又不可逆天。

那时,我们最大的梦想是拥有一只雏雉。但这不容易。一是大人们反对,二是阿普蹉勿那里的鸟儿并不是白得的。大约在我七八岁的光景,我无数次软磨硬泡后,家人终于用五枚鸡蛋从阿普蹉勿的家里"请"来了一只毛茸茸的雏雉,正因为它是被毕恭毕敬"请"来的,我家里才专门孵出一窝鸡子,陪它成长。我到远村上学时,雏雉由花鸡婆照看着。它混入叽叽喳喳的鸡群里,模样儿难以分辨,分不清哪是雉,哪是鸡。为了识别,雏雉的双腿上分别绑块碎红布,跑起来恰似我们穿着红短裤跑步的贺老师。

我有雏雉了。那是一种无法形容的愉悦，心里面好像沁着汩汩甜水，水果糖般蜜甜，梦里梦外都被甜水浸泡着。

某天课堂上，有同学摸出雏雉，在桌底下玩，"咻"的声音一起，很多娃的书包里也跟着"咻咻咻"，满堂无可收拾。贺老师气得边敲课桌边破口大骂，怒问哪些同学带了鸟，举手的差不多占了一半。"搞啥子名堂，简直玩物丧志！"

我们不懂玩物丧志是啥意思，嘻嘻哈哈地笑，盼着早点放学，去挖那亮晶晶、软乎乎的蚂蚁卵。

村东的下午，是我们一天最快乐的时候。呼啦啦的队伍里，有持木棍的，有拿镰刀的，有扛小锄的，情急的样儿像即将喂奶的母亲，再不喂，奶水漫溢，濡湿衣裳。"咻咻咻……咻咻咻"，雏雉和小主对暗语，仿佛人话彻彻底底地多余。我们脏兮兮的手里包着雏雉，力道却柔软，撬开尖尖细细的喙，另一只手的拇指和食指捏着蚂蚁卵，配合的刹那，一粒粒乳白的卵被喂进了雏雉的肚里。有些机灵的，往地上一放，主动跑起来，吃净整窝蚁卵。那些个下午，野地上能掀的石头、可挖的孔穴，都被我们一遍遍地拨弄，害得蚂蚁无家可归，四处流浪。

天刚擦黑，母亲们从家里走出来，聚到村东，追着我们谩骂，若不跑快一点，就有挨棍棒的危险。那时，谁没挨过棍棒而鬼哭狼嚎呢？追逐、谩骂和哭喊的声音交织在一起，不知哪位母亲提到了阿普蹉勿，谩骂陡然升级，变成了诅咒。她们的咒语里取掉了以示敬称的"阿普"两字，咒他不如猪狗，甚至不如茅厕里恶心的蛆。罪该万死、断子绝孙、老无所养……恶毒的咒语满天飞。我不止一次看见,在即将黑尽的天幕下,有个人影站在村庄的高处,风和咒语扑向他。

黑乎乎的人是阿普蹉勿。站在高地的他可能如鲠在喉,无语凝噎。

我的小雉早已死去,很多女生的雏雉也未能养成,最终都被自己的手毒死。人有毒,像蛇、蜈蚣和癞蛤蟆一样有毒,尤其是狐臭者的毒性最大,别说小雉,连家里的仔鸡隔老远嗅了,也立即毙命的。庆幸的是,咱这么多小人儿,无一人有狐臭。可对小雉而言,我们是绝对的毒的化身。

我怀疑我妈说过的话。我没被阿普蹉勿毒死,我才有毒。

雏雉死后,我们仍习惯于"咻咻——咻",以至于我们的嘴唇和舌头日日酸胀。我发现,村里很多人的嘴唇都肥实,厚嘟嘟的,从小拟音的结果吧。现在,我努唇胀嘴,视线竟然透过镜片,再滑过鼻尖,模模糊糊地看到了向上卷的嘴皮。我这副嘴唇是硬通货,随便装,安在谁的身上,便是谁的利器。当然,阿普蹉勿的嘴唇,任何人比不赢。他深谙此道,上下嘴唇可往两侧翻,露出肉色的红,舌头像弹簧一卷一弹,拟的音,一句顶别人一万句。

冻土有泥味,春天就冒出了头。先知先觉的雉鸡,必然迎春啼鸣。

阿普蹉勿总结的常识,村人不信。然而,在春寒料峭的日子里,他总是第一个听到深山雄雉的第一声鸣唱,不久,他又成为

223

诱捕猎物回家的第一个人。至于雉鸡是不是叫得最早的那只,村庄里的人年年争论,却年年无果。

疯子嘛,肯定迥异于常人,有神灵左膀右臂地助力。

那些年,阿普蹉勿专给生产队放牧。羊群进沟后,他择山冈而卧,摁一锅烟,吧嗒吧嗒,吞云吐雾,耳朵却搜索各种鸟鸣。鹰、隼、鹞、山楂鸟和乌鸦最易识别,听声如见其形。道不出名字的林鸟太多,叫声千奇百怪,层层叠叠,或尖锐或圆润,或绵长或急促。"哚",某山林里,像射击子弹般发出利索的脆音,片刻,又击发一声"哚",此乃雄雉占山为王夸耀的宣言。阿普蹉勿闭目含笑,哪条山梁、哪片灌木、哪沟草丛间,将要打响什么样的战斗,他已经心头有数。

在山地的密林里,雄雉躲闪着走,两只细爪子偶尔刨下枯枝败叶,嘴巴往地面啄几下;须臾,向前猛冲,刹住后,左顾右盼,鸣放"哚哚"的音讯。它的前额和上嘴基部呈黑色,头顶呈棕褐色,眉纹呈白色,眼睑和眼周裸出绯红色的皮肤,颈部的绿色延伸到身子处,白色的项圈刚好如隔离带,把绿色和上背紫褐色的羽毛隔离开。其尾羽修长,装饰着美丽的横斑,竖得高高的,扑闪出金属的光泽。它已经欲火焚身,像烈烈的一团火,急需雌雉来浇灭欲望之火。它是自己领地的王,正努力开发一片傲娇和情爱的疆域。

它愈是浮躁不安,阿普蹉勿愈是冷眼旁观。过几日,真有灰扑扑的雌雉款款赴约,"咯咯……""咯咯……"算是宾主的寒暄吧。欲罢不能的雄性奔向雌性,像恋人间带有浮夸的计谋,碎步翻飞，万般殷勤，哼小曲，晃脑袋，翘尾巴。当接近对方头部时，它将一翅垂落，另一翅往上举，尾羽欢动，跳起鸟界著名的侧面性炫耀舞蹈，背景是嚯嚯的双翅交互声。这是一场蛊惑、绝伦、生理的恋情，更是一场充满魔力和玄幻色彩的骚情。后头赶到的雌鸟心醉神迷，巴不得大王分分秒秒宠幸了自己。

别人是种瓜得瓜，种豆得豆。阿普蹉勿却知情识趣，心痒痒地种鸟，指望着鸟子鸟嗣鸟啯啾。

雄雉臭名昭著，奉行流氓主义，活着的全部意义莫不是妻妾成群的乱性？发现一窝蛋，不论是不是它的血脉，统统捣毁。看见雌雉带着雏鸟觅食，追上去格杀勿论，死伤遍野，哀鸣嗷嗷。它们的胸腔里情欲滚滚，乱杀无辜之目的，不外乎想让当母亲的雌鸟再度发情，拜倒在它花花哨哨的羽裳下。

二

该驯化的间谍出场了。

黎明时分，阿普蹉勿挑过一只斗雉，随手也抓了与其厮混的小鸡婆，放进竹编的牛眼背筐里，上面盖着用纯羊毛擀制的黑披毡。当人、鸟和鸡翻过多重山梁来到战地时，刚露脸的太阳像稀软的蛋黄。阿普蹉勿用一根绳索套住斗雉的脚，另一头拴在固定的木桩上，外围布置了用马尾毛搓捻的两排锁环，忽地抱走了小鸡婆。喂大的斗雉哪受过此等孤寂和落寞？歇斯底里的鸣叫声顿时响彻山野。"哚——哚咯嗬"，它呼喊着青梅竹马的小鸡婆，以为那鸡是它媳妇儿。接着,大自然的王者发出了怒号,"哚——哚——哚咯嗬"。不久,野生的闪电般包抄过来,驯养的也不甘示弱,上蹿下跳,鸣叫连连。咆哮的鸟语,阿普蹉勿听得懂:

> 唑啊唑咯,你呀摇尾乞怜
> 唑啊唑咯,你呀风餐露宿
> 唑啊唑咯,你呀整天蹲监牢
> 唑啊唑咯,你呀昼夜藏草丛
> 唑,唑咯哩俄贡
> 唑,唑咯哩俄孥

后两句的意思是"砍你脑瓜""食你脑花"。

野生的疾驰而至,双翅炸开,怒发冲冠,向圈养的扑去,结果,小脑袋或细爪爪被锁环套牢,被活捉了。阿普蹉勿的彝式匕首剖开了它的头颅,翅膀不死心,还一下下地扑腾。圈养的斗雉啄食脑髓时,发出吁儿吁儿的响声,像野雉吮吸被它捣毁了的鸟蛋。一个吸食脑髓,一个吮吸蛋汁,被蚕食的都是生命。此刻,晨晖多么光彩夺目。然而,更夺目的是晨晖下同类的罪恶,雉鸡的罪恶。

让豢养的和野生的敌对,最终使后者肝脑涂地,是捕鸟者的阴谋。我不知道,阿普蹉勿的心头有无深重的罪孽感。兴许,在自然法则面前,大放厥词毫无意义,既关乎冷漠和残忍,却又真的关乎不了。

某天，阿普蹉勿用口技套住了一只野雉。瞧它的模样，身体瘦弱，大部分皮肉裸露，像老鼠没啃噬完的食物，也像从鹰爪下逃生的家鸡。再细看，它右眼肿胀，脓流不止，胸脯上有五六条撕裂的爪痕，丑不堪言。若非它的尾部拖着几根尾翎，实在难以看出是一只雄雉。按惯例，彝刀要开颅的，但阿普蹉勿比画半天下不去手，最终哆哆嗦嗦地把刀插回了刀鞘。阿普蹉勿不知它经历了怎样的可怖袭击，是与同类争抢领地而厮杀，还是与鹰、鸶、鹞、隼等猛禽肉搏？在九死一生的格斗中，它是如何脱逃的？夺回性命的它，按理应藏匿于某角落，或疗伤，或慢慢死去。可阿普蹉勿虚拟的声音一遍遍地激荡时，它居然拖着残疾之身来迎战，誓死戍守其领地。一只连性命都不顾的雄雉，他除了震撼和敬佩外，决定帮它一把。他使劲儿地搓揉蓝花烟，并吐上唾沫，待黏黏糊糊时，捣烂些蒿草，将两者反复搅和，最后涂在了雉鸡的伤口上。费劲的是医治雄雉的眼睛。他干脆挤出它的脓血，将烟杆里的烟油抹了上去。

"像我这样的人啊，不如一只雉鸡。"

有心或无心之说，皆一语中的。

阿普蹉勿无儿无女。他的伤感里有对雉鸡的尊敬和对自己命运的感叹。

最近，他的家里养着五只斗雉。一日两餐，虽没和人在一口锅里舀饭，但养活它们不容易。人间饭食，野外虫豸，搭配着喂。阿普蹉勿的女人成天乐呵呵的，权当在操持七口之家的生活。

"养着,心头不空。"

人的精神整个儿虚空后,它们以孩子降临的方式填补了进来。

刚孵化出来的雏雉,黄澄澄的。同窝的小鸡见风长,满院子碎跑,雏雉则趴在窝里嘶嘶鸣叫。鸡婆的母爱再泛滥,也顾不上雏雉了。阿普蹉勿两口子挖来蚂蚁卵,一口口地饲喂。小巧玲珑的竹篓早编好了,里面垫着柔软的鸡毛和羊绒,只待雏雉入住。夜晚,他或她拥着装有雏雉的竹篓入睡,像呵护襁褓中的婴儿。梦里有无婴孩啼哭声,我倒不知道。不过,阿普蹉勿曾指着挂在屋檐下的几个竹篓,动情地说过,那上面有他和她的体温以及全部的情感,跟抚育孩子没啥区别。雏雉太孱弱,两个月后,方可喂苞谷饭和洋芋泥。再过一个月,雏雉开始靓丽起来,脖颈处蓝莹莹的,比天空还蔚蓝,背部生出褐红色、黑色和白色的斑点。此时若见生人,即使那人的狐臭味冲天冲地,也熏不死它了。

老两口养的斗雉,长幼悬殊,大的十余岁,小的八九个月。主人布置好了狭窄的新房,让小的和一只出壳还不足半月的雏鸡挤住在一起,雏鸡把它当作了母亲,它则把雏鸡视为童养媳,倍加恩宠。待它英姿勃发时,雏鸡刚好出落得袅袅婷婷了。而年长的那只斗雉已步入老迈,其寿衣是一块红灿灿的布,不时被老媪拿到阳光下翻晒。有一次,我在她家的院落里见过,红布被晾晒在柴火之上,旁边还晒着两件黑披毡——这是彝人归天时的必披之件。人和鸟的老衣展露无遗,像张开的鸟翅。我感觉到死亡就躲在柴火的下面,躲在阳光鞭长莫及的阴影里,戾气扑面而来。

我还感受到仪式的展演,一种面向死亡时的敬畏之心和仰望之状,对生命的陨落,必须要用盛装去抬举死亡的意义。两位老人和一只老雉的寿衣,究竟谁先用得着呢?

无后为大的堵点、痛点和悲点,点点敏感,点点刺激,老人的生活早已与村人发生了断裂,自我封闭在人鸟混淆的时空里。

这天,犹如得到神灵的帮助,阿普蹉勿邂逅了早前放生的那只雄雉,它在几米远的草坪上蹦跳。跳起来的刹那,用双翅扑打毛羽稀疏的胸部,还从喉管里发出未曾听过的"哆吁哆吁"声。阿普蹉勿跟着拟音,约莫吃一杆烟的工夫,双方达成了共识。当他慢慢朝它走去时,它偏着脑袋上上下下地打望他,仿佛这一探,洞穿了人的良善。阿普蹉勿的解释煞有介事,鸟发出的喉音是"帮我帮我",他重复这短促的音节时,能明显听出鸟的嘲讽和愤怒,可当他把音节略作调整,变成"我帮我帮"的语音时,鸟的小脑袋不住地点头。医者仁心。尽管他不是医生,但他搓揉蓝花烟和蒿草的态度极像配药的村医,小心地将药物敷在了雉鸡的伤口上。

因为疼痛,雉鸡在原地转圈,临走前,丢下一根尾翎。

那天的收获是个象征,一根尾翎。归家的路上,燃烧的晚霞映照着阿普蹉勿,他将尾翎插在黑色的头帕上,想象自己是一个部落的酋长。夏风吹拂,长长的尾翎随着酋长的步履颤动,在空中勾画出美丽的弧形。

霞光匆忙,天地即将进入黑夜。匆匆的光阴恰似人生啊,从少年到迟暮,从生产队放牧到家庭单干,从希望养育儿女到无子嗣的绝望,阿普蹉勿走过了人生明明暗暗的旅程。

三

秋阳灿灿的一个上午,阿普蹉勿正在编织一张竹篾席,收完边口,他高声唤女人去烧两枚石头,准备用烫石、苦蒿和泉水净洁篾席、尾翎、土房和人。

第一枚石头吱吱冒着青烟,哐当一声被扔出了院外。凡是恶浊、污秽、龌龊和肮脏的都滚出去吧!禳祭过的房屋和院落多么圣洁,现在要邀约雄雉之灵,以请尾翎的方式站到篾席上去。他举止虔诚,念念有词,生怕做不到位。接着,他和女人整理一根根尾翎,安插上去。数了数,九百九十八根翎。

待用第二枚烧红的石头祛禳时,已到晌午,她犹犹豫豫地问:"咱俩不会真疯了吧?"男人听得懂,回:"早疯了,早疯了。"

阿普蹉勿倒了一杯酒,祭天,祭地,祭尾翎。倚墙而立的竹篾席上,羽旗瑟瑟,若无支撑的下部露出了竹编的状貌,还以为土墙装妖作怪,长出了翎的羽林。他用拇指和中指蘸了酒,对着羽旗一下下地弹,先是局部的尾翎朝左摇晃,再是整片地曼舞。"来咯!来咯!"言毕,阿普蹉勿的嘴唇往前拱,噘成圆形,开始拟音。

"哚——哚咯嗬。"

"哚——哚——咯嗬。"

穿透力极强的鸣号，令他酣畅淋漓。他吹奏的是出征的军令，万千雄雉从林缘、溪涧、沟谷、灌木丛和草丛里腾跃而起，扑向正在厮杀的疆场。雉相互配合着齐齐地啼啭，啼声犹如雷鸣般滚过，漫天卷地。

竹篾席哗啦啦响，险些倒下去。阿普蹉勿断定，雉魂已接受通达灵界的祭酒。

她重复一句话：你疯了！你疯了！

自此，两口子将这固化下来，成为每日必做的一门功课、一次救赎和一场修行。在阿普蹉勿自定的规矩中，彝历鸡日尤为特殊，当天要比平常多拟音，早一回，晚一回，参照雉鸡的鸣叫规律来进行。鸡和雉同宗同源，鸡日多做一道程序，更能体现他的坦荡和赤诚。那些闪着光芒的尾翎，映得他俩彻底觉悟，人生仿若鸿蒙初辟，豁然顿开。原来，真正能治愈心灵的，不是光阴、焦虑、苦恼和自暴自弃，而是安安静静的明白。

在鸡日的黄昏里，阿普蹉勿的召唤在村庄回荡，与牛哞、马嘶、羊叫、犬吠和虫鸣声混杂，便是人间烟火的交响。在这交响里，阿普蹉勿的拟音接通了村庄和原野、人间和自然。你听，长长短短的鸟语包含两层意思，一是冰释前嫌，虚位以待，请雄雉的亡灵接受奉上的琼浆；二是请活着的雉鸡千万莫选草丛，务必要择高木栖息，以免遭到狐狸、狸猫和黄鼠狼的攻击。

有人曾神秘兮兮地告诉我，假如起雾，蹉勿家的屋顶上尽是扑扑腾腾的雉鸡。我小时候就听过这话，如今再次耳闻，更进一步证明人们真的从未把他当正常人。

我问阿普蹉勿，真有这等奇事？他说，你是读书人，自己去想。

没有答案的事情，我没必要挖空心思地去想。相反，我倒是从另一个角度认真地想过时间的问题。要知道，不是每个村人都知道彝式日历的。然而，在这混沌的日子里，阿普蹉勿的鸣号像晨钟暮鼓，一天天地将时间概念嵌入了人们的观念里。时间既是过去，也是今天，还是未来。一个人对未来可期与否，是他和她的事。但是，当日历以鼠、牛、虎、兔、龙、蛇、马、羊、猴、鸡、狗、猪的排序介入生活时，日子的层次和段位会从混沌中剥离开来。我甚至不敢想象，缺了阿普蹉勿的鸣号，村人会不会坠入没有时间的深渊。

阿普蹉勿似乎进入了一种惯性状态，自放生受伤的雄雉后，他不再诱鸟、捕鸟和吃鸟，可山野的魅力使他欲罢不能，三五天若不进一次山，整个人会情绪低沉，精神颓废。

到了秋冬季节，野雉的世界空前和谐，无领地之争，无风骚之扰，无鸟蛋可毁，无子嗣可杀，统统过上了群居生活。它们脚力强健，在灌木丛和草丛里窜走，多的二十来只，少的五六只。每遇危险，振翅起飞，但不会持久，落地前滑翔，又急速将身子藏匿好，不敢抛头露面。

说实在，我利用假期去拜访阿普蹉勿，我妈是十万个不同意的。但我妈拗不过我，每次去，还是叫我捎上二两酒。我妈说，看在酒的分上，蹉勿不会害你。

我说，阿普蹉勿正常得很，不是疯子。

我妈的脸上挂着讥笑。

我一度以为的礼仪之酒，原来是笼络疯子心的。不过也好，最起码我叩开了阿普蹉勿的心灵之门，让我走进了他的心。

我读大四的那年，阿普蹉勿的女人死了。由于不在假期，以下的事都是我道听途说来的。

村民认为，蹉勿的女人未生过孩子，不得将她火化在公共火葬场。若要强来，势必会玷污子孙不绝的逝者世界，往后谁家没儿没女了，蹉勿负责吗？他负得起责吗？他又能拿什么来负责？一连串质问逼得阿普蹉勿节节败退。据说，他的声音早嘶哑了，此前他求过情，大意是说谁不想养儿育女，传宗接代啊，可他两口子心比天高，命比纸薄，由不得自己。他希望她死后不再卑贱，和所有的亡灵一样，享受火葬场的清福。

火葬场建在村庄背后的台地上，高密度的杂木多为常年不落叶的树，四季翠青，鸟语花香。数代人除跳河、坠崖、上吊、吃毒、车祸等非正常死亡外，都抬至这里火化。焚尸的柴火现场砍伐，最后简单围些石块，以区分某家某人的葬地。平日里禁忌太多，吃了豹子胆的人也不敢在此伤一棵草木、毁一窝鸟巢、拾一根枯枝，更别说来此猎鸟了。在生者看来，将逝者火化于此，相当于将他们送入了天堂。

熬夜守灵的人们起初立场坚定，见怎么也说服不了阿普蹉勿后，有人和稀泥，觉得双方都对，但偏偏找不出一条新的路子来。凌晨，争论不赢的阿普蹉勿肩扛一柄斧头呼啸而出，人群顿时乱作一团，"疯了、疯了"的声音此起彼伏。胆大者尾随其后，想一探究竟。

阿普蹉勿朝着村背后的火葬场跑去，约半个时辰的样子，伐树的声音一下下尖锐地传来，好像要把黎明的天空刺破，要把尘世的耳膜洞穿。还能怎么办呢？掌事者对阿普蹉勿再次攻心，动之以情，晓之以理，各自退让半步，应许将其女人葬于火化场西边的边地。此外，村里每家多凑一斤苞谷酒的份子钱，葬礼上没喝完的，悉数归他，用以祭雉。

此后，五只斗雉和对应的母鸡婆整日叽叽嘎嘎，好似哀悼。每日清早，阿普蹉勿祭完尾翎后，咕嘟嘟喝光祭过的白酒。老人不胜酒力，晕晕乎乎的了。他撮来苞谷和荞麦，撒进竹笼里，看雉和鸡一下下地啄食。看着看着，人由先前的站着变成蹲着，再由蹲着变成躺着，最后进入了梦境。据说，梦是这样的：正是盛夏，万物蓬勃，竞相妖娆，翠绿的高山斜坡上，红色和白色的草莓完全熟透，成千上万只雉鸡埋头啄食，穷侈极奢。他和他的女人手持魔棍，时刻盯梢着空中的鹰、鸢、鹞和隼，棍子听命，指哪里打哪里，只见雉鸡的天敌纷纷逃跑或坠落。家养的五只斗雉像着了魔，幻化成英俊的小伙帮着老两口维持秩序。由十多岁鸟龄的老大挥手号令，顷刻间，万千只雉鸡摆出两个阵营，一个阵营驮着他，另一个阵营驮着她，在天空下平行飞翔。金色的阳光从云层里漏下来，包裹着、照耀着，使他俩的身体熠熠生辉。

梦醒后，阿普蹉勿进入了冥想：与其囚禁，不如放生。

放生的地方选在他女人火化地的不远处，脚下的沙土不长树木，尽是杂乱的杂草，恍如他内心的荒芜。他面朝火葬场，即兴编唱：

> 归去雉归去，莫恋人间食
> 林莽乃天地，灌丛乃粮仓
> 汝归大自然，身归魂亦归
> 紧跟亡灵去，魂魄逍遥游
> ……

末了，他捉住一只斗雉，往空中高抛，见雉鸡腾腾飞去，他"噢嚯——噢嚯"地追着喊。待放生后面的四只时，跑来围观的孩子齐整整地起哄，"噢嚯，噢嚯——"鸟笨拙地飞，呈抛物线，然后落下来，深情张望，像远行的游子一步三回头。

且看他浑浊的眼睛，且听他嘶哑的嗓音，分明住着形形色色的怪物。孩子们毛骨悚然，紧张地看向火葬场的方向。那里云飘雾绕，树影婆娑，疑是有人影儿正挥舞手帕，呼喊斗雉，呼唤他们。

孩子们作鸟兽散。西边纵横的沟壑和馒头似的山冈上毫无生机，唯有孤独的一位老人，在那里思念和凭吊。

寒假，我像候鸟一样飞回故土，但备好的苞谷酒无法送达了。半月前，阿普蹉勿将生命托付给了悬垂着的一根绳索，椭圆的绳环恰似他捕鸟的锁环，头一伸，脚一蹬，毕生从此终结。在我想来，绳环不是上吊当日挂上去的，应该挂了多日，那个即将要使用绳索的人一边欣赏绳环，一边回忆过往。于他而言，野外的锁环曾是一次次套鸟的乐趣；于雉而言，则是一场场诱捕的陷阱。现在，绳环该轮到屋内的人了。尘世不可恋，就算恋，也恋无可恋。阿普蹉勿仿佛是一只高傲的雄雉，幸福地把头伸进了绳环。

非正常死亡的治丧简单得多。砍下吊绳的当日，几个人将他火化在了村西的沟壑里，旁边溪流潺潺，焚烧毕，引水冲毁，以示逐邪。合并烧掉的还有插着雉翎的竹篾席、大小不等的鸟笼、木制的祭台和祭祀用的酒杯。

火化师说，烟雾里的雉鸡飞来旋去。旁证者说得更详细，起先青烟打着旋儿慢慢升空，过会儿，天空灰暗下来，乌云密布，整条沟壑被云遮雾绕，掩饰了天上地下。先是一两声雄雉的呜咽，然后是雌雉的啜泣，再是雌雄悲怆的哀哭，中间还杂有喜鹊、乌鸦、雀鹛等飞鸟的鸣号……他们的叙述令自己心有余悸，也令村人胆寒发竖。

疑神疑鬼，妄评祸福，嚼舌纷纷。我成长的环境是这样子的。

人们担心疯子阴魂不散。有老人问我，溪水冲刷火葬地后，流进则拉河，再入尼日河，这河后面跑哪去了？

我回答说，河流嘛，继续流啊流，后来叫大渡河，再后来叫岷江，到四川盆地西南部的宜宾后，与金沙江一道注入长江，归宿是东海。

在座的人两眼发光。还是刚才的老者提问，东海是海吗？

是海，大海，汪洋大海。

老人释然——蹉勿奔流入海，纵然有天大的本事，也不可能逆流回来了。

河畔有灵

一

大清早，我倚着玻璃窗，任目光向外漫游。

约莫三十米外的沟里，有条河。河床很宽，乱石嶙峋，向人昭示着河流曾经的疯狂：排山倒海，震天动地，咆哮而去。而现在，初冬的乡下，山寒水瘦，河流仅睡在河床的一角，有三四米宽，像巨大的床上躺着一名婴儿，那哭声无疑是河水的喧嚷。看河流浪花扑闪，哗啦啦的响声应该很大的，但传到我耳朵里的竟悄无声息，连潺潺的水声也被隔音效果一流的墙壁和玻璃阻隔了。越过沟谷，往山上望去，仿佛每座山都踮着脚尖，在层峦叠嶂里比高矮。再往上，灰灰的天空没什么看头。

我准备出门时，又望一眼河。这一望，是发现。

假使鸟不举翅膀，我是绝对无缘这份"遇"的。只见河对岸的一个灰白石头上，立着大鸟，长长尖尖的喙吊在空中，宛如一根钓竿，面前是回旋的清流。它举翅的样子，像垂钓者打呵欠、伸懒腰，活动筋骨。之后，收线似的，一条腿缩回腹部，凭单腿站在原地。人有闲暇垂钓之趣，而这鸟绝不是闲得慌的，饥饿迫使它勤勉吧。且看它的外貌，头顶着白色，脖颈处像戴着银制的项圈，透透亮亮，身子是一袭灰褐色，与石头的颜色没啥区别，融入乱石后，真假难辨，看不出鸟样。它立在河畔，我站在窗前。我学它，单腿不动，可半小时后，败阵的却是我。准确地说，其间我还靠着墙，交换过三次腿。而它却保持原状，纹丝不动。

半小时，不消说鱼，估计连浮游生物也没有旋进它面前的清流。它匕首式的喙悬吊半空，水汽和空气跑来时，兴许撞到了尖锐的喙。

我心里泛起轻蔑，既蔑大鸟的愚笨，又蔑自己的鲁钝。我非鸟，何故邯郸学步？该干啥，干啥去。

入住乡下的这家酒店，实属工作之需。我要拍摄的纪录片主角就住在下游两里路的镇上。而上游既有冰冷的河，也有温热的水。温者乃飞流直下的温泉瀑布，水帘侧边，洞穴若干，彼此相连，泡者如织。把我等安顿在沟口的宾馆里，足见主角的心意，上下皆方便。

拍摄组劳累到深夜才收工。别人我不知道，我倒是睡得死，梦也没来纷扰，空白一片。

翌日，朝河岸的石头上瞥，天啊，大鸟像昨天一样立着！这令我惊诧不已。会有几种可能呢？如是同一只，它或许傻站了一个昼夜，抑或赶在我起床前飞抵的河边？不是同一只的话，那新来的是否偷学了秘籍？否则，不会选择那石头。我自问自答，最终的答案是前者。你看，它的色调和站姿与昨日的完全相同。早起的鸟儿有虫吃，它一定乘着黎明之光飞来河畔的。奇遇，真是一场奇遇，是单方面的我的"遇"。我决定晚些出门，好有充足的时间来观察这鸟。免洗漱，免早餐，能免的尽免。我是头儿，已安排摄制组成员自由活动，三小时后，于前台集合。

大鸟耐得住寂寞，像刻在石上的雕塑。

前一个小时，我乐观地预测，它将收获几尾小鱼，吃个半饱。可惜，我和大鸟皆空欢喜；后一个小时，我喃喃祈祷，来一尾鱼吧，别辜负了它的执着。可是，在两小时的煎熬里，它一无所获。我呢，跟着成为一个无聊透顶的人。如果，非要说发现，这死寂的鸟换过一次腿。

二

耽误的时间回不来了，我决心将无聊转化成乐趣，不然的话，太亏了。我开始查阅资料，原来它叫苍鹭，民间喊"长脖老等"。念它的土名，语气上得断句，"长脖"乃外貌形态，"老等"乃觅食状态，两者组合，特征跃然。怪不得它有超强的毅力，一定竟是好半天，哪有时间和心思去学其他鸟的着急忙慌和吵吵嚷嚷呢。

等，老等，注定让它往执拗里等，往死板里等。

温泉瀑布离沟口约三里，新能源大巴车穿梭，专门接送泡温泉的游客。我之前去过。瀑布一帘接一帘地倾，更多的水贴着山岩而泄，凸起的岩石不规整地阻挡着水的欢歌，里面有深浅不一的连着的洞穴，人就泡在水里享福。等温泉继续流泻，又是连天接地的哗哗的瀑布，跌入冷冷的更大的河。往前是一段平缓的河床，商家引进鱼苗，专事喂养，鱼翔浅底便是灵动中的灵动。最下面筑有拦坝，网兜睁着上千只眼，生怕哪尾鱼从眼皮子底下溜掉。依我推测，漏网之鱼是有的，其中的一两尾肯定让苍鹭尝过甜头。此刻的它饥肠辘辘，纳闷鱼为何还不游来。再傻傻地等待，怕没力气辗转下一个猎场了。

它飞起来，两脚向后伸直，扑着翅膀，迎着东方翔去。

第三和第四日，苍鹭依旧比我早，鸟为食忙，也为食亡，这是命定。可能是记性使坏的原因，它每天选择的还是那个石头。脾气够犟，执拗，桀骜不驯，要的是愿者上钩嘛。我多次透过玻璃窗，用目光搜寻眼前的河段，确定觅食的唯有这只。形只影单的它有孤独感吗？又为何如此死板？我倒是替它陡生恻隐之心。它安于磐石时，内心里是静如处子，还是动如脱兔？有谁知道呢？它又为啥不逆流飞翔？君临温泉瀑布下方那截缓缓的水流，夹皮沟里有肥美的鱼啊！数个问号，我是人心换鸟心。可鸟心又怎会明白我心呢？它生性胆怯，要的是势必开阔的猎场，溪流、湖泊、沼泽、水塘、稻田乃至山地,太窄的地方不去,防天敌之心不可无。

原本无鱼的一条高山河,源于人的打造,鱼才如鱼得水。本来不该漏网的鱼,偶然地填过苍鹭的胃囊,苍鹭才天天前来死等。在它的生存哲学里,偶然与必然,还没有学懂。其笨呵呵的举止,让我一次次地震惊,又让我一次次地联想到了环保。

拍摄纪录片时,我有意增设环节,把生态带入彝族父老乡亲的世界里。

彝人深居崇山峻岭,苍鹭不可及。因闻所未闻和见所未见,语汇里自然缺一个称呼苍鹭的名词。如此大的飞禽,要么唤鸟,要么叫鹰,抑或比喻成像鹰的鸟。面对我要问的村民,我边说母语,边比画手势,以期让他们明白,我说的长脖老等就是苍鹭。

对其土名的解释,大家频频点头,笑成一团。

"这几年飞来的。水边多哩!"

"啊吧,脚杆细,比鸡的还长、还瘦。"

"跟鹰一样,飞好高、好远。但不抓小鸡,吉祥鸟!"

将苍鹭的学名音译过来,彝语里觉得别扭,不好记。念着念着,朝"察洛(cax hluo)"上靠,深意像氤氲的云烟,缭绕在每个人的心上。"察洛"的汉语之意为暖和、温热等。吉祥鸟带来的当然是如意的吉祥,不会有晦气、霉气和阴气。在大家伙的认知里,温泉是察洛的,苍鹭是察洛的,人生更是察洛的。"察洛"将所有的人事和物事带向煦暖的光明。

我们都以苍鹭的彝名而开怀,像村里新添了人丁一样。

场景，其乐融融；画面，基调饱满。我的思绪却跳将出来，遐想乡间来之不易的魅力生态。是的，私挖乱采，疯狂砍伐，肆意掠夺，我们曾经挥向大自然的手罪孽深重，那些刀、斧、锯、锄、钎、锤……是我们的帮凶。水土流失。大地哀伤。好在自推行环保政策以来，乡村因地制宜，恢复植被：宜树则树、宜灌则灌、宜草则草，绿水青山的画卷漫展到天涯。画里，点点飞翔的众鸟中，一定有苍鹭。

三

退房那天，已是第六日。早晨，久违的阳光拨开云雾，斜射下来，泛波的河流金光闪闪。灰白的那个石头上，起初空无一物，等我收拾完东西再看时，苍鹭已单腿站定。是否有一种可能，它的记忆组织里缺少某种元素，才导致只认死理、死认理，日日空钓一截河？看它雷打不动的样子，我多想变成一尾鱼，慰藉它忧伤的心。可转念一想，其喙的举而无用，兴许会让它得出新的结论：河里无鱼，不必老等。悟，领悟，禅悟，它的确需要将落空的教训植入记忆里。但愿，清凌凌的河流度鸟心，度河谷，度村庄，度环境。

这条河，从千峰叠翠的螺髻山南麓奔流而出。山头的某处，唐代时盛行佛教。据载，螺髻山诸多寺庙曾养三千僧人，香火之旺，尽可遥想。唐末以降，由于战乱和其他原因，佛事日衰，才有"隐去螺髻、始现峨眉"之说。

千年的历史跟一只空钓的苍鹭有何干系?要我说,是它坚如磐石的定力,让我将它与佛联系在了一起。我甚至还错乱臆想,那些僧人探险式地钻进奇峰挺秀、怪石嶙峋的山谷时,有彩虹飞架天地,正埋头吮吸着温泉氤氲的水汽。在出家人眼里,彩虹铺衬的紫色、红色、黄色以及蓝色,统统是吉光高照的色彩,应在这里终生笃定,晨钟暮鼓,弘扬佛法。一些小沙弥的心里藏着小调皮吧,念经之余,几人邀约,朝温泉奔去。泡久了,耽误时辰是常有的事。但怕师父或师哥怪罪,所以在温泉附近的沟壑里、山涧旁、悬崖边找个地儿,入定便可阿弥陀佛。既可贪玩,也可用功,两不误!我对面的河床,千年前绿树荫蔽,诗意多么盎然,刚好可容纳小河潺潺地流。苍鹭呆立之地,小沙弥兴许也在此念过平安经,愿天下太平。

小河淌水,叮叮咚咚。这叮咚会是慈悲的佛语吗?那苍鹭会是小沙弥的幻影吗?河流亘古,幼时小沙弥、圆寂时成高僧的灵魂也有亘古的可能吧!

我继续想到,在大美的乡村,倘如苍鹭不食鱼、虾、蛙和蚯蚓等,就站在河畔老等的话,阿弥陀佛,它将立地成佛。

我走时,它像一尊菩萨,定在那儿。

逆烟行

一

黄昏时分，燃小堆火，取烟雾缥缥缈缈的律动，以求抵达一个多维的空间。烟雾可控，或浓或淡，婷婷袅袅，随空而去。如是，人的讯息也跟着烟雾抵达了那里。若干年前，我家稍微倾斜的院坝上曾生过这样一堆火，烟雾呛人，相当应景。满腹经纶的毕摩（司职）端坐在略高的上位，轮廓模糊，几乎融入了黑夜里。他落座前，借助微弱的火光，指导着左邻右舍来帮忙的人布下了阵。尽是削成勾勾和叉叉形的柳枝，勾勾者倒插在地上，叉叉者斜倚着，成双入对，往前渐进。最前面是一根针，穿了白线，吊在钩状的权上，尾线拖拖沓沓，一程程地搭在叉形的凹处，末端盘成线圈，放置于一个木盒子里。那里面还装着一捧米粒和一枚鸡蛋。整体来看，布阵工巧，木盒子疑似发电的机房，栽插的树枝像电杆，那长长的白线自然是输电线了。复杂的是，这趟线路的左右两侧还穿插着很多树枝，解释起来，甚是诡异，不知它将要招引魔幻还是现实，照亮漆黑之夜抑或人之心灵？兴许都要温情地招引和照亮吧。在他的下方，邻居和我的家人分坐两列，蜷缩成疙瘩状，同样影影绰绰的。有几个男人抽石锅烟，咂一口，亮一下；再咂，又亮，像璀璨斗艳的星星。天上星光闪，地上火光亮，可这火光不是石锅里的亮，恰是那堆火。

邻居和我的家人中，总有人去辅佐最下面的火，不让它旺，亦不让它灭。

今夜，我们都是黑夜的子民，踏着深情的土地，召唤一些人的名字，一些受困于多维空间里的名字。

毕摩的语速忽而舒缓，忽而急促，但沧桑和悲怆是不变的韵。大约每隔半小时，他要歇一阵，跟大伙聊些日常，亲近彼此。这空当，周边的蝈蝈这儿那儿地鸣唱，疑是诵唱声还在延续，嘶嘶啦啦的，在黑空里飘荡。真正的人语再起时，它们噤声，可能陷入了疑惑和迷茫，毕竟人声和虫音是两码事。又或许，它们歇会儿后，评估一下风险，感觉没啥，再齐齐地呼应，可惜被琅琅的诵唱声湮没了。在这小小的天地里，两种声音的唱诵，不为别的，只为活得有奔头：虫要像虫，人要像人。当然，人最复杂，在暗黑的夜空下想象着一场奇幻的战争，去讨伐纠缠灵魂的魔、邪、恶以及毒，从而解救魂魄，让想要像人的人真的像个人——无须做人上人,做个身体和心理康健的人,平平安安,宁静淡泊。

诵唱的语言好比军团里的金戈铁马,排出堂堂之阵,插满猎猎之旗,呐喊声和厮杀声响彻云霄。最终,阴险狡诈的魔、邪、恶和毒或被驱赶,或被活捉,或被杀伤,哀鸿连连,大败人间。如是,一条条指向家园的路铺排开来,那些正在被利诱、蛊惑或威逼的魂魄可以启程了。"父呼子从,母唤女应;夫妻携手,兄妹相约;长路漫漫,归去来兮……"诵唱声由先前的粗暴、凶狠和犷悍转入优雅、亲切和仁慈,糯糯软软的,恍如天籁。末了,毕摩补一句,"喊魂吧"。喊魂就是呼唤人的大名和乳名,连在一起喊。隔空喊话的要义在于真情流露,而不是形式上的扯着嗓子吼。老辈人以为,贴心的话儿哪怕喊得再小声,它也会骑着烟雾去那个空间的,目的是让迟疑的灵魂听到诚挚的呼唤。

性子急的阿嫫先开口,第一个唤我的名字,"噢——啦,巫沙支铁惹……"接着,由我往下,依次把儿女唤完,才唤父亲,放在最末的是她自己的双名。母亲的召唤看似雨露均沾,但细微处仍有差别,儿女中属于我的那段分量最重、用时最长、情感最浓。

……
糊涂若你呀你
或许在乌鸦巢
或许于喜鹊窝

兴许在老虎洞
兴许于豺狼穴
噢——啦
巫沙支铁惹
飞禽走兽万万恶
百般奉承你莫听
万千蛊惑你莫信
它们的背后哦
魔邪恶毒在作祟

巫沙支铁惹
火塘盼你回
尔是它伙伴
老屋愿你归
尔是它主人
归来，魂归来
拄着银针回
踩着白线归
噢——啦
安富尊荣哦
……

彝语里的"啦"，汉译为表示趋向性的"回""归"和"来"

的过程，也表示"到了"的结果。

夹杂着"噢——啦"的招引词朴朴素素，却不乏艺术家的浪漫，尽是豪放和奢侈的关切语，恨不得把人间的荣华富贵和繁华锦绣全端出来，奉献给迷途知返的你。迤逦的句式一串接一串，那是彝族的诗歌、乡民的歌谣、亲人的呢喃。母亲尚在呼唤我时，父亲清过痰，开始跟着曼吟。当儿女的不甘落后，赶紧开启嘴唇，一遍遍地仿着念。当念及自己的双名时，难免别扭，便跳过不管了，待他人念去。儿女掌握的语句少，没两下，已经把家人的名字轮了好几遍。左邻右舍的人不好缄默，既然是来帮忙的，还得从邻里的情谊出发，把我全家人的名字喊了又喊，招了又招，直至尽其所能，直至言语枯竭，直至口干舌燥。方才，召唤嘈嘈切切，朝着黑暗漫溢，是看不见的那种浩浩渺渺，滔滔乎，是直抒胸怀的亲情和友情；铿铿乎，是催人泪下的言语和句式。抒怀的千言感动你，催泪的万语敦促你，即使你的灵魂是个耳聋、背驼、眼瞎或腿瘸的倒霉蛋，也该提振信心，爬坡上坎，逆烟而行了。

一群人向一个人殷殷叮嘱，这份感情何等浓稠啊，怎么都化不开的。我知道，我的眼里噙着泪，嗓子痒痒的，已接近酸楚的哽咽，再不把持的话，会哇哇哭出声来。

之前我就盼过，盼火堆的烟子朝我飘来，好以烟雾熏眼来掩饰我狼狈的情状。我抑制着喉咙里的哽，将它强咽了下去。眼泪嘛，乘着浓烟的突袭被我擦拭掉了。这动作很假，却很到位，没有人看出破绽。或许，有人看见了，就是不点破。我倒是看见紧

249

挨着我的妹妹和弟弟也在揩泪,估计她和他都盼着这拨青烟的乱舞吧。如此说来,我们的感受是共同的,心境是一致的。在生活中,人们适当地伪装,可否算极好的修养?

老二乌妞嫫边骂烟雾,边起身去鼓捣那堆幽暗的火。

我和弟弟配合着说,是啊,烟子熏人。

"噢——啦,噢——啦!"

"拄着银针回,踩着白线归……"它一定掌握了某种幻术,想怎么变就怎么变。此刻,其形象变得娇乖起来,个头不大,比一枚针高不到哪去。它每踏一步,细细的白线震颤不已,那枚针可能当了拐杖,也有可能当了平衡杆,像高空走钢丝的艺人。它还极其喜欢洁白的颜色。你看,用作拐杖的针是银色的,权当道路的线是白色的,象征殷实的米和鸡蛋也是白色的。保不准,其身子亦洁白无瑕,通体比蝉羽更透亮,更单薄,更轻盈,是个隐了形的小精灵,人们只能用心灵去感受它的存在。

经过两个多小时的开导、哄劝和挽留,毕摩将针线收纳进了木盒里,合上盖子,遂递给我母亲。想象中,我全家人的灵魂未能以电流的方式抵达,而是前仆后继地以针线的形式住进了盒子里。木盒子似乎很沉,母亲躬着身子,用彝式长长宽宽的衣摆裹住它,一步步趋回屋里。

二

招魂是迷信。唯物主义者必须抨击之。

但如果抽丝剥茧的话，我们不难发现，它的背后是深层次的渴求平安和重塑人格。心理学家认为，每个人都具有第二人格，像阴谋家一样，动辄就释放好奇、顽皮、高傲、贪婪、颓废、荒淫等种种欲望，总想去刺激，寻找非正常的知觉体验，从而使主体人格遭受毁灭，也就是紊乱或者死亡。当主体人格的肉身和次体人格的魂魄分裂时，最好的构建便是调和矛盾，鞭策两者，合二为一。于此意义上，我们一旦将彝人的招魂理解为心灵的呼唤和自救，它的精神意义就出来了。撮合灵与肉，建设新秩序：主与次，此与彼，实与虚，由裂变至合并，由错位至复原，由分歧至统一，与心理学有并行不悖的地方。

州府西昌有一个叫石码子的地儿，顾名思义，是为预防水患垒砌的一道石头的堤坝，根挨着老城墙，向外敞出去。因城市建设需要，石码子如今已成为车水马龙的公路，看不出其原始用意了。滨河的整条长廊，绿植绵延，造型有别，燕瘦环肥，各见其美。步道上，常常有人售卖整理好了的杉枝、柳枝、桑枝、白线、麻线、茅草、稻草、竹竿、黏土和爆荞麦花等，你只需说明你要做哪种，卖者立马抖擞精神，像药剂师般利索，为你搭配细碎之物。价钱不贵，三四十元管够。极个别的，还附赠几块切开的洋芋片抑或一些废弃的泡沫板。

售卖者深思熟虑，替顾客想得周到。洋芋片和泡沫板用来插勾勾形和叉叉状的树枝，类似于牢靠的底座。如此，举行仪式的时候，不必为枝枝丫丫的安插而大伤脑筋了。它们像沙盘，摆在家里的花岗石地板或木地板上，组合和收纳皆可灵活自如。我自己的三口之家是买过的，几年间偶尔做一回，不是冗长的喊魂，而是简短的禳除，极像汉人春节扫尘的风俗，掸尘垢，拂蛛网，把一切晦气和病疫统统扫出门去。差异之处在于，彝人重点清扫人心，反咒不明对象的中伤、叱责和叫骂，让人与魂魄的精气神破旧布新，高度重合，一以贯之。同为华夏儿女的汉彝两族，民俗迥异，但最终指向都是为了美好：一切为了人，一切只为人。

我家的电视机柜旁，立着一束四五厘米长的干硬树枝，用麻线捆扎着，以示祯祥；高高的门框侧边也设法绑着两根，上面的鸡毛索索发颤，极像高举着的狼牙棒。这些树枝要等到下次禳除时，送走旧的，启用新的，等着进入下一轮的革故鼎新。大凡男主人会念的，自己念了，鸡杀了，等于改善了家人的伙食；不会念的占绝大多数，非请毕摩不可，像我家就需要请。在州府鳞次栉比的公寓里，识别哪道门内住着彝人，你只消瞧一眼门框，若挂着粘连有鸡毛的枝条，那一定是了。很多人家既挂枝条，又贴春联，两种传统文化并驾齐驱，喜气洋洋啊。

常规性的禳除惊扰不了邻居，但喊魂却不，一旦进入高潮，便谁也不顾了。我居住的这栋楼北边，每年总扰民一两次。半夜，先嗡嗡嘤嘤，后大轰大鸣，合着叮叮当当的铃声不绝于耳，感觉窗玻璃都在咯咯地抖。我讨厌带有节奏的千篇一律的铃铛声，丝丝地钻，不胜其烦，难以入眠。我干脆跟着嘈杂的人声放飞思绪，布下我自己的千军万马，助人一臂之力。城乡的人情世故确有差别。倘若在农村，邻居家的现场绝对少不了我，要去帮忙的。可现在，我睡在自己温暖的被窝里，也不知道他家姓啥名谁,足见人情的冷漠了。在意念里,我帮着唤啊唤,哐啊哐,但恍惚间,那些个魂魄竟是若干年前我家人的样子。也许,我借胸襟宽广之名,行了私念之事。又也许,精神高度契合后,每一个魂魄都是自己熟悉的模样。

我幺爸年轻时的噩梦,绝对是诺苏泽波村口的那一次折磨。他沾酒必疯,到处惹祸,赔过不少钱。我奶奶愁容难舒,常常命令老大和老二将他五花大绑在核桃树上,用皮绳抽,用竹竿打,用冷水泼,旨在驱赶他脑内的疯魔,让他回到人的正常中来。我记得盛夏里的一场,幺爸的嘴里塞着破布,上身赤裸,鞭痕左左右右地交叉着,肌肤青一块紫一块,蚊虫飞来纷乱叮咬,直至天黑才将他扶到屋里。夜晚,幺爸猫头鹰般号叫,高一声,低一声,哀哀怨怨的。我真担心一觉醒来他已死去。有好心人提醒,不妨喊喊魂。专门喊过魂后,他果真蜕变,酒后不再滋事。

心理暗示是个渡,他渡和自渡,极似外因和内因的关系。我相信,幺爸踩着点,他渡的台阶刚搭好,他自渡站了上去,顺级而下,告别了噩梦般的皮肉之苦。有时候,找个台阶下,可谓生活之艺术。人的一生,得给别人和自己多少台阶下啊!

精神世界里的拯溺救焚,我还参与过一次。我老表性情狂躁,怒气冲天,无法对别人发火时,自寻烦恼,发无端之火,好似他是他自己的敌人。他家人找来一位毕摩替他解禳。在一条溪水边,细软的黑土上插着必须到场的树枝,前面,稻草扎的三足偶人大大小小地排列着,披红挂彩,微微前倾,做好了逃奔的姿势。一枚鸡蛋壳是主角,放在侧旁,两根枝条立即斜倚上去。这又是历史和生活的戏剧化了。背景是潺潺的溪流，投映在我意念中的大山大峡里，则是波涛滚滚的江河。今天，通过一番较量，将魔邪驱走了，接下来是批判、教育和反思，逼迫魂魄和主人幡然醒悟，回到主体人格的阵营里来。按照指令，我将草偶扔进溪流，不，不是溪流，是波澜壮阔的江河。眼看草偶东倒西歪，一个个被冲散了，浮浮沉沉，生死未卜。魂魄怎么渡江呢？蛋壳是摆渡之船或是皮筏，枝条无疑是那荡起的双桨。江叫阿伙史侬，是族群历史上大迁徙时，由云贵高原向北横渡入川的千里金沙江。

训诫的言语句句入耳，从历史深处训起，从祖先训起，从来路训起，一贯通，就是古今，就是厚重，就是做人的真谛。

像阴雨天里的远山一样，历史空蒙而灰暗，渺渺远远、模模糊糊。谁能说得清远山的丛林里发生过什么或者正发生什么呢？在一派烟雨中，与其历史渡、祖先渡和蛋壳渡，我看倒不如自渡。但必要的形式太吻合我老表的心理了。整年解禳三次后，他脱胎换骨，变成了一个不温不火的人。我以为他抓住了那根救命稻草，清除掉了他自己心中的霉，好似一个人多次去心理诊所，治愈了暴强、暴傲和暴悍的心灵魔障。真的，老表火一样的情绪就这样被消弭了。

说实话，我们每个人都需要一定的语言抚慰、精神安顿和文化料理。生活芜杂，需要剪裁。万不得已时，不妨呼喊自己的萎靡之魄，让魂魄回到你的身旁。

三

　　山鲁莽，水肆意，林咆哮，尽是生长野性的天地。在四川西南横断山脉的东北缘，大小凉山彝人依山居，傍水住，大块吃肉，海碗喝酒，放荡不羁。当一切以刚毅、顽强和坚定的方式向外展示他们的力量时，喊魂仪式的高歌猛进或低吟浅唱，会是这个族群的另一种精神内敛吗？

　　从此处到彼地，从故园到他乡，从村寨到县城，不同于煮饭的炊烟，那堆祈禳的火一点，关乎的是万千民众的精神寻觅和重整旗鼓。他们好似拿着寻人启事四处询问，问星辰，问山川，问风物，问是否看见了某某家的谁，焦虑的表情真像丢失了人。所问的对象给不出答案，于是，再即兴编创，探访鸟巢和兽洞、石缝和蚁穴。诸如此类的打破砂锅问到底，算是问遍了苍穹之下、大地之上和那个多维空间了。试着想象吧，漆黑之夜的山峦间、悬崖边、河流畔、草丛里……布满了寻人的一拨拨队伍，脚步杂沓，火光闪耀，时时处处将山河照亮。这状貌随山势一重一重透迤，随水流一湾一湾蜿蜒，多么蔚为壮观。当然，你可将此情此景设想成萤火虫的奇妙世界，千峰金，万壑银，如梦如幻啊！其间，当自己寻觅到自己，并跃升至觉醒和行动时，你也就找到了人之所以为人的秘籍。

　　招魂在大凉山腹地的美姑县像刮风般盛行。一年四季，蹈矩循规，春天的祈福、返咒和禳邪皆为秋冬人与灵的聚合而铺垫，粮食满仓了，牛羊肥壮了，庭院热闹了，岂可放任魂魄在外流浪或受困呢？一家人的健康、感情、运气和走势全靠它们的回归，不孤立一魂，不遗落一灵，精神的和往往要大于物质的和。那里的毕摩乌泱泱有六千之众，他们有求必应，事无巨细，慰藉民心，安顿社会。当地政府因势利导，弃糟粕，取精华，还抱回来一块级别较高的"毕摩文化之乡"的金字招牌，极想在文旅融合上做足文章，广开财源，富民兴县。这思路貌似康庄大道，但彝民不乐意，甚至置若罔闻，绝不会跑去插枝条、搭白线，神戳戳地喊某个人的魂。官方和民间的两条道始终没法产生交情，形似拉不拢，更别说神似了。那里的民众依魂魄所困程度分为几种：浪荡之魂则哄劝，迷失之魂则指引，俘虏之魂则赎回，囚禁之魂则营救……有的放矢，对症施治，既救赎自我，也救赎他人。

凡此种种，都是成年人或整个族群的童话，挺有意思的。

我在美姑县的乡下见过给小孩招魂的一幕。当晚的彝寨可谓兴师动众，一家人的战变成了全寨人的战，当是整个村庄的全部激情。由二三十户人家组成的村落里，户户都派男丁参加了。几十个人的疾呼声震屋宇，响遏夜空，像一场狂欢。许久，那孩子的魂魄好像来到了某座山上，村人们急切地报出寨子周围的山梁、坪坝、沟涧和溪流的名字，一程程指引，一段段点拨，一阵阵鼓励，让灵魂去找寻可依托的银针和搭好的白线，拄着银针回，踩着白线归。他的母亲涕泪纵横，往虚空里来来回回地做一个抱的动作，再收到胸前拍呀拍，似乎拍到了失散许久的小儿。这个彝寨的小地名于我是陌生的，但全县有名的大风顶、黄茅埂、阿米特洛等山系和溜筒河、瓦候河、连渣洛等河流，我却能随口说出。此外，我的记忆里还存储着大小凉山许许多多巨山和巨川的名字。原计划，我要用自己的方式去唤醒小儿的魂魄，从宏观，从远方，从外围，可转念一想，涉世未深的一个小屁魂咋能跑这么远呢？在现场，我专做一件事，像诓孩子般诓，家里有好吃好穿好玩的，乖乖，快些归来吧。

"归来吧！"

"归来哟！"

我倒是冀望这幅画面真的存在：在隆隆炮火声中，那个小屁魂从硝烟里冲出来，他几乎是透明的，唯有跃动的线条可勾勒出精灵的模样。旁边有如林的手臂，似乎在高叫着、推拥着，哗哗哗哗，疾如风，徐如林，掠如火，势不可当。当护佑大军将小屁魂送至这个家庭时，他们四下散了，只见他扑入母亲的怀抱，让年轻的她感受到了相拥的幸福和幸福的相拥。此情此景，令人潸然，亦令人思索。将这对母子久违的亲情延伸和拓展开，顿觉有一种说不出的沉重感和苍凉感。我总觉得，历经千难万险营救出来的小屁魂具有可复制性，他不是一个人的魂，而是数以万计的彝族人的魂，他所经历的，就是我们要经历的。你看，哄、劝、赶、赎、拽和喊的过程，既是族群曾经历史的书写，又是现实的观照。在虚拟中，每个人的魂魄如一腔孤勇的少年，混迹于社会，浪迹于天涯，哪知被坏的、邪的和魔的唆使和利用，导致一些魂坠入了恶之渊，而更多的欲坠未坠，正等待着自救和他救。

循着缈缈青烟归

　　噢——啦

　　归来，魂归来

　　你听，朗朗的声音若语言的独门暗器，扎心剖心又哀心。一旦细思量，那暗器绞合着瞬息强劲、转瞬又轻柔的力，撩拨着人和魂的心弦，于是，人和魂紧张地战栗起来，人打开了心灵之门，魂也打开了心灵之门，两道门搬到一处，原来就是一道门。旨在拯救健康、突围生命和呼唤精神的诵唱经，将纷扰的捋顺，将对抗的调停，将撕裂的璧合，人与魂同心同德同向同进，天平地安，人间芳菲，不负时光。

　　"噢——啦，噢——啦。"

　　"啦啦哦？"

　　"啦哦！"

　　"来没？""来了。"这一问一答间，饱含着呼唤与等待、行动与结果的万千深情。依我看，不仅仅只有彝人奔走在来和没来之间。其实，天下的人都奔走在号召与被号召、召唤与被召唤、感召与被感召的路上。往宏观说，为的是价值尺度、文明准则、信仰追求乃至家国情怀；往微观讲，凭的是亲情、爱情和友情的一往情深。你来或没来，由不得自己：重任在肩，使命如磐。

　　你的古老

　　使我超越了自我

世上没有——
没有失去热望的生命
每颗悸动的心
也都跳得不那么完美
但是，你的到来
让我心中充满了奇迹
我瞥见了永恒

  我摘抄的这首歌叫《你激励了我》。歌中的你究竟是啥角色？兴许是心仪的爱情，兴许是非凡的气质，兴许是虚无的运势，又兴许是魔幻的魂灵……总之，你的到来，让空落落的我充满着不竭动力，向上可攀爬群山之巅，往下可潜游海洋之深。因故，我没有任何理由不呼唤你和不拥抱你。遑论你是什么角色，我都静待，盼你以阳光之名绚烂我的朝霞。

  那么，请你踏歌而行吧！那唱词多像沁润过我心灵的诵唱语，其旋律又何曾不似彝地跃动的青烟？这，让我分明看见了生在故乡院坝上的烟火，旧年里的我母亲用衣摆裹住木盒子，一步步趋向里屋。至于我自己的乳名支铁惹，我看见他从老屋启程，弹指间来到了我居住的楼层的窗前，暌违数载，不胜驰念，我俩融洽无间。

  我找到了我自己。我回到了我自己。

后记

　　农历甲辰年四月初七，源于之前的约定，我和很多想见的老朋新友，在老家甘洛见了面。彼时，歌曲《不如见一面》盛行于世，仿佛哼唱不了几句，就没见过世面。入夜，我和多年来无私帮助我的包倬及以前认识的胡竹峰自然钻弄一堆，天南地北，探讨一气。"钻弄"是地方土话，非工具书上解释的"不正当地谋求"。"钻"是过程，"弄"是结果。"钻弄"的目的是在宾馆房间里毫无顾忌地畅谈。他俩青年才俊，文学名家，著作一本接一本地出版，反响热烈，红得很。我呢，已过知天命的年纪，外加愚笨，第一本拙作才"羞答答"地问世，在很多话题上插不上嘴。不过，他俩说的，我全听进脑子里了。其中，有个小话题，聊到《燕麦在上》的首印为何没有序言和后记？我只能以"不麻烦人"作答。包倬说，若能再版，大哥，你请竹峰作序。竹峰窝在沙发里，哗啦啦翻过，对书的装帧设计给予高度赞扬，抬起眼镜，爽快答应，好啊，我来写。

原本只是一个小插曲。未承想，承蒙读者喜爱，全部变了真，兑了现。所以，开篇有了序言，末尾有了后记。

于我仨而言，"不如见一面，哪怕是一眼"得改成"不如见一面，见面就深刻"。至少，刻在我的记忆里，刻在我的精神高地上，友谊之树绿意盎然，蓬蓬勃勃，向天长去。我尊崇内心，分别叫过他俩"哥"的。包倬是四川凉山人，在云南昆明工作，叫"云哥"或"昆哥"。竹峰是安徽人，叫"徽哥"。叫来叫去，有江湖气息，所以，没从我嘴里蹦出来。

拙作的出版，包倬心心念念，视为己出。推介、联络、对接、鼓励，哪个环节缺过他？我送书给他，他说，大哥，你签个名嘛。我情绪万千，签啥呢？最终没落一个字。"批评""雅正""惠存"等客套词显得苍白无力。我在抽烟时，感谢的一些话随烟雾飘散了，一些话被我吞进了身体里。不排除，这是别人奉送的书中，包倬拿到的唯一没有著者签名的书。

安徽文艺出版社决定出版该书后，省作家协会创研室于农历癸卯年的岁末，组织过一场合计五位少数民族作者（作品）的文学研讨会，《燕麦在上》算其一。会上，素未谋面的唐小林点评该书，"总的感觉，非常棒，作者的散文写作已经达到了一定的高度"云云。包倬从西双版纳专程赶来，诵读多年前同题散文获得滇池文学奖的颁奖词。这词出自他的笔下：

高寒彝区，水冷草枯，只有燕麦迎风生长。这不是一般意义上的食物，而是天，是信仰，是力量。万物同一。彝人和燕麦，血脉相连。以燕麦之线串起历史与当下，神鬼与人间，加拉巫沙的文字有着燕麦般的纯朴和倔强，亦如大地般厚重隐忍。《燕麦在上》，以一株植物的姿态，在大凉山落地生根，透过燕麦金黄的质地，让人看到一个族群的坚韧和锋芒。崇山之上，燕麦在上。

他边捋长发，边道出了很多高深的文学方面的话。我知道，他是往我脸上贴金。我坐在那儿，一句句脸红脖子粗地消化，把好友的鼓励权当文学路上的鞭策，默记于心。

散文集出版后，唐小林一口气作了两篇评论，曰《爱，通达人的内心——散文集<燕麦在上>的一种读法》，曰《从一个人的内心进入一个族群的隐秘史——读加拉巫沙的散文集<燕麦在上>》，洋洋洒洒，都是长文。唐小林，何许人也？系四川大学文学与新闻学院教授、博士生导师，中国当代文学研究会常务理事。他因耗时作文，兹摘录一句话，以示感谢："可以说，从物性之真，迈向诗性之美，抵达人性之善，实现精神救赎和灵魂安顿，是《燕麦在上》的审美之途。"

继后，故交的知识分子们或评论，或留言，闹热了一阵子。

得摘录任芙康的感受。他曾任《文学自由谈》《艺术家》主编、天津市文艺评论家协会主席，曾多次担任鲁迅文学奖评委。

2019年夏，他担任在上海举办的"禾泽都林杯"散文大赛的讲评人。算我有运气吧，斩获一等奖。任先生的点评题目恰好叫《散文的运气》。晓得他是川人后，我叫他哥老倌了。哥老倌留言说，"我一边阅读，一边产生出重走一趟大凉山的强烈愿望"。

著名作家阿蕾年岁已高，戴着老花镜，写来读后感："读一遍不过瘾，就像遇上对胃口的美食，细嚼慢咽，慢慢品尝，享用。"

四川省作协副主席、《凉山文学》主编巴久乌嘎写了一篇相当凝练的文章，题为《心善渊则知高上》。他写道："对故园的文学触摸是很难确定指认的，何时开始还是与生俱来，但乡愁的生发则多始于一次遥远的回望，难有例外。回望是有回应的，回应在内心的映射往往也是某种回响，故此，'情动于中而形于言'，就有了《燕麦在上》的文学书写和赤子的深情澎湃。"

沙辉，凉山州文艺评论家协会副主席，评论《现代性眼光审视下的山里世界——评加拉巫沙散文集<燕麦在上>》，既发纸刊，又发网媒，处处造势。言下之意，这本书所体现出来的民族性、地方性知识经验、情感饱满度和文学追求精神，都显得极其委婉含蓄又浓烈深沉。

新交结的知识分子也发来了诸多文字。民刊《独立》《彝风》的主编发星、广州的王明祥、北师大的阿俪媄、西北民族大学的地地阿木、大凉山普格县的乡村教师拉马呷呷等圈圈点点，或简短评语，或长篇大论，指向都是美好和坦途。

我的大姓是果基，系大凉山彝族果基家族的阿铁加拉支。拙作在网上发售后，叔辈的果基牟杰（沈永华）和果基木依（沈勇）及同辈的加拉尔戈不断热议，为家族有人著书立说而高兴。牟杰感而有言。尔戈感而有词。木依却感而无语。没几天，木依凭一己之力鼓捣网络，将书与当时全网流量最大的凉山草根艺人诺米么的作品结合，泛娱乐化，泛趣味化，导入AI，作了一首歌。其中，唱到了诺苏，唱到了诺米么。燕麦，守望着天际，在每一个清晨，与太阳一同苏醒。它是先祖的粮食，是彝人的信仰。

人工智能像冷血的蛇，没有情感可言。它肯定不知道诺苏是彝人的自称，更不知道诺米么是一位年轻彝人的艺名。它可能把歌曲中繁复的诺米么当成了曲牌名。不过，木依制造的爆点连续"轰炸"了好几天，足见他的智商、情商和逆商三者兼具，没辜负他的互联网思维。

故友、新交及亲戚的鼓励，不再罗列了。

最后来说点我对文学故乡的粗浅看法。

我的胞衣之地是甘洛的诺苏泽波，穷山恶水，名不见经传，连县级地图上都没有一个小圆点。我开始写作时，往往故意回避，不让它来到文字里。只不过，写得多了，它的出现就成了一个必须。在若即若离又有些焦灼的状态下，我终于接纳，让故乡感召、呼唤和指引了我。"诺苏泽波"，相对于"哦祖泽波"而得名。"诺苏"和"哦祖"是两个民族的自称或他称，前者指"彝族（人）"，后者称"藏族（人）"。"泽波"之义为"村庄"。也就是说，一个叫彝寨（庄），一个叫藏寨（庄）而已。两个村子挨得近，是解释性取名。初步分析，相当于籍籍无名；继续深究，名堂就出来了。彝寨（庄）生彝人，我是彝人，但凡大小凉山的彝寨都可以说是我的村庄。由此，我不再羞于写到真正的诺苏泽波，南至金沙江、北抵大渡河，东临四川盆地、西连横断山脉的广袤大地，何处不是放大了的诺苏泽波？是故，《燕麦在上》里有六篇文章提到了诺苏泽波——地域性的写作背景不在某处，而是在集历史文化、自然风光、民俗风情于一体的这方秘境里。

  本书以外，我还写了很多篇幅较长的散文。无一例外地，我常常感觉到，我在与诺苏泽波耳鬓厮磨，磨时间的重量，磨情感的温度，磨生命的深邃。它不是简单的地理空间上的一个点，是我心灵深处的一片净土。乡情、乡愁、诘问和反思都是献给故乡的文字。文学故乡的维度向来不单一，是多元、异质和变幻。每写作一篇，文学意义上的故乡都为我提供了独特的审美体验和精神滋养。

  哲学家马丁·海德格尔说，人是被"抛入世界"的存在。出生前，没人询问你意愿，也没人征求你意见，而故乡为生命提供了安全感和归属感，是一系列文化、历史和社会关系的集合。于是，我们踏着大小故乡的土地，或啼哭，或歌唱。哭，自己承受；唱，别人享受。哭和唱，颠来倒去，怎么都行。

  这几年，我身体硬朗，在哭和唱之间，得好好倒腾。不然，对不起文中提到的新朋老友以及更多没有提到却帮助过我的人。

2024 年 7 月 10 日